KB039649

폴린

폴린

Pauline the Prima Donna

초판 1쇄 인쇄 2021년 4월 20일
초판 1쇄 발행 2021년 5월 3일

지은이 빌헬미네 슈뢰더 데브리엔트
옮긴이 홍문우
펴낸이 정해종
디자인 유혜현

펴낸곳 ㈜파람북
출판등록 2018년 4월 30일 제2018 – 000126호
주소 서울특별시 마포구 양화로 12길 8-9, 2층
전자우편 info@parambook.co.kr **인스타그램** @param.book
페이스북 www.facebook.com/parambook/ **네이버 포스트** m.post.naver.com/parambook
대표전화 (편집) 02 – 2038 – 2633 (마케팅) 070 – 4353 – 0561

ISBN 979-11-90052-67-2 03850
책값은 뒤표지에 있습니다.

낭만주의 시대를 물들인 프리마돈나의 사랑 **폴린**

빌헬미네 슈뢰더 데브리엔트 지음

홍문우 옮김

PAULINE THE PRIMA DONNA

WILHELMINE

VON BOCK

SCHRŒDER-DEVRIENT

파람북

독일 여가수의 회상

Mémoires d´une Chanteuse Allemande

독일에서 너무나 유명한 이 책이 프랑스에서는 오랫동안 번역본으로 출간되지 않았다. 참으로 이상했다. 흥미진진하기 이를 데 없는 글이었기 때문이다. 여주인공의 일대기 자체도 흥미롭지만, 그녀가 생활했던 여러 나라의 풍습에 얽힌 일화도 호기심을 불러일으킨다. 물론 가장 재미있는 점은 인물들을 둘러싼 심리 관찰이다.

출간 일자를 두고 논란이 분분하긴 하지만, 이 책은 두 권으로 출간되었다. 네이(H. Nay) 씨는 자신이 기획한 『독일 에로티카 열전』 총서에 이 책을 포함시켰는데, 당시 제목은 『어느 여가수의 회상록에서』였다. 1862년 판과 1870년 판으로 8년의 간격을 두고 출간되었다. 이 두 권은 똑같은 원고를 중판한 것이 아니었기에 꽤 차이가 있었다. 우리는 첫 번째 1862년 판을 원본으로 삼았다.

1840년대 바그너의 오페라 《방랑하는 네덜란드인》에서
젠타 역을 맡았던 시절의 빌헬미네 슈뢰더 데브리엔트.

이 책은 장 자크 루소의 고백록이나 카사노바의 회상록에 버금갈 유일한 여성의 자서전이다. 저자가 슈뢰더 데브리엔트라는 입장에 걸맞은 증거는 아직 나오지 않았다. 아무튼, 그녀가 사망하고 나서 남겨진 원고를 조카가 찾아내 편집했다는 설이 있다.

나는 슈뢰더 데브리엔트의 문체를 자세히 검토했다. 다른 편집자들이 소개한 그녀의 전기에서 보았던 문체와 시기가 완벽하게 일치한다고 보기는 어려웠다. 그러나 자유분방하고 화려한 낭만을 좇으며 살았던 이 유명한 오페라 여가수의 실제 자취와 맞아떨어지는 부분이 적지 않았다. 결국, 이 회상록은 슈뢰더 데브리엔트의 문건으로 보관했던 편지와 일기 등을 토대로 펴냈다. 이 사실만큼은 확실하고, 중요하다.

빌헬미네 슈뢰더 데브리엔트는 1804년 함부르크에서 태어나 1860

년 1월 26일 코부르크에서 사망했다. 회상록 출간을 2년 앞두고 세상을 떠났다. 우리는 이 자리에서 그녀의 경력이나 삶을 길게 따지지 않겠다.

비록 저자의 실체를 확인할 결정적 증거는 빈약하지만, 실제로 그녀와 그녀의 편지와 문체를 아는 사람들은 이 회상록이 그녀의 성격과 어울리지 않는다고 볼 만한 점은 없다고 장담했다.

그녀의 불운했던 두 번째 결혼 생활도 이 회상록에 대한 진실성의 증거로 삼을 수 있다. 슈뢰더 데브리엔트의 두 번째 남편 폰되링은 아내를 매우 불행에 빠트렸다. 아내는 남편을 '악마'라고만 불렀고 기억에서 완전히 지우려 했다. 그녀는 사망할 즈음 네덜란드 신사 폰보크와 다시 결혼했다. 그래서 그녀의 묘비에 이런 이름이 새겨졌다.

빌헬미네 폰보크 슈뢰더 데브리엔트

Wilhelmine von Bock Schrœder-Devrient

빌헬미네는 베토벤과 개인적으로 아는 사이였고, 괴테가 그녀의 앨범에 시 한 수를 적어주기도 했는데, 이런 일화를 자신의 회상록에서 전하지 않았다는 점은 이상야릇하다.

사실적 배경은 확실하지만, 누군가 실제로 슈뢰더 데브리엔트를 잘 아는 사람이 자기 멋대로 상상해 지어내 그녀의 회상록이라고 내놓았을지도 모를 일이다. 혹은 정말로 또 다른 어떤 여성이 직접 회상록으로 남겼을 가능성도 여전히 남아있다. 그 여성은 빌헬미네 슈뢰더 데브리엔트가 아닐지라도 가수였던 인물일 것이다. 가장 그럴듯한 가설이다. 물론 이 회상록은 아무리 보아도 여성의 작품일 수밖에 없다. 회상록 전편에 걸쳐 여성 심리의 진솔한 성격을 엿볼 수 있는 정보가 너무나 많기 때문이다.

독일어판 발행인은 이런 말을 남겼다.

"슈뢰더 데브리엔트의 회상록은 결코 부덕하지 않다. 풍습에 해로운 점은 없다. 일부 역겨운 험담꾼들과 유식한 척하는 사람들의 의견은 병적하고 악의적이다."

기욤 아폴리네르[1]

---

1   Guillaume Apollinaire, 프랑스의 시인. 20세기 초 프랑스 문단과 예술계에서 번창한 모든 아방가르드 운동에 참여했으며, 전위 미술 이론가로도 큰 역할을 했다. 모더니즘 예술을 발족시키는 데 지대한 영향을 끼친 선구적 존재이다.

차례

책머리에 _ 독일 여가수의 회상 __004

글을 시작하며 __010

Part I_____사랑에 눈 뜨다

부부의 사랑 __014

레슨 __034

마르그리트 __051

육체의 철학 __071

프란츠 __085

루돌핀 __101

쾌락의 비밀 __120

Part I _____ 사랑에 물들다

정숙이라는 병   _132
사랑과 새디즘   _146
로즈   _166
디오니소스 축제   _178
페리   _193
피렌체   _203
파리   _214
런던   _220

옮긴이의 말 _ 성에 대한 풍속과 지식을 폭로했던 그녀의 용기   _232

무엇을 숨길까?

여자는 남자보다 은밀한 속내를 중요하게 생각한다. 아무리 똑똑하고 머리 좋은 남자도 이런 점을 충분히 이해하지 못하면 당황한다.

다른 여자들과 다르게 말귀를 잘 알아듣고 생각이 깊다고, 내게 말하던 남자들이 더러 있었다. 우리는 사회 풍습과 속박 때문에 어려서부터 신중할 수밖에 없었다. 솔직하게 털어놓으면 무사할 수 없었다. 그나마 유일하게 나를 알아주던 한 남자와 헤어지는 불운을 겪은 뒤로는 아무도 나를 이해하지 못했다. 나는 언제나 눈치가 빨라서 속내를 숨기곤 했다. 불가피한 사정 때문에 그럴 수밖에 없었다.

주위에서는 나를 정숙하다고 얘기했다. 냉정하다는 뜻이다. 시대는 겉으로는 냉정하고 정숙한 여성을 요구했다. 세상의 눈은 족쇄가 되어 여자들을 억압했다. 그러니 서른일곱 살이 되도록 제대로 사랑할 줄 아는 여인이 별로 없는 것이다. 그렇게 오랜 세월 동안 사랑의 본론에 들어가지도 못하면서 무엇을 어쩌겠다는 것일까?

누군가 주장했지만, 성과 윤리는 사랑의 수수께끼를 풀어나가는 특별한 여건에 의해 좌우된다. 이제부터 나는 이런 경험들을 모두 솔직하게 털어놓으려 한다.

1851년 2월 7일
프리마돈나 폴린

Part I

사랑에 눈뜨다

부부의 사랑

우리 부모는 좋은 분들이었다고 기억한다. 집안에 엄청난 재산이 있었던 것은 아니지만 나를 모범적으로 키우셨다. 부모님의 배려 덕분에 나는 늘 명랑했고, 공부도 제법 잘했다. 무엇보다 일찍부터 음악에 대한 재능을 드러냈다. 당시는 음악을 귀중한 덕목으로 여기는 분위기가 널리 퍼져 있던 터라 악기를 다루고 노래 부르는 데에 특출난 소질이 있던 나는 자연스럽게 주변 사람들의 사랑을 독차지했다. 그 탓에 버릇없는 응석받이의 면모도 없지 않았다.

흔히 사춘기라 말하는 열세 살까지 내 여성적 기질은 드러나지 않았다. 남자에 대해 궁금해하면 언니들은 여자와의 차이를 가르쳐주면서도 황새가 아이들을 세상에 보내주었다고 말해주곤 했다. 결혼하게 되면 신비스러운 수수께끼 같은 일들이 벌어진다고 덧붙였을 뿐이다.

그때까지만 해도 나는 언니들의 이야기에 귀 기울이며 어설프게 상상이나 해보는 수준이었다. 황새와 아이, 신비한 수수께끼 같은 말들이 무슨 뜻인지 알아차리지 못하면서도 흥미로워했다. 그건 자연스러운 호기심이었는데, 몸 중심에 털이 돋기 시작하면서 나의 호기심은 조금씩 더해 갔다. 어머니는 화장실에서조차 벌거벗은 모습을 보이지 않도록 엄하게 훈육했다. 그럴수록 여자와 남자의 차이에 대한 궁금증은 더욱 부풀어갔다.

그 뒤로 혼자 있을 때마다 나는 내 귀여운 음모와 무의식적으로 상당히 중요한 것이겠구나 하고 생각했던 그 부위를 머리 숙여 들여다보곤 했다. 특히 아침 일찍 일어난 날, 다른 방들의 문이 모두 닫혀 있고 나만이 홀로 깨어 있을 때, 벽에 걸린 거울을 내려놓고 몸 구석구석을 파헤치듯 샅샅이 들여다보는 것을 즐겼다. 손가락으로 닫힌 부분을 조심스레 벌려보기도 했다. 그럴수록 남녀가 은밀하게 결합한다는 말을 더욱 이해하지 못했다. 나는 친구들의 이야기가 터무니없다고 생각했다. 그건 집 거실이나 학교 등에 놓여 있던 석상들을 보면서 영향을 받은 면도 없지 않았다. 전라의 남자 석상들만 보면 막연한 상상이 꼬리에 꼬리를 물었다. 그러면서도 나는 내 몸을 계속 관찰하곤 했다. 매일 발가벗고 몸을 씻을 때마다 내 몸을 살펴보았다. 하지만 혼자만의 시간이 아닌 일상에서는 모든 것이 엄격했다. 일요일에도 어머니 앞에서 무릎까지 내려오는 옷을 걸쳐야만 했다.

시간이 흐르고 날이 갈수록 내 가슴은 더욱 둥글게 부풀었다. 엉덩이가 커졌고 허벅지는 매끈해졌다. 이런 변화들을 확인할 땐 왠지 즐거웠다. 간혹 몽상에 젖기도 했고 느닷없이 떠오른 상상을 떠벌이며 남녀에 대해 모두 아는 것처럼 엉뚱하게 설명하기도 했다.

궁금증과 호기심이 강렬해지기 시작했을 무렵부터 허영심도 싹트기 시작했던 것 같다. 그때부터 저녁마다 침대에 누워 아랫배를 더듬고 자라는 작은 털을 매만지면서 놀라워하곤 했다. 무엇보다 손이 뜨겁게 느껴지는 것이 신기했다. 손가락 주위로 곱슬거리는 털을 꼬아보기도 했고, 그렇게 놀다 손을 허벅지 사이에 끼운 채 잠들기가 일쑤였다.

아버지는 엄하셨고, 어머니는 현모양처였다. 나는 그런 두 분을 자랑스러워했고 진정으로 사랑했다. 하지만 아버지는 농담은 물론 어머니에게 말 한마디 정답게 건넨 적이 없는 분이었다. 당시 아버지는 마흔 줄에 접어들었고 어머니는 서른넷으로 비교적 젊은 나이였는데도 말이다. 하지만 겉보기에만 신중하고 근엄한 척하셨다는 걸 그즈음 알게 되었다. 두 분은 은밀한 관능의 즐거움을 만끽할 줄 아는 분들이었다.

여름이 물러가던 어느 날, 나는 우연히 관능의 비밀을 알게 되었다.

당시 나는 열네 살이었고, 종교 교육을 받으며 여느 아이들처럼 목사님을 열렬하게 좋아했다. 그때부터 학교 선생님, 특히 목회 담당 선생님이 소녀들의 마음에 오래도록 깊은 인상을 남기는 첫 번째 남자라는 것을 알았다. 그 시절 목사가 서약을 지키고 마을에서 존경받는 사람이라면, 어린 여학생들은 너나없이 빠져들게 마련이었다.

나는 몸은 여자로서 제법 태를 갖출 만큼 성숙해 있었지만, 그저 열네 살 소녀일 뿐이었다. 그런데 남녀의 관능을 확인하는 순간은 생각보다 빨리 찾아왔다. 그날은 마침 아버지 생일이었다. 어머니는 정성껏 파티를 준비했다. 이른 아침부터 나는 파티용 드레스를 꺼내 입었다. 아버지가 곱게 차려입는 것을 좋아했기 때문이다.

부모님은 한방을 쓰지 않았다. 아버지는 늦은 밤까지 일하는 경우가 잦았기에 일찍 잠드는 어머니를 방해하지 않으려 했다. 그렇게 말씀하셨으니 나도 한동안은 그런 줄로만 알았다. 시간이 한참 흐른 뒤에야, 그렇게 각방을 쓰는 것이 생활의 지혜라는 사실을 알았다. 부부는 가능한 하루를 거북하지 않게 지내야 하고, 자고 일어나는 데 서로 편안해야 한다. 잠자리에서 예기치 않은 생리적 실수로 서로 어색한 분위기를 만들기 십상이어서 이런 사정들을 배려하지 않으면 부부 생활의 매력을 잃을 수도 있다.

그런 연유 때문인지 아버지는 어머니 방에서 동침하지 않았다. 아버지는 보통 일곱 시면 일어났다. 생일에도 언제나처럼 일곱 시에 일어났고, 어머니는 그보다 조금 더 일찍 일어나 선물을 준비하고 아버지 초상에 꽃장식을 하는 것이 보통이었다. 그런데 내가 열네 살이던 그해 아버지의 생일날 어머니는 피곤하다고 투덜대더니 아버지가 깨어날 때까지 일어나지 않았다.

그때 나는 하느님만 아실 은밀한 생각을 품었다. 어머니 방에 몰래 숨어 들어가 어머니를 걱정하며 찾아올 아버지에게 내 소망을 깜찍하게 전하면서 놀라게 해주려 했다. 마침 아버지가 방에서 헛기침하는 소리가 들려왔다. 벌써 일어나 계셨고, 곧 어머니 방으로 향할 참이었다. 어머니가 하녀에게 일거리를 일러주는 동안, 나는 살짝 어머니 침실로 들어가 옷장 유리문 뒤에 숨었다. 나는 숨죽인 채 문 뒤에 꼼짝도 하지 않고 있었는데 어머니가 방으로 들어왔다. 그리고 어머니는 홀러덩 속옷까지 벗고 몸을 씻었다.

난생처음으로 보는 어머니의 몸이었다. 아름다웠다. 어머니는 세면대 곁에 있는 큰 거울을 기울이더니 문 쪽으로 향한 채 누웠다. 그 순간 나는 내가 경솔한 짓을 저질렀다는 사실을 깨달았다. 어린 내가 보기에 너무 엄청난 일이 벌어지겠구나 싶었다. 나는 숨죽였지만, 사지가 떨렸다. 도망가야겠다는 생각을 하는 사이, 갑자기 문이 열리고 아버지가 들어왔다. 우아한 실내복 차림이었다. 문이 움직이자마자, 어머니는 즉시 눈을 감더니 자는 척했다. 아버지는 침대로 다가가 잠자는 어머니를 내려다보았다. 정말 다정한 눈길이었다.

아버지가 돌아서길래 방에서 나가려나 싶었는데 오히려 방의 빗장을 걸었다. 나는 점점 더 떨렸다. 어디로든 사라져버리고 싶었다. 아버지는 천천히 바지를 벗고, 속옷과 셔츠만 걸친 채 어머니 앞에 섰다. 그러더니 침대로 다가서 조심스레 이불을 들어 올렸다.

지금이야 남녀의 성적 본능에 대해 잘 알고 있지만, 그때 나는 순진했다. 어머니는 두 다리를 벌렸다가 오른쪽 다리는 구부리고 왼쪽 발을 쭉 뻗었다. 나는 처음으로 또 다른 여자의 몸을 적나라하게 보았다. 어머니의 몸은 탄력에 넘쳤다. 활짝 핀 꽃 같았다. 그에 비하면 내 몸은 애송이에 불과했다.

어머니의 뽀얗고 둥근 가슴이 수 놓은 내의 레이스 사이로 드러났다. 아버지는 그 광경을 지긋이 내려다보다가 몸을 기울이면서 천천히 세련되게 애무를 시작했다. 어머니는 나지막하게 한숨을 내쉬더니, 마치 잠결에 그러듯 한쪽 다리를 들어 올리고 이상하게 엉덩이를 움직이기 시작했다.

나는 피가 거꾸로 솟는 것 같았다. 민망해서 눈을 돌리고 싶었으나 그러지 못했다. 아버지는 더욱 뜨겁게 어머니를 끌어안았다. 어머니는 갑자기 놀라서 깨었다는 듯이 눈을 뜨더니, 깊은숨을 내쉬면서 잔뜩 애교 섞인 말투로 말했다.

"내 사랑 당신이었나요? 그러잖아도 당신 꿈을 꾸고 있던 참인데, 어떻게 이렇게 깨울 수가 있어요. 여보, 생일 축하해요!"

"나를 들뜨게 하려고 이렇게 근사한 것을 걸쳤군, 어찌 이렇게 예쁠까! 어디 한번 보자!"

"어쩜, 이렇게 놀라게 해요! 문 걸었어요?"

"아무렴, 내가 정말로 즐겁기를 바란다면, 당신 맘대로 해, 귀염둥이. 이슬을 잔뜩 머금은 장미처럼 신선하고 향긋하구려."

"뭐든 다 해줄게, 내 천사. 그런데 저녁까지 기다리면 안 돼요?"

"그렇다면 이렇게 황홀하게 몸을 과시하지 말았어야지, 나더러 더 어떻게 참으라고."

두 사람의 포옹은 끝날 줄 몰랐다. 아버지는 손으로 더욱 짙은 애무를 시작했고 어머니는 최선을 다해 아버지의 공략을 받아주었다. 사랑의 포옹은 갈수록 더 격렬해지기만 했다. 아버지는 어머니의 목과 가슴에서 시작해 분홍빛 젖꼭지를 빨고, 열렬하게 주무르면서 다정한 말들을 쏟아냈다. 때때로 부드러운 입술로 애무하느라 말을 그치기도 했고, 어머니도 똑같은 어조로 응했다.

등을 돌리고 있어 무슨 일이 벌어지는지 볼 수는 없었지만, 어머니가 극도로 쾌감을 느끼면서 토해내는 가벼운 탄성만은 분명하게 들렸다. 눈을 감은 채, 전신이 부들부들 떨리는 소리였다. 어머니는 발작하듯 숨을 몰아쉬었다.

"너무 좋아! 아, 당신이 최고야! 얼마나 좋은지 모르겠어! 어떻게 이렇게 할 수 있을까!"

쾌감과 뒤섞여 쏟아지는 말들이 잔뜩 들떠 있었다.

지금도 그 모든 말들이 또렷이 기억난다. 그 말들 때문에 얼마나 많은 것을 되새기고 꿈꾸었는지!

한바탕 폭풍우가 지나간 뒤 잠시 조용했다. 어머니는 꼼짝하지 않았다. 눈을 감은 채 몸은 축 늘어지고, 마치 승리한 부대를 더는 따라갈 수 없는 낙오병 같은 모습이었다. 근엄하던 어머니와 아버지는 온데간데 없었다. 오직 한 쌍의 남녀가 열렬한 사랑에 취해있을 뿐이었다. 아버지는 잠시 가만있다가 침대 한구석에 앉았다. 그 눈빛은 탐욕을 식히지 못하고 야수같이 이글거렸다. 어머니는 달콤하게 신음했다.

숨이 막혔다. 질식할 뻔했고, 가슴은 거세게 고동쳤다. 머릿속은 오만 가지 생각으로 복잡했다. 그리고 불안했다. 어떻게 빠져나가야 할지 몰라 식은땀이 흘렀다. 그러나 그때까지 본 것은 서막에 불과했다. 갑자기 장차 미래에 배워야 할 모든 것들을 나는 단숨에 보고야 말았다.

아버지는 누운 어머니 곁에 앉아 있었다. 그러던 아버지가 얼굴을 내 쪽으로 돌리는가 싶더니 몸이 뜨거웠던지 갑자기 속옷을 벗어 던졌다. 아버지는 거의 울부짖다시피 했다. 나는 불안 속에서도 호기심에 바짝 달아올랐다.

이전에 꼬마들의 몸과 석상에서나 보았던 남자의 성기가 보였다. 두려움이 엄습했지만, 이상하게도 달콤한 떨림으로 등이 오싹했다. 아버지의 눈은 조심스럽게 이글거렸다. 아버지는 어머니에게 시선을 고정하고서 부드러우며 맹렬한 기세로 더듬어나갔다.

나는 더욱더 심하게 떨었다. 내게서 무슨 일이 벌어지기라도 한 듯, 격렬하게 온몸을 떨었다. 친구들이 이야기했던 성인 남녀의 성기를 처음으로 똑똑히 보았던 것이다. 어떻게 그런 모양을 하고 있는지 이해할 수 없었다. 너무 커 보였기 때문이다.

모든 일은 천천히 진행되었다. 아버지는 어머니의 뜨거운 손을 잡고 자기 입으로 열렬하게 문질렀다. 어머니는 마치 넋 나간 사람처럼 눈을 온전히 뜨지도 못하면서 아버지를 가만히 내버려 두었고, 나른하게 미소짓고 나서 열렬하게 아버지에게 입술을 비벼댔다. 두 사람은 아무 말이 없었다. 하지만 마지막으로 불타는 듯 입맞춤을 하더니, 갑자기 모든 옷을 벗어 던졌다.

이어서 어머니는 방석들을 끼고 엎드렸다. 푹 쉬려는 듯 이리저리 뒤척였다. 그러면서 아버지가 들어오기 전에 발치에 세워둔 거울로 편안하게 자신을 들여다볼 수 있도록 자세를 취했다. 아버지는 그 모습을 보지 못했다. 어머니의 활짝 상기된 얼굴보다는 눈부신 전신에 눈길을 주고 있었다. 마침내 어머니는 자신이 원하던 대로 자세를 갖췄고, 아버지는 그 앞에 무릎을 꿇고, 마치 약속의 땅으로 향하는 모세처럼, 열망의 땅 인도로 향하는 콜럼버스처럼, 비상을 꿈꾸며 하늘을 바라보는 기구 발명자 몽골피에[2]처럼, 수난의 지옥으로 향하는 베르길리우스와 단테처럼 어머니에게 다가갔다. 어머니는 나른한 목소리로 속삭이듯 말했다.

"여보, 부드럽게 해줘요. 우리가 같이 오래 즐길 수 있도록. 우리처럼 다정하게 결합한 사람은 죽어서도 떨어지지 못할 거예요."

그때 나는 어떻게 어머니가 하는 말을 알아들었을까? 어머니가 그런 말을 했을 때, 두 사람은 젊은 연인처럼 뜨겁게 서로 부둥켜안은 상

---

2   조제프 미셸 몽골피에(Joseph Michel Montgolfier)는 18세기 프랑스의 발명가로 비행선의 초기 형태인 기구를 개발했다.

태였다. 어머니는 기쁨에 겨운 듯 눈을 반짝였다. 그러면서 달콤한 말들을 찾아내 중얼댔는데, 어린아이처럼 반복했다. 타는 듯한 눈으로 거울에 비친 서로의 모든 몸짓과 동작을 주시하기도 했다. 나는 수많은 감정이 솟구치는 바람에 얽힌 그 두 몸이 아름답다고 생각할 겨를조차 없었다.

어머니는 부드럽게 움직이면서 여전히 미소를 지었다. 말끝마다 달콤함이 물씬했다. 아버지의 얼굴을 정면에서 볼 수 없어 안타까웠다. 그러나 동작만으로도, 목소리만으로도 두 사람은 한 몸으로 살 수밖에 없다는 듯 함께 떨었다. 두 사람이 완전히 정신없이 취한 모양이었다. 아버지는 이내 아무 말도 하지 않았다. 반대로 어머니는 두서없는 말을 내뱉었다. 알아듣지 못할 말이었지만 짐작할 만은 했다.

"절대로 내 곁을 떠나지 말아요, 내 사랑! 우리가 죽어갈 때조차 안돼요, 절대. 아! 당신은 얼마나 센지 몰라, 얼마나 좋은지, 우리가 결혼하던 날보다 지금이 더 좋아요. 말 좀 해봐요, 얼마나 행복한지! 내게 사랑을 쏟아붓고 있는 이 순간처럼 언제나 나를 사랑할 거죠? 여보, 우리의 사랑이 영원할 거라고 말 좀 해봐요. 그 어느 순간이라도 처음 사랑했을 때처럼 나를 계속 사랑할 거라고. 예쁜 제비꽃과 물망초 다발을 내게 건네던 그 날처럼."

아버지는 계속 말이 없었다. 흐뭇한 미소만 머금은 채 어머니의 얼굴을 쓰다듬기만 했다. 아버지도 젊은 시절을 떠올리는 듯했다. 어머니에게 수줍어하면서 꽃다발을 쥐어 주던 그 날을, 어머니가 떨리는 손으로 그것을 받아들던 그 날을.

아버지는 상기된 표정으로 침대에 얼굴을 묻더니 죽은 듯 꼼짝하지 않았다. 추억으로 정신이 나간 사람처럼. 아버지는 옆구리가 힘들었는지 이내 돌아누웠다. 그런데 어느 순간 두 사람 사이에 변화가 일어났다. 조금 전만 해도 그렇게 힘차고, 펄펄 날듯, 과감하게 덤비던 아버지가 꼼짝 못 하는 나약한 사람으로 돌변했다. 마치 승리를 전하고 기진맥진해진 마라톤 선수 같다고 할까, 대상 행렬에서 낙오한 아랍 사람 같다고 할까. 반면 어머니는 좀 더 활기차 보였다. 곱고 차분한 낯빛은 조금 피로한 기색이었지만, 처녀 시절처럼 생기 가득한 표정이었다. 어머니는 몸을 일으켜 팔꿈치를 괴고 다정하게 아버지를 바라보았다. 행복한 부부였다. 오래 같이 살았지만 서로 조금도 지겨워하지 않았으니! 그렇게 그날 나는 두 사람의 깊은 애정을 목격했다. 항상 깊어가는 애정으로 살았던 정말로 드문 부부였다.

어머니가 꼼짝 못 하고 꿈꾸고 있는 듯한 아버지 곁에 다시 누웠다. 아버지는 만족스러운 얼굴이었다. 하지만 어머니는 그렇지 않아 보였다. 어머니는 조금 전까지 아버지를 사로잡았던 흥분에 다시금 사로잡힌 듯했다. 어머니는 일어나서 거울을 다시 세우고 매무새를 가다듬었다. 아버지는 베개에 얼굴을 파묻고 있어 어머니의 모습을 볼 수 없었다. 모든 것이 끝난 듯했다. 나는 너무나 흥분해 아플 지경이었다.

'어떻게 들키지 않고 빠져나가지?'

그 궁리를 하는 동안에도 나는 다른 광경을 또 보았다. 어머니가 아버지 쪽으로 기대며 일어나 앉으면서 끌어안고 다정하게 물었다.

"여보, 행복해?"

"그럼, 오늘 최고야. 당신 정말 대단해. 나야 괜찮지만 당신 아쉽지 않아?"

"괜찮아요, 당신 생일인데 당신이 좋아야지. 나도 당신만큼 좋았어요."

어머니는 아버지에게 기대어 눈을 크게 뜨고 달콤하게 입을 맞췄다. 그때 모습은 훨씬 더 잘 보였다. 어머니는 먼저 입술 끝부터 시작해 마치 어린 아기를 다루듯 부드럽게 애무를 이어나갔다. 아버지 얼굴에서 경련이 일어났다. 아버지는 오른손으로 어머니를 끌어당기고 게르만 숲속의 마녀처럼 헝클어진 머릿결에 입을 맞추었다. 긴 곱슬머리, 깊은 눈매, 긴 눈썹, 곧고 날씬하게 뻗은 코, 벌렁대는 콧구멍 모두 잘 보였다. 벌린 입 사이로 흰 이가 드러났다. 이내 아버지의 눈빛이 되살아나더니, 처음 등장했을 때처럼 매력에 넘치는 몸짓으로 다시 힘을 냈다. 어머니는 절정에 달했다. 눈은 갈망으로 불탔다. 아버지는 누운 자세로 어머니를 올려다보며 좋아했다. 그러다가 어머니가 다시 아버지 위로 쓰러지면서 끌어안았다.

아버지는 온몸을 죽 뻗고 누워있었다. 그때 우연히 두 장면을 엿보았다. 침대 측면이 내게 똑바로 보였고, 또 그 뒤쪽이 거울 속으로 보였다. 마침내 멀어졌다가 다가왔다가 하면서 부분만 보였던 것이 완전히 또렷해 보였다. 그 광경을 어떻게 잊을까! 나의 무의식이 열망했던 가장 아름다운 장면이었다. 나중에 내가 보게 될 그 어떤 장면보다 훨씬 더 아름다웠다. 건강미와 흥분이 넘치는 부부였다.

황홀한 시간이 지나자 어머니는 활기를 찾았지만, 아버지는 한결 더 차분해졌다. 아버지는 뽀얗고 매혹적인 아내를 끌어안았다. 입으로 머리카락을 물고 거의 꿈적하지 못했다. 그러나 어머니는 놀랍게도 펄펄 날았다. 손으로 남편의 번듯한 이마에서부터 머리끝까지 애무했다. 모든 것이 당황스럽고 무서웠다. 나는 여전히 흥분에 떨고 있었다. 옷자락이 떨리는 소리를 내지 않을까 하는 걱정 때문에 긴장되었고, 다리가 굳어 저렸지만 풀지 못했다. 어머니는 모든 것을 잊은 듯했다. 엄격하고 정숙한 여자였다는 사실을 믿을 수 없을 정도로 아버지를 탐했고, 둘의 움직임은 넋을 잃을 정도였다. 그 광경은 형언할 수 없을 만큼 아름다웠다. 아버지의 건강한 사지, 어머니의 뽀얗고 눈부시며 포동포동한 몸매, 특히 두 사람의 모든 생기가 집중된 듯한 아름다운 눈이 나의 마음을 사로잡았다.

어머니가 일어섰을 때, 그 입술이 아쉬움으로 벌어졌다가 움츠러들었다. 어머니는 아무 말 없었고, 두 사람 모두 똑같이 행복해 보였다. 두 사람의 눈도 촉촉해졌다. 이번에는 아버지가 깊은숨을 내쉬고, 놀란 듯 짓궂은 표정을 짓는 아내를 더욱 잘 주시하려는 듯 몸을 젖혔다.

"사랑해, 나의 천사, 사랑해!"

어머니도 똑같은 사랑을 토로하면서 몇 분간 서로 끌어안고 감격에 젖어 있다가 이내 조용해졌다. 나는 얼어붙을 것만 같았다. 그때까지 사랑하고 존경했던 두 사람이 언니들이 말했던 모든 것을 그대로 보여 주다니! 두 사람은 언제나 점잖고 엄격했으나, 오늘만큼은 평소의 모든 관례와 위신을 집어던진 형국이었다. 나는 그 모습에서 세상 누구나 겉으로는 풍습과 예절을 지키면서도 실제로는 쾌락과 희열을 갈망한다는 것을 알아버렸다.

한 10여 분간, 두 사람은 마치 죽은 듯 이불 속에 누워있다가 일어나, 옷을 입고 방을 나갔다. 나는 어머니가 아버지 선물을 준비해둔 방으로 숨어 들어갔다. 그 방의 베란다에서는 정원으로 곧장 드나들 수 있었다. 몇 분 뒤 나는 다시 정원을 통해 들어가 부모님께 인사를 했다.

아버지에게 생일을 축하하려고 지은 시를 어떻게 읽어야 할지 알 수가 없었다. 아버지는 내가 정에 겨워 안달한다고 생각했다. 나는 차마 부모님을 바라보기 민망했다. 조금 전에 보았던 광경이 머릿속에서 지워지지 않았다. 두 사람이 즐기던 모습이 여전히 눈에 선했다.

아버지는 나와 어머니를 끌어안아 주었다. 좀 전의 포옹과는 얼마나 다른 포옹일까. 나는 어색함과 당황스러운 모습을 감출 수 없었다. 부모님이 눈치채실까 두려웠다. 나는 내 방으로 들어가 혼자 있고 싶었다. 어머니는 내가 너무 꽉 끼는 드레스를 입어서 그렇다고 생각하고 나를 방으로 들여보냈다. 나는 방에 들어가 옷을 벗을 때 옷이 찢어질 뻔

할 정도로 서둘렀다. 어머니의 무르익은 과일처럼 탐스러운 몸에 비하면 말라빠진 내 몸은 얼마나 볼품없던지! 어머니는 활짝 피었지만, 나는 겨우 봉오리만 맺혔을 뿐이었다. 나는 염소, 어머니는 아름다운 고양이였다. 어머니에 비하면 나는 추물로만 보였다.

별로 중요하지도 않은 줄 알았던 신체 부위가 어떤 기쁨을 주는 것인지 나는 몹시 궁금했다. 그리고 스스로 결론을 내렸다.

'내가 너무 어리기 때문이야. 어른이 되면 쉽게 겪을 수 있는 일이야.'

그런데 어머니와 아버지를 훔쳐볼 때를 떠올리면 야릇한 기분이 들었다. 그래도 어떻게 어른들이 그런 황당한 짓을 넋이 나갈 정도로 스스럼없이 할 수 있는지 이해하기 어려웠다. 그래서 다시 한번 더 생각했다. 그런 지극히 달콤한 즐거움은 남자의 도움이 없으면 느낄 수 없을 것이라고.

아버지와 목사님을 비교해보았다. 목사님도 그럴까? 여자와 그렇게 미친 듯 쾌락을 탐할까? 목사님도 만약 내가 어머니처럼 뭐든 할 준비만 되었다면 나와 그럴 수 있을까? 어머니가 애무로 아버지의 기운을 돋울 때처럼 그렇게 오랫동안 바라보거나, 또 번민에 몸부림치면서 이마를 쓰다듬던 아름다운 그 모습이 만들어질 수 있을까? 어머니의 방에 숨어들고, 아버지와 어머니의 정사를 훔쳐보고, 방으로 돌아오는 동안 불과 두 시간 남짓 지났을 뿐이지만, 나는 10년을 살아버린 기분이었다.

나는 차분한 아이였다. 일기에 용돈의 지출 내역과 내가 보았던 것들을 적어두곤 했다. 들은 이야기도 잊기 전에 기록해두었다. 하지만 아무도 그 내용을 이해하지 못하도록 나만이 알 수 있는 방식으로 적어두기도 했다. 나는 보았던 것들을 되새기며 모래성을 짓듯 끝없는 공상에 빠져 새로운 말들을 만들어냈다. 나의 첫 놀라움도 기록하기로 마음먹었다.

　어머니는 자는 척하다가 도발적인 자세로 자기 욕심대로 아버지를 끌어들였다. 어머니는 아버지에게 자기 욕망을 들키지 않으려고 매우 조심했다. 선선히 받아주는 척했다. 그러면서 거울을 보면서 은밀히 이중으로 즐겼다. 나도 거울 속에서 예상 밖의 즐거움을 느꼈다. 거울이 없었다면 보이지 않았을 것을 생생하게 목격했기 때문이다. 어머니가 아버지 모르게 미리 거울을 준비해 두었던 것이다. 어머니는 자신이 아버지보다 더 많이 즐겼다고 털어놓지 않으려 했다. 그런데 어머니는 욕망을 채울 준비를 다 해놓고서도 아버지에게 저녁때까지 참고 기다려 줄 수 없냐고 부탁하지 않았나! 두 사람은 "사랑해, 여보, 사랑해!"라고 계속 외쳤다. 황홀에 겨워 무슨 말인지도 모를 말을 하면서 또다시 "사랑해!"라고 외쳤다. 글쎄, 나 원 참, 무슨 말을 했을까? 알 수 없는 노릇이었다. 키스와 사랑놀이가 원칙이 아님은 분명했다. 두 사람은 흥분했을 뿐이다. 어머니가 더 많이 쾌감을 느꼈다. 아버지가 애무해주자 어머니는 "여보, 사랑해"라고 외쳤다. 어머니는 강렬한 사랑을 원했던 것같다. 어머니는 아버지처럼 똑같이 해주었다. 아무튼, 나는 너무 복잡한 생각에 온종일 마음을 가라앉히질 못했다. 누구에게 물어보고 싶지도 않았다. 부모님이 은밀히 했던 일이니 지켜주어야 했다.

그날 낮에 많은 손님이 찾아왔다. 오후에 삼촌과 숙모가 왔고, 열여섯 살이 된 사촌 여동생도 같이 왔는데, 프랑스어를 쓰는 스위스인 가정교사와 함께였다. 그날 밤 모두 우리 집에서 묵었다. 이튿날 삼촌이 시내에 볼일이 있다고 했다. 사촌과 가정교사는 내 방에서 잤다. 사촌이 나랑 같은 침대에서 자야 했다. 하지만 나는 가정교사와 함께 자고 싶었다. 가정교사에게 마련된 간이침대가 있었다. 가정교사는 스물여덟 살쯤 되었는데, 명랑하고 무슨 질문에든 짧게 답하는 법이 없었다. 내게도 많은 것을 가르쳐주려 했다. 사촌에게 엄격했던 가정교사 마르그리트와 어떻게 지내야 할지 난감했다.

어쨌든 밤에는 더 친해지는 법 아닐까. 나는 이런저런 궁리를 했다. 사촌과 함께 방에 올라가 보니 마르그리트가 벌써 와 있었다. 먼저 와서 우리 침대 옆에 병풍을 쳐놓았다. 그녀는 우리에게 기도하도록 하고 나서 잠자리에 들라고 채근했다. 그렇게 우리를 눕히고 램프를 자기 쪽으로 가져갔다. 사촌은 금세 곯아떨어졌다. 나는 잠이 오지 않았다. 온갖 상념이 스쳤다.

마르그리트가 옷을 벗고, 밤 화장을 하는 소리가 들렸다. 병풍 사이로 희미한 불빛이 머리핀 굵기의 구멍 사이로 비쳤다. 나는 침대 밖으로 몸을 기울여 머리핀으로 구멍을 좀 더 키우고 들여다보았다. 마르그리트는 막 옷을 갈아입는 참이었다. 마르그리트의 몸은 우리 어머니만큼 아름답지는 않았다. 그래도 풍만했다. 가슴은 작고 단단하고, 종아리는 야무져 보였다. 잠시 그렇게 보았을 뿐이었다. 마르그리트는 잠깐 꿈을 꾸는 듯하더니, 탁자에 놓여 있던 가방에서 책 한 권을 꺼내 침대 곁에 걸터앉아 읽기 시작했다.

　그러다가 조금 뒤, 자리에서 일어나 램프를 들고 우리 쪽으로 다가와 잘 자고 있는지 확인했다. 내가 눈을 꼭 감았다가 다시 떠보니, 마르그리트는 의자에 앉아있었다. 나는 찢어진 병풍 틈새로 마르그리트를 주시했다.

　마르그리트는 독서에 깊이 몰입했다. 무언가 특별한 이야기를 읽는 듯했다. 눈빛이 유난히 반짝이며 뺨을 붉히며, 가슴까지 출렁대며 읽던 마르그리트는 침대 끝을 발로 딛고서 책을 눈앞으로 바짝 당겨놓고 정신없이 읽었다. 마르그리트가 무엇을 읽길래 그러는지 알 수 없었지만, 나는 즉시 아침에 보았던 것을 생각했다.

　마르그리트는 잠시 책을 천천히 읽는 듯했다. 그러다가 입을 벌리고 의자에서 몸을 흔들었다. 나는 너무 재미있게 구경하느라 책상에 알코올램프가 있었는지도 몰랐다. 마르그리트가 우리가 방에 들어오기 전에 켜놓았던 모양이었다. 또 그 옆에 김이 모락모락 오르는 액체가 놓여 있었다. 마르그리트는 손가락으로 램프 속의 액체가 뜨거운지 확인했다. 우유였다.

　마르그리트는 가방에서 천 꾸러미를 꺼내 펼치고, 무엇인지 알 수 없는 이상한 물건을 집어 들었다. 검은색이었는데 내가 아침에 부모님이 사랑하는 장면에서 보았던 아버지의 성기와 흡사하게 생긴 물건이었다.

마르그리트는 그 물건을 우유 속에 담갔다가 건져 뺨에 대고 따뜻하게 데워졌는지 확인했다. 그러고 나서 다시 그 물건을 우유에 푹 담갔다가 꺼냈다. 침대에 다리를 다시 걸치고 바닥에 내려놓았던 책을 다시 집어 들었다. 마르그리트는 왼손에 책을 든 채 오른손으로 기구를 쥐고, 다시 책 읽기에 몰두했다. 무슨 책인지 궁금해 죽을 지경이었지만 거꾸로 보여 알아볼 수 없었다.

마르그리트는 책을 위아래로 천천히 움직여가면서 읽는 동안 가끔 머리카락을 매만지며 쓸어넘기곤 했다.

마르그리트가 쥐고 있던 물건은 그녀의 자세에 가려 내 눈에 보이지 않았다. 마르그리트는 그 물건을 손에 쥐고서 열심히 놀리더니 책마저 바닥에 떨어트렸다. 눈을 감았다 떴다, 또다시 감곤 했다. 눈꺼풀의 움직임은 계속 빨라졌다. 그녀의 몸은 거의 기절할 지경이었다.

마르그리트는 입술을 꼭 깨물었다. 소리를 내지 않으려 애써 참는 듯했다. 절정의 순간이 다가오고 있었다. 마치 무서운 위협을 받는 것처럼 버둥대며 살아나려는 듯했다. 그렇게 질린 듯 꼼짝하지 못했다. 마침내 마르그리트는 다시 눈을 뜨더니, 하품을 하며 피로를 덜어내려고 했다. 그러고 나서 조심스럽게 물건을 닦아 자루에 넣고, 우리 쪽으로 와서 잘 자고 있는지 한 번 더 확인했다.

조금 뒤, 마르그리트도 잠이 들었다. 만족스러운 얼굴이었다. 나는 잠이 오지 않았다. 어쨌거나 아침부터 골머리를 앓게 했던 수수께끼들이 조금은 풀려 마음이 편했다. 그러면서 고민은 더 깊어졌다. 나는 마르그리트에게 물어보기로 했다. 그러면 설명해주고 도와주지 않을까. 나는 마음속으로 수많은 계획을 세웠다. 이제 실행만 남았다.

레슨

나는 마르그리트에게 남녀 간의 미묘한 육체적 사랑에 대해 들을 수 있을 거라고 잔뜩 부풀었다. 마음 같아서는 곧바로 그녀 곁으로 달려가 침대 속으로 들어가고 싶었다. 그렇게 애원하고, 아니라면 떼라도 쓰고 싶었다. 뜬구름 잡는 이야기보다는 실질적인 행동과 이야기가 더욱 궁금해졌다. 내가 오늘 알게 된 것, 은밀하게 흥분을 유발하는 이상한 열정에 대해 마르그리트가 내게 모든 것을 털어놓고 설명해 줄 것만 같았다.

'따라 해보라고 가르쳐주지 않을까?'

마르그리트의 눈치를 살피며 지내는 동안 나는 우연히라도 내가 알게 된 것들을 무심결에 드러내거나 발각되어 부모님을 놀라게 할지 모른다는 생각이 들어 부모님 앞에서는 유독 조신하게 굴었다. 그럴수록 나는 더 들떴고 몸 여기저기가 쑤셨으며 근질거렸다. 그런 날이면 나는 베개를 끌어안고 잠을 청했다.

'삼촌을 따라 시골로 간다면 마르그리트와 이야기할 기회가 많아지지 않을까?'

내 계획은 순조로웠다. 부모님은 내게 시골에서 일주일을 보내고 와도 좋다고 허락해주었다.

삼촌의 시골집은 우리 집에서 그리 멀지 않았다. 나는 저녁을 먹고 나서 삼촌을 따라 출발했다. 그날 하루 나는 유독 얌전하고 착하게 굴었다. 물론 다 내 요구를 관철시키기 위한 나름의 애교였고 전략이었다. 마르그리트는 그런 내 모습에 즐거워했고 평소 건방을 떠는 사촌 여동생도 모나게 굴지 않았다. 사촌 오빠는 얌전을 떠는 나를 보며 수줍어했다. 나는 사랑과 몸에 대한 궁금증을 해결할 상대로 사촌오빠를 희생양으로 점찍었다. 사촌오빠는 내가 거리낌 없이 대할 수 있는, 단 한 명뿐인 남자였다.

어쩌면 옷장 뒤에 숨어 엿보았던 어른들의 비밀을, 사랑의 수수께끼를 사촌오빠가 풀어줄 수도 있을 것 같았다. 그 수수께끼를 풀고야 말겠다는 각오로 오빠에게 다정하고 친근하게 굴었지만, 오빠는 나를 피했다. 오히려 내가 다가갈수록 오빠의 마르고 창백한 얼굴과 눈빛은 불안하게 흔들렸다. 오빠를 성가시게 굴 때마다 눈을 피하거나 자리에서 사라지는 등 불안해하는 모습은 정말 꼴불견이었다. 오빠는 여자를 경계하는 듯했다. 내가 아는 청년들은 시도 때도 없이 처녀들에게 추근대는데 오빠는 여자들에게 관심을 보이지 않았다.

저녁 여덟 시쯤 삼촌 집에 도착했다. 날은 꽤 더웠다. 오는 길에 지친 나는 서둘러 방으로 올라가 세수를 했다. 그리고 삼촌 가족과 함께 차를 마셨다. 잠을 자는 문제를 가지고 이야기가 나왔는데, 나는 순진한 척 가정교사 방에서 자겠다고 말했다. 이전에도 낯선 방에서 혼자 자는 걸 무서워했기에 삼촌 식구들은 모두 당연하게 받아들였다. 그날 밤 나는 모든 게 뜻대로 진행되어 신이 났다. 나는 기회를 잡은 김에 모험을 결심했다.

일단 차를 마시고 나서 화장실을 찾았다. 문이 나란히 두 개 붙어 있었다. 각 칸은 판자로 나뉘었는데 판자 사이가 넓게 벌어져 있는 구조였다. 화장실에서 나가려는데 누군가 다가오는 발소리가 들려 조용히 문을 닫았다. 옆 칸에 누군가 들어와 문을 걸어 잠갔다. 왜 그러는지 모르겠지만 나는 그 사람이 나갈 때까지 인기척을 내지 않고 기다리기로 했다. 그러다 별다른 생각 없이 불쑥 호기심이 나서 판자 틈을 들여다보았다.

사촌오빠였다. 오빠는 다리를 쭉 뻗고 앉아 내가 생각했던 것과 완전히 다른 일에 몰두하고 있었다. 어느 순간 뜨거운 혼수상태에 빠진 것처럼 보이더니 곧바로 놀라운 집중력으로 돌변했다. 내 몸을 어머니 몸과 비교할 수 없듯, 오빠의 몸도 아버지 몸과 비교가 되지 않았다. 그럼에도 자꾸만 보고 싶어 나는 오빠의 몸을 계속해서 훔쳐봤다. 오빠는 오직 자신에게만 몰입했다. 차가운 눈에도 차츰 생기가 돌았다. 급기야 몸을 떨고 입술을 깨물더니 갑자기 엄청나게 애를 쓴 끝에 절정에 도달했다. 눈이 풀리고 힘주어 경직되어 있던 몸에서 힘이 빠지는가 했는데……, 수수께끼 같은 결과가 드러났다.

오빠가 성기를 쥐고 열심히 손을 위아래로 흔들어 바닥에 쏟은 것을 보면서 나는 그 목적을 알게 되었다. 그즈음 나는 어머니와 아버지 그리고 마르그리트가 홀로 희열에 빠지던 광경을 훔쳐보았던 기억을 떨칠 수가 없었다. 우연히 사촌오빠를 통해 본 그 광경은 내게 많은 것을 알려주었다. 특히 부모님이 하던 말뜻은 물론 마르그리트가 기구를 사용했던 까닭도 알 수 있었다. 사실 그 순간은 엄청나게 역겨웠다. 호기심을 채우기도 했지만, 그 덕에 신경이 과민해지기도 했다.

사촌오빠가 쇠약해져 탈진한 상태로 허탈해하는 모습은 낯설었다. 은밀히 원죄를 저지른 것처럼 보이는 그 모습에 속이 메스꺼웠다. 오빠의 두 눈은 불안하고 흐리멍덩했다. 부모님이 정사를 나누며 "사랑해"라고 속삭일 때는 아름다웠지만, 오빠는 반대로 괴상하고 치욕적인 벌을 받은 꼴 같았다. 나는 마르그리트가 나를 재워놓고 했던 행위도 이해되었다. 그녀가 자기감정과 쾌감을 은밀하게 좇는 이유도 알 것 같았다. 그런데 그건 활기차 보였지만 오빠의 행동은 어쩐지 정감이 가질 않았다.

'무엇 때문에 그랬을까? 건강한 젊은이가 왜 그렇게 한심하게 혼자 낑낑대며 욕정에 몰두했을까? 주변에 여자가 없는 것도 아닌데……, 그중 누군가와 사귀었다면 훨씬 쉽고 더 만족할 수 있지 않았을까?'

나는 조금 얼떨떨했다.

'만약 오빠가 서툴더라도 내게 접근했다면 부모님이 했던 것처럼 즐기면서 오빠를 만족시킬 수 있었을까?'

그렇게 여러 의문이 들었지만, 마르그리트와 사촌오빠의 은밀한 행동으로 많은 것을 배웠고 쉽게 결론을 끌어낼 수는 있었다. 이제 마르그리트에게 가르쳐 달라고 할 필요도 없었다. 다만 내가 궁금했던 것은 그런 일을 왜 극도로 숨겼을까 하는 점이었다. 그리고 나는 내가 목격했던 그 절정의 쾌감을 직접 느껴보고 싶었다.

삼촌 집에 온 날, 주위가 완전히 어두워지자 밤하늘에서 천둥소리가 들렸다. 밤 10시가 넘은 시간에도 계속 들려왔지만 모두 아무렇지도 않게 잠자리에 들었다. 어린 사촌 여동생은 부모님 방으로 자러 갔다. 나와 마르그리트 둘만 남았다.

나는 잠드는 척하며 마르그리트의 행동을 주의 깊게 살폈다. 마르그리트는 문을 걸어 잠근 후 봇짐을 열고 속에 든 것들을 옷장에 집어넣었다. 마르그리트는 수수께끼 같은 상자를 보자기에 감싸 은밀하게 보관했다. 그 상자 안에 읽던 책도 숨겼다. 나는 시골에 있는 동안 그 물건들을 알아볼 기회를 놓치지 않으리라 마음먹었다.

'마르그리트가 내게 모든 것을 털어놓을까. 내가 그 은밀한 즐거움을 폭로하겠다고 위협할 필요도 없이…….'

마르그리트를 설득하고 밀어붙일 꿍꿍이에 나는 자신이 있었다. 다른 구실을 내세우지 않아도 모든 것을 실토하도록 할 수 있겠다는 생각만 해도 온몸이 짜릿했다. 왜 그런지 알 수는 없었지만. 밤은 깊어졌지만, 우레는 여전히 으르렁댔다. 우레가 끊이지 않고 이어지자 슬며시 겁이 났다. 나는 침대에서 일어나 마르그리트의 자리로 다가갔다.

"무서워요."

천둥이 치면 어머니가 안아주었다고 말하며 그녀에게 하소연했다. 그러자 마르그리트는 나를 안고 쓰다듬었다. 나도 힘껏 그녀를 끌어안았다. 번개가 칠 때마다 나는 그녀를 더욱 바짝 끌어안았다. 마르그리트는 태연하게 나를 포옹했다. 별다른 감정은 없어 보였다. 나는 더 이상 어떻게 해야 할지 몰랐다. 마르그리트의 체온이 내게 전해졌을 때 나는 너무나 좋았다. 나는 그녀의 가슴에 얼굴을 파묻었다. 알 수 없는 전율이 온몸에 쫙 퍼졌다. 어쨌든 나는 원하는 만큼 그녀의 깊은 곳을 감히 건드리지는 못했다. 모든 준비는 다 되었지만, 용기가 나지 않았다. 하지만 돌연 모든 것이 이루어졌다.

갑자기, 한순간 몸 아랫도리가 아팠다. 무엇 때문이었을까? 나는 신음했다. 마르그리트는 여기저기 내 몸을 더듬었다. 통증이 가시면서 몸에 미세한 전율이 흘렀다. 나는 그녀의 손길이 따뜻하게 느껴질 때는 아프지 않다고 털어놓았다. 그녀가 나를 마사지하듯 부드럽게 만졌을 때 어떤 통증도 따르지 않았다. 나는 이런 사실을 솔직하게 털어놓았기 때문에 마르그리트는 내 의도를 눈치채지 못했다.

그녀의 손놀림은 격렬하지 않았다. 부드러웠다. 나는 힘껏 그녀를 끌어안았다. 그녀의 가슴에 갇힌 채 차츰 기이한 감정에 휩싸였다. 그녀의 손길은 조심스러웠다. 거의 수줍을 정도의 애무였지만, 그런 수줍음으로도 결국 목적을 달성할 수 있다는 것을 나는 그날 알았다.

한참 시간이 흘렀으나 마르그리트는 좀 더 나가길 주저했다. 나 못지않게 겁이 났던 거다. 그녀의 망설임과 떨리는 애무가 오히려 알 수 없는 쾌감을 불렀다. 그러다 어느 순간부터 그녀의 욕망도 차츰 깨어났다. 그렇지만 나는 지금이 훨씬 편안하다고 털어놓지는 못했다. 사실 내 몸 위에서 낯선 손길을 느낀다는 것은 완전히 새롭고 놀라운 경험이었다. 내 몸은 후끈 달아올랐다. 그녀가 마치 나비가 팔랑대듯 손가락을 놀렸을 때, 나는 오랫동안 몸을 떨었다. 나를 흥분시키는 일쯤이야 그녀로서는 식은 죽 먹기였을 것이다. 그녀는 내 몸의 아래쪽으로 부드럽게 더듬어 내려갔다. 그러나 이번에는 정말로 좋지 않았다. 내가 몸을 떨었을 때 마르그리트는 즉시 아픈 데를 찔렀다. 마르그리트는 노골적으로 흥분했다. 더욱 세차게 나를 끌어당겼다. 나도 목적을 이루었다.

비록 이런 임기응변이 그다지 깜찍한 것은 아니었지만, 마르그리트도 나와 마찬가지로 뜨거워진 몸 때문에 고통스러워했다. 잠깐 서로에게서 떨어져 있는 사이에 마르그리트의 몸은 식어가는 듯했다. 나는 그녀에게 조용히 말했다.

"나도 널 편안하게 해주고 싶어."

당연했다. 마르그리트도 내게 잘해주었으니 나도 그녀에게 잘해주어야 한다고 생각했다. 마르그리트는 즉시 허락했고 나는 하고 싶은 대로 했다. 내 계략이 통해서 정말 흐뭇했다. 아무튼, 나는 욕심나는 대로 모든 것을 만져보았지만 서툴기만 했다. 솔직히 그녀는 나와는 달랐다. 그녀의 몸은 나보다 모든 부분에서 훨씬 더 풍만하고 무르익었다. 나는 손을 놀리지 못하고 그저 만져보기만 했다.

마르그리트는 당연히 나의 서툰 손놀림에 만족하지 못했다. 그녀는 몸을 들썩이고 비틀었다. 팔을 떨면서 야릇하게 움직이더니 돌연 좀 더 적극적으로 해보라고 부탁했다. 나도 그렇게 하겠다고 말했지만 서두르지는 않았다. 서툴렀지만 나는 몸 구석구석을 만지고 살폈다. 그날 인체의 놀라운 구조를 속속들이 알게 되어 기뻤다. 게다가 미숙한 나를 대신해 마르그리트가 직접 움직여 주었으니 말이다.

마르그리트는 숨을 몰아쉬면서 내 머리를 감싸 쥐고 머리털 뿌리까지 닿도록 깊숙하게 입을 맞추었다. 처음에는 미지근했던 입맞춤이 점차 뜨거워졌다. 희미한 소리를 내더니 내 이마에 갑자기 뜨거운 입맞춤을 쏟아부었다. 마르그리트의 쾌감이 막바지에 달했던 모양이다. 그러나 흥분은 이내 가라앉았고 마르그리트는 내 옆에서 꼼짝 않고 누워 다시금 숨을 몰아쉬었다. 정신을 차린 마르그리트는 몹시 어색해했다. 마르그리트는 자기 행동을 어떻게 설명하고 정념을 감추어야 할지 몰랐다.

내가 그녀와 달리 태연해하자 그녀는 속았다고 생각하는 듯했다. 나 역시 어떻게 표현해야 할지 몰라 어리둥절하고 있었을 뿐인데, 마르그리트는 내가 몸의 세계에 대해 조금도 모른다고 믿었다. 그녀는 난처한 이 상황을 어떻게 처리하는 게 좋을지에 대해 궁리하는 듯 지그시 눈을 감았다. 그녀는 삼촌 집에서의 나의 행동으로 인해 난처한 일이 벌어지지 않도록 하려는지 내 손을 꼭 잡고 골똘히 생각하는 모습을 보였다.

그녀는 어떤 결론에 이르렀는지 아픈 척하면서 나를 속이려 들었다. 그런 그녀를 안심시키기 위해 여전히 아무것도 모르는 척해야 했을까, 아니면 내 호기심을 털어놓아야 했을까?

내가 순진했다면 마르그리트는 나를 쉽게 속이며 이야기했을 것이고, 나 또한 믿는 척했을 것이다. 하지만 나는 걱정보다 호기심이 앞섰다. 그래서 상황이 달라지지 않도록 내 속셈을 감춘 채 진지한 척하기로 했다. 결국, 마르그리트는 쉽게 뜨거워지는 감정을 참지 못했다고 후회했다.

"마르그리트, 고마워요. 내게 새로운 세상을 가르쳐 주었잖아요."

나는 그녀를 통해 배운 육체적 반응의 신기함에 대해 털어놓으면서 마르그리트를 진정시켰다. 나는 왜 그런 일이 일어나는지 설명해달라고 간청했다. 스킨십이 지나간 후 그녀가 한숨과 함께 피곤을 느끼며 누워있던 모습에서 정사 후에 늘어져 있던 어머니의 모습을 보았기에, 그 세계에 대한 모든 것을 알려달라고 했다.

다행히 그녀는 내가 순수해서 그런 질문을 하는 것이리라 판단했는지 안심하는 듯 엷게 미소를 지었다. 그녀는 이제 걱정보다는 인생의 진정한 의미를 알려주려는 큰언니가 되기로 한 듯 나를 지긋이 바라보았다.

"마르그리트, 사실은 어머니와 아버지가 열렬하게 사랑하는 걸 구경하고 말았어."

나는 호기심의 발단이 된 사실을 있는 그대로 털어놓았다.

"종교 외에, 세상에서 사랑만큼 아름다운 것이 어디 있겠니."

그녀는 솔직하게 말해주었다.

마르그리트는 자신이 경험했던 것을 모조리 가르쳐주었다. 나는 어머니와 아버지, 마르그리트와 사촌오빠를 통해 남자의 정확한 구조를 알았다. 그리고 남자와 여자가 어떻게 한 몸이 되는지도 이해했다. 어떤 소중한 씨앗이 자연과 인간의 목적을 이루는지도 깨달았다. 지상에서 가장 강렬한 희열에 이르는 길까지 알게 되었다. 한편으로는 사회에서 왜 이런 희열을 감추고 수수께끼로 덮어두려는지도 알았다. 주변이 아무리 위험할지라도, 남녀는 완벽하게 서로의 욕정을 채울 수 있다는 사실도 알았다. 그뿐 아니라 그녀는 처녀가 방심한 채 남자에게 모든 것을 허용할 때 닥치게 되는 현실적 불행은 반드시 피해야만 한다고 경고했다.

남녀 간의 정사를 경험한 것은 아니었지만, 내 서툰 손놀림만으로도 마르그리트가 느낀 쾌감은 완전했다. 정력적인 청년의 품에서 이루어지는 사랑의 기쁨이 최고일 수 있겠지만, 마르그리트는 그렇게 하지 않고서도 쾌감의 절정에 도달하는 방법을 이야기해주었다.

마르그리트는 아기가 있는 미혼모로서 자신의 처지가 얼마나 불행하고 힘겨운지 잘 알았다. 그녀는 자신을 예로 들면서 조금만 신중하고 냉정하면 얼마든지 안전하게 쾌감을 즐길 수 있다고 했다. 그러면서 과거의 이야기를 들려주었다. 마르그리트의 과거는 흥미롭고 배울 점이 많았다. 나는 그 뒤로 그녀의 가르침을 서른 살 때까지 따랐다. 그사이 나도 스스로 많은 것을 깨달았고, 마르그리트 역시 그녀 나름대로 놀랍고 새로운 것을 계속 가르쳐주었다.

"모든 것이 아름답지만 언제까지나 그럴 수는 없단다."

마르그리트가 이야기하는 동안 나는 그녀의 몸을 건드렸다. 그녀는 예민하게 반응했다. 그녀가 더욱 이야기에 집중해 있을 때, 나는 거의 눈까지 덮고 있는 그녀의 앞머리를 다정하게 젖히고 이마에 입을 맞추었다.

"내가 알고 있는 것을 실제로 해보면서 보완해야겠어요."

"쉽게 생각하면 안 된단다. 나도 처음에는 멋모르고 젊은 남자에게 안겨 임신하게 되었거든. 지금 그래서 아이를 혼자 키우고 있기도 하고."

마르그리트는 제 말에 흥을 느꼈는지 신이 나서 말했다.

"남녀가 나누는 사랑은 신성한 감각이란다."

그녀는 나와 함께 동시에 오르가슴에 이르는 것처럼 더더욱 신바람이 나서 들려주었다. 나는 그녀를 뚫어지게 쳐다보았다. 부풀어 오르고 벌어진 그녀의 작은 입 사이로 가지런하고 흰 이가 드러났다. 그녀의 말은 더 활기를 띠었다.

"이런 것을 알려면 직접 해봐야 해."

내가 마르그리트의 입을 손으로 틀어막자 그녀는 긴 숨을 내쉬며 갑자기 말을 멈추었다. 나는 이마에 퍼붓던 애무를 멈추고 말했다.

"그렇게 달콤하게 설명으로만 하지 말고 한 번 느껴보게 해줘요."

마르그리트는 망설이지 않고 정답게 애무해주었다. 내 제안에 더욱 강렬하게 자극을 받은 듯했다. 나는 응석과 애교를 부려가며 마르그리트를 끌어안았다. 그런데 그녀는 흥분한 얼굴과는 달리 침울하게 말했다.

"그럴 수 없어, 폴린. 너는 아직 사랑이 뭔지 몰라."

"이제부터 배우면 되잖아요."

나는 애원했다. 그녀는 짧게 뜨거운 숨을 내쉬었다.

"거기 앉아봐, 예쁜 소녀처럼 말이야. 너 아직도 처녀니?"

그녀의 말은 나를 자극했다. 하지만 나는 그 말의 숨은 뜻을 즉시 알아차렸다. 그녀는 내게 다가와 내 몸을 더듬었다. 그전까지 느껴보지 못했던 감정이었다. 경험 있는 여자의 손이 내 몸에 닿자 알 수 없는 쾌감이 전신에 넘쳐흘러 정신이 없었다. 우리는 아무 말이나 지껄이면서 서로의 몸을 더욱 밀착했다. 그녀는 땋은 머리로 내 몸을 자극했는데 몇 해가 지나도 잊을 수 없을 정도로 행복한 기분에 취했다.

마르그리트는 과감하게 내게 다가왔다. 그녀는 혀로 나의 이마와 뺨, 코를 핥고 몸 구석구석을 뜨겁게 훑어댔다. 형언할 수 없이 뜨겁고도 달콤한 기쁨이 흘러넘쳤다. 그녀는 내 귀와 눈꺼풀까지 핥아주었다. 가슴 밑바닥에서부터 올라온 뜨거운 어떤 감정이 나를 압도했다. 억눌려있던 모든 욕구가 꿈틀거렸다. 나는 끝없이 채우고 싶은 기분에 사로잡혔다.

그녀와 나는 서로 미친 듯 애무했다. 나는 그녀의 옆자리에 누워있어 손을 어디에 두어야 할지 몰랐다. 우리는 끝까지 갔다. 마지막 키스에서 내 입술을 깨무는 것을 느꼈고, 나도 마르그리트의 입술을 깨물었다. 나는 정신을 잃었다. 나는 떨고 있는 젊은 여자 위에서 완전히 널브러졌다. 내가 어디까지 달려간 것인지 알 수 없었다.

정신을 차려보니 내 곁에 마르그리트가 누워있었다. 마르그리트는 다정하게 이불을 덮어주었다. 나는 금지된 짓을 했음을 금세 알아차렸다. 몸을 태울 듯 달아올랐던 욕망은 식어버렸고 사지는 완전히 풀어졌다. 마르그리트가 열심히 애무했던 몸의 중심이 몹시 근질거렸다. 그녀가 부드럽게 쓰다듬어주었지만 왜 그런지 슬펐다. 나는 그만 불쑥 치미는 죄의식에 엉엉 울고 말았다. 한 어린 소녀가 여자로 거듭난 순간이었다. 마르그리트는 이럴 땐 무엇으로도 울음을 달랠 수 없다는 것을 잘 알고 있었다. 그녀는 그저 나를 끌어안고, 나는 조용히 눈물만 삼켰다. 그러다가 잠들었다.

그 하룻밤 사이에 내 삶은 완전히 달라졌다. 집에 돌아왔을 때 달라진 모습에 부모님은 놀라 까닭을 물었다. 부모님은 하룻밤 사이에 소녀가 여자가 되었다는 걸 알아차리지 못했다. 나는 그저 몸살 기운이 조금 있을 뿐이라고 대답했다. 그날 이후 마르그리트와 나의 관계는 조금 더 발전했다. 우리는 서로에게 진지하며, 때론 격의 없이 장난을 치는 친구 사이로 발전했다. 그리고 그녀를 나의 연인으로 받아들였다.

"어떤 남자에게도 가장 위험한 곳을 허락하지 않겠어요"

나는 마르그리트에게 얼토당토않은 각오로 다짐했다. 하지만 호기심은 더 강렬해져만 갔고 위험만 없다면 어떤 방식으로든 느껴보고 싶었다. 사람들의 욕망은 눈에 보이지 않지만, 한 사람을 송두리째 태울 정도로 강렬하다는 걸 알게 되면서 주변 사람들이 새롭게 보이기 시작했다. 내가 존경하는 사람조차 모두 가면을 쓰고 있다는 것을 알았다. 모든 것을 내게 털어놓은 마르그리트도 막상 스스로 위안을 얻었던 이상한 도구에 대해서는 한마디도 하지 않았다. 나는 기를 쓰고 그녀의 도구를 보고 싶어 했지만, 그녀는 절대 보여주지 않았다. 물건이 들어있던 그녀의 옷장 열쇠를 훔치려고도 했다. 그녀가 거부하면 할수록 호기심은 달아오르기만 했다. 그리고 다른 사람들의 도움 없이 몸이 선사하는 희열의 세계에 대한 모든 것을 혼자서 알아내고 싶었다.

닷새 동안이나 마르그리트의 열쇠를 훔쳐보려고 노력했지만, 손에 넣지 못했다. 그러다가 마침내 우연히 그녀를 스스로 위로해주었던 도구를 찾아냈다. 마르그리트가 사촌 여동생 수업을 하는 동안 그녀의 집 가방 속에 들어있던 것을 발견한 것이다. 나는 물건을 살짝 쥐어보고 나서, 다시 제자리에 돌려놓았다. 조금 탄력이 있고 단단하며 차가운 물건이었다. 그러나 어디 쓰는 물건인지 궁리해 보았지만 알아낼 수 없었다. 불가능했고 손에만 쥐고 있으니 아무런 흥미도 느낄 수 없었다. 싱거운 사실만 확인한 셈이었다. 내가 미처 모르지만 다른 사람들이 희열을 느끼는 방법을 찾아보기로 했다.

"남자의 품에서조차 그런 희열을 느끼기는 굉장히 어려워. 사랑하는 남자에게 아주 오래 자신을 온전히 맡기고 나서야 맛볼 수 있는 거야."

마르그리트의 조언은 신통치 않았지만, 나는 더 애써보았다. 몰래

도구를 다시 꺼내 양손에 쥐고 체온으로 덥히자 조금 알 듯도 했다. 마르그리트에게 몸이 감추고 있는 신세계의 이야기를 듣고 가끔 그녀의 도구를 훔쳐 만져보면서 나흘이 지나자 나는 나 자신이 모를 정도로 달려졌다. 불과 며칠이 흘렀을 뿐이지만, 나는 어린 멍텅구리가 아니라 내 주변에서 살아 움직이고, 괴로워하거나 즐거워하는 모든 다른 여자와 마찬가지의 감정을 갖게 되었다. 나는 내 안의 여자를 찾기 위해 나를 아끼지 않았다.

　나는 마르그리트가 그림책을 읽으면서 하던 대로, 그렇게 해보았다. 너무 흥분해 아픈 것도 느끼지 못했다. 그 흥분이 오래전부터 그토록 간절하게 바라던 대로 낙원으로 들어간 것이겠지 짐작했다. 하지만 시간이 지날수록 쾌감은 고사하고 아프기만 했다. 실망이 컸다. 다른 여자들이 즐기는 방법은 내가 아는 것과는 전혀 다른 것이라는 생각이 들었다. 나의 기분은 천국과 지옥을 오갔다. 그녀의 도구로 음부를 문지르면서도 내 몸에 무슨 일이 벌어졌는지 도무지 이해할 수 없었다. 화끈거리는 상처 때문에 괴롭기만 했다. 나는 낙심했고 그녀의 도구가 나와는 맞지 않는다는 생각이 들어 다시는 손대지 않았다. 한편으로는 솔직하게 그녀에게 도움을 청하지 못했던 것을 후회했다. 이처럼 고약하고 아픈 경험은 처음이었다. 나는 몸에 이상한 열정이 차오르는 밤이 두려웠다. 다정했던 마르그리트가 도구를 훔쳐서 멋대로 사용하고 상처만 입은 나에 대해 알아차릴까 조바심이 났다. 일말의 죄의식으로 노심초사하면서도 나는 나의 중심이 상처 입은 것에 대해 거짓말을 했다.

"실은 사다리에서 떨어졌어."

"그렇게 떨어지면 처녀성을 잃기도 해. 미래의 신랑이 놀라지 않을 지나 모르겠다."

그녀는 나를 진심으로 걱정해주며 침대에 앉히고는 위로해주었다.

다음날 몸도 마음도 훨씬 상쾌해졌다. 마르그리트에게 거짓말을 했다는 죄의식은 물론 음부의 고통도 씻은 듯이 사라졌다. 마침 방학 중이라 삼촌 집으로 한 차례 더 놀러가게 되었는데 사촌오빠를 다시 만나게 되면서 나는 쾌락이 무엇인지 완전히 깨닫고 말았다. 사촌오빠에게 나를 만지게 했고 나도 그를 만져보면서 다른 어떤 여자보다 더 완전하게 쾌락을 알게 된 것 같았다. 서로를 만지며 모든 쾌감을 다 쏟아냈고 우리는 탈진했다. 그때 내 나이 열다섯 살이었다.

여전히 풋내나는 몸이었지만 완전한 쾌감을 맛보았고, 집에서 흥분해 지낼 때처럼 건강이 상하지도 않았으며 괜한 의심 탓에 활기를 잃지도 않았다.

"모든 게 너무 경이로워."

"지나치게 흥분하는 거 아니니?"

"절대 그럴 일 없을 테니 걱정하지 마."

나는 이미 그 나이 때부터 나중에 펼쳐질 일들에 대해 신중하게 대비했다. 마르그리트로부터 듣고 익혀서 경계해야 하는 일들에 대해 알고 있었고, 어려서부터 항상 몸을 조심하라고 배운 덕이었다. 더욱이 몸의 섭리에 호기심을 느끼고 알아가기 시작할 때부터 능숙한 여자와 사귀어서 나는 정말 운이 좋았다. 그 무렵 주변 젊은 남자 중 하나가 나를 농락했다면 어떻게 되었을까? 내 기질과 호기심을 이겨내지 못해 나를 잃어버렸을지도 모를 일이었다. 욕망을 가르쳐주는 훌륭한 교사 마르그리트가 있었고, 비록 드러내놓고 말하거나 즐길 순 없지만 그만큼 은밀하게 하나둘 알게 되어 더욱 좋았다. 나는 어머니와 아버지의 정사를 엿본 그 순간부터 이미 침착한 실속파였던 듯하다. 그래서 훗날 껄끄러운 일들을 피할 수 있었던 것이기도 했다. 어쨌든 몸의 언어는 은밀하게 다루어져야 한다고 생각했다. 어쩌면 나는 마르그리트를 만나기 전부터 몸이 변하면서 여자로 꽃 피울 준비를 하고 있었던 것인지도 몰랐다.

마르그리트

"폴린, 남자에게 자신을 완전히 바치지 않도록 조심해야 해. 그랬다간 결혼할 때 온갖 불행이 따르니까."

마르그리트는 나를 진심으로 이해하면서 연애와 사랑에 대해 가르쳐주었다. 그녀와 나처럼 취미와 삶과 운명이 여러 면에서 비슷한 경우도 드물었다. 그녀에게 배운 삶과 사랑에 대한 지혜들이 내 삶에 영향을 주었다는 것을 부정할 수 없다.

마르그리트는 스위스 로잔에서 태어났다. 훌륭한 교육을 받았지만, 부모님이 갑작스럽게 사고로 돌아가시면서 열일곱 살에 고아가 되었다. 그나마 다행이라면 물려받은 재산이 있어 미래를 걱정하지 않아도 되었다는 점이었다. 하지만 마르그리트는 불행하게도 대책 없는 보호자를 만나 재산을 통째로 빼앗기고 말았다. 부모님이 돌아가시고 유산마저 모두 잃은 뒤, 그녀는 친척의 소개로 오스트리아 빈 사람인 남작 부인 집으로 들어갔다. 그녀는 한동안 주네브[3] 호숫가 모르주[4]의 아름다운 별장에서 살았다.

마르그리트는 그곳에서 주로 화장술을 배웠다. 남작 부인은 화장하는데 많은 시간을 보내곤 했다. 우아하고 세련된 부인은 한동안 그녀와 거리를 두었다. 그러다 마르그리트의 처지를 알게 된 후 금세 호의를 보였다.

"마르그리트, 혹시 애인은 있니?"

그때까지 마르그리트는 순진했다. 그 후 남작 부인은 그녀가 순수하다는 걸 알고 친하게 지내게 되었다고 했다.

"마르그리트, 혹시 전신화장은 할 줄 아니?"

"네, 어머니에게 들어서 좀 알아요."

당시 전신화장은 스위스뿐 아니라, 유럽의 다른 나라에도 널리 알려진 화장술이었다. 더군다나 그녀는 유복한 시절 어머니를 통해 전신화장에 대해 들었던 터라 직접 하는 방법에 대해서 잘 모르지만 익숙하게 들었던 말이었다.

"그럼, 하녀를 대신해서 그 일을 네가 맡아주면 어떻겠니?"

전신화장은 그야말로 몸 전체를 화장하는 일이었다. 남작 부인의 배려로 전신화장을 마르그리트가 맡게 되었다. 그녀는 남작 부인의 전신

---

3   주네브 호수(Lac de Genève)는 지금의 레만 호(Lac Léman)를 일컫는다.
4   모르주(Morges)는 스위스 서부 보(Vaud)주에 위치한 소도시.

화장을 시작하면서 처음으로 완전히 발가벗은 여자를 보았다. 속이 훤히 비치는 슬립 차림이었지만, 그녀의 몸 구석구석을 낱낱이 볼 수 있었다. 남작 부인은 거의 전라로 소파에 기댄 상태에서 의자 두 개에 양다리를 얹고 편한 자세를 취했다. 그런 후 그녀에게 부드러운 빗을 주면서 방법을 가르쳐주었다.

"몸 전체를 아름답게 가꾸는 거야. 피부는 부드럽게 머리와 모든 털은 가지런하게."

남작 부인은 금발미녀였다. 피부를 마사지하고 피부를 촉촉하게 유지하기 위해 크림을 전신에 바르고 문지르는가 하면 머릿결이 부드러워지도록 빗질을 해주어야 했다. 처음 마르그리트는 조심스럽게 한 발한 발 나아갔다. 남작 부인은 조금 서툰 그녀에게 직접 방법을 알려주며 전신화장을 가르쳐주었다. 마르그리트 역시 화장하기를 좋아했고 관심도 많았던 분야라 금세 익숙해졌다.

"남작 부인은 정말 아름다웠어. 피부는 비단보다 더 부드러웠고 머릿결이 찰랑거릴 때면 태양보다 더 화려했지. 무심하게 반응할 때도 있지만 때론 한숨을 내쉬기도 했어. 눈을 깜빡거리거나 노래를 부르기도 했단다. 노래 부르거나 말할 때 보면 붉은 입술 사이로 작은 치아를 드러내는데, 마치 둥지 밖으로 머리를 내미는 작은 새처럼 입을 놀렸어."

마르그리트는 남작 부인과의 순간들을 자세하게 설명해주었다. 처음에는 전신화장을 하는 것에 미숙했지만, 전신화장하는 법을 통해 자신의 몸속에 여자의 본능을 샘솟게 하는 쾌감이 숨어 있었다는 것을 깨달았다고 했다. 마르그리트는 빗질에 금세 통달했다. 같은 또래 처녀들보다 센스가 빨랐고 빗질로 남작 부인을 적당히 자극하는 법까지 익히면서 그녀는 없어서는 안 될 존재가 되었다. 둘의 관계는 더욱 발전했다. 서로에게 익숙해지면서 욕망을 나누게 되었다. 그렇게 전신화장에 익숙해질수록 마르그리트와 남작 부인은 서로가 그 이상의 무엇을 원하는지 알게 되었고, 결국 서로를 끌어들이고 애틋하게 한 몸이 되기를 원했다.

그러던 어느 날 뜻밖의 사건이 터졌다. 남작 부인이 슬립조차 걸치지 않은 채, 실오라기 하나 남기지 않고 옷을 벗어 던졌다. 그러자 완벽하고 관능적인 여성의 몸매가 드러났다. 어떻게 해서든 불편하게 억눌린 관계를 벗어나 아름다움을 과시하려는 욕망에 부푼 몸이었다.

"나와 내 몸을 사랑해줄 수 있겠니?"

마리그리트는 그녀에게 충실하기 위해 노력했다.

부인의 결혼은 불운했다. 그녀는 정사에 들어가면 금세 무기력해지는 남자와 결혼했던 것이다. 남작은 결혼 초 몇 해 동안만 남작 부인을 만족시켰다. 남작은 그렇게 부인에게 본인이 감당할 수 없는 욕망만 깨워놓았다. 대부분 여자처럼 남작 부인의 성욕도 뒤늦게 깨어났다. 일찍이 너무 기력을 탕진해버려 성적으로 무능력해진 남작은 부인이 계속 열을 올릴 때마다 항상 짜증을 냈다고 한다.

그러다 남작은 파리에 중요한 외교관직을 맡았다. 남작은 그 무렵

성 기능이 완전히 마비되었다. 그래서 부인을 주네브 호숫가의 별장으로 보냈고, 그 집에 마르그리트가 침모처럼 들어가게 된 것이다.

남작 부인은 대단한 미모의 소유자였으나 별장에 파묻혀 살아야 했다. 시간이 지나자 마르그리트는 집사 노릇을 하는 성질 더러운 늙은이가 첩자 짓을 하면서 파리에 있는 남작에게 부인의 일거수일투족을 보고한다는 것을 알았다. 그러니 남작 부인은 어떤 남자와도 마음대로 왕래를 할 수 없었다. 남작 부인은 매우 신중했고, 가족의 이익과 명예를 중요하게 여기는 여자라 남자가 다가오면 피했던 여성이기도 했다. 별장은 물론 부인의 집안이나 주변에서 그 누구도 마리그리트와의 은밀한 관계를 의심하지 않았다.

부끄러워 서로에게 머뭇거리던 시기가 지나자, 젊은 남작 부인과 젊은 마리그리트는 대담한 상황들을 저녁부터 아침까지 이어나가기 시작했다. 낮 동안 남작 부인은 마리그리트에게 눈곱만큼도 친한 티를 내지 않았다. 하지만 어둠이 내리면 달라졌다. 서로에게 친밀해지고 익숙해지면서 두 사람은 낮과 밤을 차츰 게임처럼 즐기고 있었다.

"남작 부인도 그렇고 나도 점점 대담해졌지. 나는 어느 순간부터 알몸으로 남작 부인의 침대에 들어가기 시작했으니까. 그다음에 무슨 일이 벌어졌는지는 굳이 말하지 않아도 알겠지?"

그렇게 마르그리트는 남작 부인을 위해 소극적인 역할을 맡았다. 그때 그녀는 침모였으며 하녀였으니까. 하지만 부인의 욕망은 끝이 없어서 항상 새로운 놀이를 개발했고, 두 여자는 그렇게 언제나 새롭고 달콤한 감각을 발굴해 나갔다.

"믿어지지 않겠지만, 사실 그 시절이 내 삶에서 가장 행복하고 감미로웠어."

남작 부인은 매주 주네브로 나가 사람들을 만나고 장도 보았다. 매번 집사가 수행했다. 마르그리트도 부인과 친해진 뒤로 함께 따라나섰다. 남작 부인은 주네브로 나오면 화려한 호텔에 묵었다. 거실과 침실, 마르그리트를 위한 작은 규방과 집사가 드나드는 방이 붙어 있는 구조의 호텔이었다. 각 방문은 복도 쪽으로 향해 있었다. 또 각 방은 벽을 통해 연결되어 있었지만, 가구로 막아놓은 형태였다.

마르그리트는 주네브를 몇 차례 오가면서 부인이 뭔가 숨기는 게 있다는 사실을 알게 되었다. 그것은 그녀에게 특별한 일이었다. 둘만의 시간을 보낼 때도 별장에서처럼 화려하지 않았고, 저녁이든 아침이든 둘 사이의 은밀한 관계에 몰입하지 못했다. 게다가 부인은 낮에도 들떠서 안절부절못했다. 밤이 지난 후 그녀의 방을 정리하러 들어가 보면 침대는 물론 그녀의 속옷에서도 혼자 밤을 보내지 않았다는 사실이 확연하게 드러났다. 침대는 항상 어지럽혀 있었고, 의자들도 뒤집혀 있었으며, 바닥에 널브러져 있는 수건에는 뚜렷한 흔적들이 남아있었다. 마르그리트는 질투가 났다. 남작 부인이 온전히 자신만의 연인이라는 생각에 빠져있었기 때문이다. 그런 사실을 알게 된 후 마리그리트는 부인을 감시하기 시작했다. 그녀의 편지도 엿보았고 방문객과 심부름꾼도 유심히 살폈다. 하지만 아무것도 찾아내지 못했다. 그러나 남작 부인이 혼자서 밤을 보내는 게 아니라는 것만은 확신했다. 한 번은 깊은 밤에 남작 부인 방의 방문에 귀를 맞대고 엿들어보았지만 어떤 흔적도 찾을 수 없었다.

게다가 부인은 복도 쪽 문뿐만 아니라 침실과 거실로 어이진 문들도 모두 걸어 잠그는 바람에 복도에서는 그녀를 염탐할 수가 없었다. 그나마 복도 쪽이 그녀의 침실에서 가까웠다. 하지만 호텔 종업원들과 손님들이 계속 지나다니기 때문에 복도에 오래 서성일 수가 없었다. 마르그리트는 어쩔 수 없이 밤새 자기 방문을 활짝 열어둔 채 누가 부인의 방에 드나드는지 알아보려고 감시했다. 이런 감시와 염탐이 몇 개월 동안 이어졌다. 그러던 어느 날 우연히 모든 게 드러났다.

"호텔 바로 옆 건물에서 불이 났던 거야."

나는 그녀의 이야기를 흥미진진하게 들었다.

"불이 호텔로 옮겨붙을 수도 있어서 모든 숙박객을 깨우고 난리가 벌어졌지. 나도 놀라서 급하게 부인의 방으로 건너갔어. 문을 활짝 열었는데 화염이 창가에서 넘실대더라. 부인은 질겁해 말도 제대로 못 하고 정신이 나간 사람처럼 멍한 표정으로 서 있었어. 나는 그때에도 질투가 사라지지 않아서 방안을 둘러보았어. 결국, 내가 의심하고 염탐했던 모든 게 드러나고야 말았지."

방문 앞에 있던 가구가 벽에서 떨어져 나와 있었다. 한 사람쯤 쉽게 뒤로 빠져나갈 수 있을 정도의 틈이 벌어져 있었다. 그리고 남자 옷이 침대 앞 의자에 놓여 있었고 침대 협탁 위에 남자 시계와 시곗줄이 눈에 띄었다. 남자가 드나들었다. 의심의 여지는 없었다. 남작 부인은 마르그리트가 물건들을 살피는 걸 알아차리고 아연실색했다. 하지만 그보다는 우선 불길을 피하는 게 우선인지라 마르그리트는 서둘러 부인의 소지품을 챙기다가 이미 사용한 것으로 보이는 피임기구[5]까지 발견했다. 마르그리트는 손수건으로 피임기구를 감싸 치마 안주머니에 숨겼다.

"그렇다고 우리 사이가 달라진 건 아니라고 생각했어. 화재가 잡히고 짐을 챙기러 호텔에 들어갔는데 호텔 종업원들로부터 남작 부인의 옆방 손님이 러시아 백작이라는 사실을 알았지. 게다가 불이 나서 남작 부인 방과 옆방의 구조가 같은 걸 훤히 볼 수 있었거든. 그러니까 나와 집사의 방만 가구로 통로를 가려 놓은 게 아니라 바로 옆방과도 붙어 있었고, 객실 앞으로 드나들지 않고도 호텔 행랑 계단이나 벽 계단을 통해 드나들 수 있었던 거야."

마르그리트는 그동안 궁금했던 모든 게 이해되었다. 남작 부인은 젊은 러시아 백작과 관계를 가져왔던 것이다. 마리그리트는 남작 부인이 그 사실을 숨겨왔다는 게 섭섭했다. 모르주의 별장으로 돌아가는 길에 그녀는 피임기구를 싼 손수건을 벌판에 던져버렸다.

두 사람은 별장으로 돌아왔고 다시 똑같은 일상이 되풀이됐다. 다만

5 La baudruche. 동물 내장을 이용한 피임기구다.

달라진 게 있다면 남작 부인이 마리그리트의 눈치를 본다는 점이었다. 남작 부인은 모든 걸 털어놓아야 할지 시치미를 떼어야 할지 갈등했다.

그리고 여러 날이 지난 후 다시 주네브에 가게 되었다. 마르그리트는 자유롭게 복도를 오가다 여러 차례 러시아 백작과 마주쳤다. 미남 청년이었다. 두 번째 백작과 마주쳤을 때 그는 몸을 돌려 길을 피해주었고, 세 번째 때는 마르그리트 곁에서 나란히 걸었다. 백작은 마르그리트가 호텔에 묵고 있는 귀부인의 하녀라고만 알고 있었다.

"그런데 놀랍게도 그 백작이 나를 자기 방에 초대한 거야. 난 정말 아무 생각도 없었어. 다만 도대체 그 미남 청년의 방이 궁금했어. 진짜 호기심뿐이었다고."

마르그리트는 그를 따라갔다. 그녀는 미남 러시아 백작에게 마음이 끌린 모양이었다. 그가 마리그리트를 초대했을 때, 마침 복도에는 아무도 없었다. 마르그리트를 데려간 백작은 방으로 들어가자마자 그녀를 껴안고 가슴을 주물렀다. 그녀가 격하게 저항했지만, 백작은 막무가내였다.

"그 와중에 나는 백작의 방을 살펴본 거야. 그런데 남작 부인의 방으로 통하는 문이 보이더라. 그때 깜찍한 계획을 세웠지."

백작은 즉시 본론으로 들어가길 바랐지만, 마르그리트는 밤중에 주인이 잠들면 다시 오겠다고 약속을 하며 그를 달랬다.

"자정 이후에나 가능할 것이라고 했어. 복도에 불이 꺼진 깊고 어두운 밤에 말이야."

백작은 결국 새벽 1시로 약속하고 열쇠를 주었다. 그러나 마르그리트는 언제든 들어갈 수 있도록 문을 열어 놓아달라면서 열쇠를 돌려주었다. 결국, 마르그리트의 뜻대로 되었다. 마르그리트는 치밀하게 계획을 세웠다. 남작 부인은 마르그리트를 10시에 내보내고 서둘러 문단속을 했다. 그러나 마르그리트는 자기 방으로 돌아가지 않고 부인의 방문에 귀를 기울였다. 잠시 뒤, 남작 부인이 흥얼거리는 소리가 들렸다. 부인은 흥얼대면서 벽에 붙어 있는 옷장을 미는지 옷장이 바닥을 긁는 소리가 들렸다.

백작이 부인의 방으로 들어가는 발소리가 들릴 때, 마르그리트는 잽싸게 백작의 방으로 들어갔다. 누구에게도 들키지 않았다. 옆방의 열린 문틈으로 한 줄기 빛이 새어 나왔다. 마르그리트는 남작 부인의 방에서 벌어지는 모든 것을 쉽게 엿볼 수 있었다. 남작 부인은 침대에 엎드린 채 백작의 목에 팔을 두르고 있었다. 백작은 그녀의 입술과 가슴을 애무하느라 정신이 나간 듯했다.

남작 부인이 백작을 품에서 밀어내자 그는 손으로 그녀의 젖가슴을 애무하면서 계속 이마와 금발을 쓰다듬었다. 남자 품에 안겨 있는 남작 부인이 대단한 미녀라는 사실을 새삼 깨닫게 해주었다. 그녀가 발산하는 매력 때문에 마르그리트는 시선을 어디에 두어야 할지 몰랐다. 남작 부인은 매력에 넘쳤다. 백작도 더는 참지 못하겠다는 듯 급히 옷을 벗었다. 그의 체구는 건장했다.

마르그리트는 처음으로 필요성을 느끼면서도 감히 입에 올리지 못했던 피임 도구를 보았다. 별장으로 가던 길에 내버린 것과 같은 모양이었다. 부인은 탁자에 그것을 올려놓았다. 붉은 줄로 끝을 묶은 것으로 프랑스 의사가 발명한 것이었다.[6]

준비를 마치자 남작 부인은 염탐하는 자가 없나 주변을 살폈다.

"오, 나의 사랑!"

백작이 남작 부인에게 달콤한 말을 속삭였다. 부인도 백작의 헝클어진 머리를 쓰다듬으면서 같은 말을 속삭였다. 두 사람은 오래전부터 관계를 유지해온 듯했다. 둘은 서로를 쓰다듬으며 조금도 거북해하지 않았다.

두 사람은 금세 이불을 덮었다. 두 사람의 머리와 서로 삼킬 듯 부벼대는 입만 보았을 뿐, 콘돔을 사용하는 모습은 볼 수 없었다. 백작은 깊게 숨을 몰아쉬었고 부인도 똑같은 숨으로 맞장구쳤다. 두 사람은 거의 15분 넘게 엉겨 있었다. 부인은 포옹을 풀지 않았다.

"그 광경은 놀라운 것이었어. 다리 사이로 개미 떼가 덤벼드는 것처럼 몸서리를 쳤지."

마르그리트는 그렇게 실토했다. 그뿐 아니라 그녀는 피임기구가 불행과 수치를 피하게 해줄 수 있다면서 활용법을 가르쳐주었다.

"콘돔은 말이야 위험을 막아주는 데 긴요한 것이야. 처녀와 과부는

---

6   Condom' 또는 'Conton'이라고 표기하는 영국 왕실 의사가 있었지만, 그가 피임기구를 발명했다는 증거는 아직 밝혀지지 않았다. 프랑스 장교라는 설도 있다.

물론 이미 성욕에 지친 남자들과 사는 부인들의 필수품이라고."

모든 걸 구경한 뒤, 마르그리트는 조심조심 자기 방으로 돌아왔다. 그런데 등 뒤에서 문 여는 소리가 들렸다. 그녀는 쾌재를 불렀다. 백작이 밤새 공허하게 자신을 기다릴 것을 생각하니 쌤통이라는 생각이 들었다. 마르그리트는 모든 상황을 주도하고 싶었다. 그들의 사랑놀이에 뛰어들고도 싶었고 자신을 믿지 못한 부인에게 복수도 하고 싶었다.

마르그리트는 남작 부인이 일어나기 전, 백작이 묵는 방문을 두드렸다. 백작은 심드렁하게 문을 열었다. 호텔 종업원으로 착각했던 듯했다. 그러다 마르그리트의 얼굴을 확인하곤 놀라 그녀에게 어서 들어오라고 손짓했다.

"왜 이렇게 늦었지? 밤새 기다렸는데."

백작은 원망하는 말투였다.

"백작님께서 말한 시간보다 조금 일찍 왔는데 남작 부인과 사랑을 나누는 걸 보았어요. 남작에게 전하면 아마 엄청난 보상을 받을 수 있겠지요. 하지만 그렇게 하고 싶지는 않아요. 비밀을 유지하면서 다 함께 놀 수만 있다면 말이에요."

마르그리트는 남작 부인의 쾌감을 자극하면 백작과의 관계도 더 좋아질 거라고 덧붙였다. 백작은 그녀의 말을 듣고 놀랐다. 하지만 그녀의 제안을 받아들여야만 했다. 만약 부인과의 관계가 누설된다면 두 가문 모두 패가망신 당할 판이었기 때문이다.

"지금은 너무 늦었는데."

"아니에요. 아침에 서두르면 충분히 즐길 수 있을 거예요."

걱정하기보다는 짜릿할 것이라 예상했는지 백작은 그녀의 제안을 즉시 수락했다.

마르그리트와 백작은 한 시간 뒤부터 할 일을 자세히 짰다. 남작 부인은 아침 7시에 잠깐 깼었다가 문을 열어두고는 다시 누웠다. 마르그리트는 짐을 싸고 모든 준비를 한 후, 아침을 먹었다. 백작은 자기 방에서 신호를 기다렸다. 마르그리트는 거실로 들어가 문을 두드렸다. 신호였다. 백작이 미리 계획한 대로 문과 옷장을 밀고 남작 부인의 방으로 들어왔다. 백작은 망설이지 않고 놀란 남작 부인에게 달려들었다. 백작은 남작 부인에게 입을 맞추며 그녀의 입을 막았다. 부인은 한마디도 할 수 없었다. 다만 손가락으로 활짝 열린 거실문을 가리키기만 했다. 마르그리트는 서둘러 짐보따리들로 문을 막았다. 백작이 빗장을 걸었을 것이다. 이어서 백작은 부인에게 마지막으로 멋진 사랑을 보여달라고 애원했다.

"당신은 정말 매력적인 여자예요. 내 뜻을 받아주지 않는다면 나는 병이 날지도 몰라요. 피임기구도 갖추었으니 안심해도 돼요."

남작 부인이 마지못해 승낙했을 때, 문 뒤에서 두 사람의 실랑이를 듣고 있던 마르그리트가 불쑥 나타났다. 그녀는 두 사람의 모습에 경악한 척하면서 손에 들고 있던 것을 놓아버렸다. 그렇게 대경실색한 눈으로 침대를 바라보았다. 남작 부인은 눈을 감고 마침내 올 게 왔구나 싶은 낯빛으로 넋을 놓았다. 그녀는 그 순간부터 벌벌 떨었다. 명예는 물론 재산도 모두 잃을 판이었다. 백작이 알아듣지 못할 러시아 욕을 내뱉으면서 마르그리트에게 덤벼들었다. 그러면서 분통을 터뜨리며 외쳤다.

"내가 이 염병할 년을 죽이지 않으면 우리가 모든 것을 잃고 말 거야. 영원히 주둥아리를 막아주마. 이 방에서 나가지 못하도록."

마르그리트는 도망치려 했지만, 백작은 문을 가로막았다. 백작은 무섭게 그녀를 노려보았다. 목이라도 조를 기세였다. 부인은 죽은 듯 그 광경을 지켜보았다. 그런데 돌연 백작이 무슨 생각이 떠올랐다는 듯 큰 소리를 쳤다.

"이 년의 입을 막으려면 별수가 없겠어. 우리와 한패로 삼아야지. 부인 용서하구려, 부인을 위해서라면 어쩔 수 없는 일이니."

이런 말을 하면서 백작은 질겁한 듯한 마르그리트를 품으로 끌어당겨 침대에 눕혔다. 여전히 벗은 채 떨고 앉아있던 백작 부인 옆으로. 그러더니 백작은 마르그리트를 난폭하게 덮쳤다. 그녀는 피하는 척하면서 몸을 뒤틀었다. 너무 피하지도 그렇다고 너무 안기는 척도 하지 않으면서 몸을 내주었다. 백작은 마르그리트를 누르면서 콘돔을 착용했다. 결국, 그녀는 못 이기는 척하면서 백작이 하는 대로 내버려 두었다.

"부인 도와주세요! 이런 억지 깡패짓이 어디 있어요. 막아주세요!"

말은 그렇게 했지만, 마르그리트는 영혼까지 짜릿하게 넘쳐 흐르는 감정에 흥분했다. 그녀는 남작 부인을 속였다는 사실에 기뻐 죽을 지경이었다. 무엇보다 자신이 차지할 수 없는 훌륭한 사내의 품에 안겨 있다는 사실이 그녀를 더욱 흥분하게 만들었다. 겉으로는 난폭해 보였지

만 사실 백작은 능숙하고 부드럽게 마르그리트를 다루었다. 남작 부인
은 가만히 있지 못했다. 거짓으로 울고불고 불안해하는 마르그리트에
게 진정하고 큰소리 내지 말라며 다독였다. 그녀를 달래느라 남작 부인
이 곁으로 다가왔을 때 백작이 말했다.

"마담, 이 계집애를 잡아주세요. 도와주지 않으면 우리 모두 죽어요.
내가 욕을 보여야 입을 다물게 할 수 있어요!"

결국, 남작 부인은 백작이 욕망을 채우도록 기를 쓰며 거칠게 도왔
다. 마르그리트는 특히 남작 부인에게 저항했다. 이런 싸움이 빚어낸 동
작들이 오히려 서로를 자극해 쾌감을 증폭시켰다. 마르그리트는 실성
한 듯 연기를 했다.

"내가 세운 대책밖에 없어요. 우리가 살아나려면 별다른 수가 없으
니 용서해요. 이제 이 하녀는 믿어도 될 겁니다. 부인과 나의 관계를 영
원히 덮을 수 있을 겁니다."

백작은 장담했다.

"이 하녀를 달래고 위로하려면 가능한 모든 수단을 다해야 할 겁니
다. 우리 이 처녀에게 돈을 줍시다."

마르그리트는 꿈틀대면서 깨어나는 척했다. 그러자 부인은 백작의
몸에 매달려 있던 붉은 콘돔을 후딱 거두어 침구 속에 숨겼다. 결국, 마
르그리트가 이겼다. 남작 부인은 쩔쩔맸다. 백작은 다음을 기약하고 방
에서 나가 자기 객실로 돌아갔다. 두 여자만 남았다.

"마르그리트, 실은 나의 남편은 이제 성욕이 남아있지 않단다. 나는

그렇지 않은데, 내가 백작을 만나 이렇게 관계를 맺는 건 나도 어쩔 수 없는 일이었어. 앞으로 너를 보살펴 줄게. 그러니까 백작의 폭행을 용서해다오."

"마님, 본의 아니게 비밀을 알아버렸지만, 밀회의 비밀은 지켜드릴게요."

이 순간의 약속들로 세 사람은 이상한 관계가 되었다. 그 후 세 사람은 시간이 허락할 때마다 같은 침대에서 뒹굴었다. 그런데 백작은 마르그리트의 젊고 아름다운 몸을 더 열정적으로 탐했다. 그는 누구도 건드린 적 없는 작은 오솔길 속으로 드나들기를 좋아했다. 백작은 남작 부인보다 마르그리트를 더 좋아했던 것이다. 단둘이 있게 되면 항상 그런 편애를 노골적으로 드러냈다.

하지만 마르그리트는 부인 앞에서 백작에게 거의 관심을 두지 않았다. 마르그리트는 부인의 즐거움을 위해 함께 섞여 놀 뿐이라고 말했다. 남작 부인도 하녀와 애인 사이에 무슨 일이 벌어지고 있는지 몰랐다. 오히려 남작 부인은 마르그리트에게 선물을 잔뜩 주기도 하면서 최측근으로 신임했다. 그렇게 기이한 신뢰가 쌓인 후부터 마르그리트는 백작이 부인을 찾아오는 저녁때마다 함께 어울렸다. 그러나 마르그리트가 이미 백작의 기운을 모두 쏟아내도록 한 뒤의 어울림이었다. 그러니 남작 부인은 백작의 시들해진 열정의 찌꺼기만 건네받을 뿐이었다.

마르그리트는 남작 부인이 의심할지 몰라서 언제나 소극적으로 두 사람 뒤를 따랐다고 말했다. 그녀는 세 사람이 함께 의기투합해 놀았던 일들에 대해 밤새 내게 들려주면서 지칠 줄 몰랐다.

　백작은 부드럽고도 열렬한 청년이었다. 그는 마르그리트를 첫사랑에 몸을 떠는 처녀처럼 받들었다. 백작은 그녀에게 처녀의 수치심을 버리고 완전한 쾌감을 맛보는 순간의 기분을 설명해주었다.

　"이런 인간의 결합에서 형언할 수 없는 향기가 터져 나오지. 천국에서나 누릴 행복을 미리 맛보는 것 같다고나 할까. 남자와 여자가 함께 치솟는 절정은 자연의 뜻이기도 해. 마르그리트, 만약에 네가 아이를 낳으면 정성껏 키우겠어."

　마르그리트는 그것만은 완강히 반대했다. 봇물 터지듯 밀려드는 쾌감만으로도 충분했다. 그렇게 둘만의 밀회를 즐긴 후, 저녁때 다시 남작 부인의 방에서 늦은 밤까지 계속 셋이서 함께 했다. 셋이 처음으로 어울렸을 때 부인은 완전히 매혹되었다. 백작은 창의적이었다.

　백작은 모든 쾌락을 지휘했다. 참신한 방법을 찾아냈고, 두 여자가 할 수 있는 난해한 곡예를 즐겼다. 백작의 정력은 지칠 줄 몰랐다. 그는 이야기도 잘했다. 대담한 이야기들로 쾌감을 더욱 높이 끌어올렸다. 남작 부인과 마르그리트는 매력적인 이야기꾼의 온갖 대담한 이야기를 감탄하며 들었다.

　나는 마르그리트의 이야기를 들으며 그녀가 얼마나 흥겨웠을지 상상했다. 젊은 청년과 아름다운 부인과 그녀가 완전히 하나로 어울렸다니! 나는 그 모습을 상상하는 것만으로도 흥분했다. 하지만 한 가지 또 알게 된 사실이 있었다. 마르그리트는 이처럼 교묘하고 세련된 놀이는 비밀을 유지하는 일이 상당히 피곤하기 마련이라고 귀띔했다. 게다가 젊은 백작이 변덕을 부려 금세 이런 관계에 싫증을 냈다. 두 여자의 끈 질긴 요구에 피곤해지면서 두 여자에 대한 열기도 식어간 것이다.

어느 날 백작은 썰렁하게 인사하고 주네브를 서둘러 떠났다. 그것이 백작과의 마지막 만남이었다. 남작 부인도 그의 부재를 빌미로 마르그 리트를 떼어놓을 기회를 찾았다. 마르그리트는 백작과 남작 부인에게 서 3,000프랑[7]을 받았다. 하지만 마르그리트는 그 돈을 보호자에게 넘 겨야만 했다. 당시의 법은 보호자 위주였다.

마르그리트는 남작 부인과 백작에게서 받은 돈을 모두 잃고, 가정교 사로 일하던 친구를 찾아가 함께 살았다. 그녀는 친구와 지내며 공부를 해야겠다고 생각했다. 자신도 러시아로 건너가 가정교사를 하고 싶었 다. 당시 스위스 여자 상당수가 직업으로 가정교사를 택했다. 가정교사 는 여성이 갖기에 이상적인 직업 가운데 하나였다. 하지만 이미 쾌락을 맛본 마르그리트는 이내 공부가 지겨워졌다. 게다가 처녀로서 성생활 을 안전하게 즐길 수도 없었다.

그녀는 시간이 지날수록 젊은 백작의 몸을 그리워했다. 처음 몇 달

---

7   당시 식당에서 포도주를 곁들인 점심 한 끼 값이 1프랑 정도였다. 그러니 3000프랑이면 매일 끼니를 식당에서 해결한다고 해도 3년 동안 삼시세끼를 해결할 수 있을 큰 돈이었다.

동안 밤마다 잠을 이루지 못하고 꿈에 시달렸다. 그렇다고 누군가를 사귈 기회도 주어지지 않았다. 누구든 기꺼이 사랑하고 싶었지만, 아무 걱정 없이 누군가를 사랑할 여건이 주어지지 않았다. 마르그리트는 어쩔 수 없이 책에 파묻혀 외롭게 1년을 보내야만 했다. 하지만 시간이 무심하게 흘러가지만은 않았다. 목욕탕에서 만난 한 처녀와 긴밀한 사이로 발전했기 때문이다. 두 처녀는 금방 다른 친구들을 끌어들였다. 처녀들은 거의 숙맥들이었다. 마르그리트는 처녀들에게 은밀한 세계를 가르쳐주었다. 그녀의 욕망은 끝이 없었다. 비밀스러운 모임을 꾸려 은밀히 즐길수록 욕망은 더욱 거세어져 갔다.

마르그리트는 어느 날, 목욕탕에서 만난 처녀의 남동생을 만났다. 친절하고 교양 있는 청년이었다. 그녀는 금방 청년에게 반했다. 청년도 마르그리트에게 호감을 품고 접근했다. 하지만 청년도 처녀들처럼 순진했다. 청년은 그저 강한 육체적 본능의 지시를 따를 뿐이었다.

청년의 이름은 샤를이었다. 그는 시골에서 자랐고 남녀 사이의 욕망에 대해서는 아무것도 몰랐다. 순박하고 정직했다. 서로를 사랑하는 데 있어서 샤를이 너무 서툴러 마르그리트가 모든 걸 가르쳐 줄 수밖에 없었다. 그 정도의 청년이라면 절정의 순간 냉정함을 지킬 수 있으리라고 판단했다. 위험한 섹스를 피하면서 완벽한 기쁨을 누릴 수 있으리라 자신했던 것이다. 그러나 자신은 완벽하게 방어할 수 있을 것이라 믿었지만, 남자가 뜨겁게 달아올랐을 때 여자가 얼마나 약한지 그녀는 미처 깨닫지 못했다. 갑자기 가슴을 휩쓸어버린 터무니 없는 성욕으로 인해 그녀는 모든 방비를 잊고 말았고, 원칙도 모두 무너졌다. 그럼에도 마르그리트는 안전하다고 착각한 채 깊은 잠에 빠졌다.

잠에서 깨어났을 때 마르그리트는 그제야 자신의 실수를 깨달았지만 소용없는 일이었다. 얼마 지나지 않아 그녀는 임신했다. 열 달이 지나 아이를 출산했고, 젊은 총각에게 남편 노릇을 맡겼다. 적어도 석 달 동안은 지상에서 주어진 모든 행복을 음미했다. 그러나 불운은 금방 닥쳐왔다.

마르그리트의 보호자가 파산해 독일로 도망치면서 불운은 봇물 터지듯 밀려왔다. 그녀가 맡겨둔 돈도 모두 잃어버렸으며, 엎친 데 덮친 격으로 샤를마저 병들어 죽고 말았다. 마르그리트는 수치스러운 자식이라며 친인척들로부터도 배척당했다. 그녀는 가난한 시골로 들어갔다가 2년간 빈털터리로 고생하며 살아야 했는데 끝내 아기마저 잃고 말았다. 결국, 마르그리트는 독일로 들어와 삼촌의 가정교사로 일하게 되었고, 나를 만나게 되었던 것이다.

"폴린, 버림받은 운명의 두려움을 항상 기억하고 있어야 해. 그때를 위해서 항상 대비해야 하고."

마르그리트는 내게 신신당부했다. 그리고 그녀는 내게 몸으로 기쁨을 얻는 모든 방법을 솔직하게 가르쳐주었다.

육체의 철학

나는 여자의 삶에서 가장 중요한 순간과 관련된 모든 것을 단기간에 배웠다. 마르그리트 덕에 아무 탈 없이 배울 수 있었다. 그때까지 나는 남녀에 대해 보통의 어린 여자애들이 알고 있는 수준의 지식만 갖고 있었다. 조숙했던 편이지만 남자에 대해서는 알지 못했다. 마르그리트를 만나 그녀와 많은 경험을 하고, 그녀의 지난 이야기를 들으며 나는 남자에 대해 제대로 알 수 있게 되었다.

"남자들은 대부분 여자가 자기들만큼 성적인 욕망이 쉽게 끌어 오른다고 착각해. 그래서 여자들을 쉽게 차지할 수 있다고 생각하지만 그건 오판이지. 욕망에 대해 끊임없이 불평하는 남편들은 그런 점을 조금쯤 알고 있을 거야."

언젠가 마르그리트가 내게 들려주었던 말이다. 내 생각에도 남자들에겐 그런 면이 있는 것 같았다.

'그런데 왜 많은 처녀가 남자의 유혹에 넘어갈까? 여자들의 욕망은 남자의 욕정만큼 강하지도 않고 또 쾌감이 격렬하지도 않은데…….'

성장해가며 나는 늘 그것이 의문스러웠다. 수차례 경험을 하고, 여러 여자를 관찰해봐도 여자의 관능은 남자만큼 적극적이지 못하다는 것을 점점 더 확신하게 되었다. 그래서 많은 여자가 합의되지 않은 상황에서 남자에게 쉽게 무너져 불행한 삶에 빠지고 마는 현실을 이해할 수 없었다.

이 사회는 남자가 순진한 처녀를 자포자기하도록 밀어붙이는 것에 지극히 유리했다. 처음 겪은 신체적 고통조차도 너무 크지만, 어디까지나 그것은 예고편에 불과하다. 아무리 배우지 않았다 하더라도 그게 얼마나 위험한 일인 줄 모르는 멍청한 처녀가 어디 있을까. 그러나 사방에 널린 그림과 조각들, 동물들의 짝짓는 모습, 성을 다룬 갖가지 책들, 기숙사 동료들과의 대화 등 이 모든 것이 순진한 처녀들을 그 세계로 이끌고 만다.

처녀들이 위험을 감수하며 욕망에 빠지는 것은 달리 설명할 길이 없다. 솔직히 말하자면 사랑하는 남자가 덤벼들 때 처녀들이 자신을 맡기는 것은 호기심과 헌신 때문이다. 그런데 실제로 적지 않은 여자들이 사랑하지도 않으면서 욕망과 쾌감만 추구한다. 이것이야말로 본능의 가장 놀라운 수수께끼가 아닐까.

나를 만났던 많은 처녀들이 울면서 그 아이러니를 털어놓았다.

"얼마나 간절하게 애원했는데!"

"너무 뜨거워서 믿어지지 않았어요!"

"너무 창피했어요!"

나는 그저 느끼고 생각했던 것을 이야기해주었다. 어떤 설명으로도 그 수많은 수수께끼를 풀기에 부족하겠지만, 인간의 역사가 이브의 호기심으로 금단의 열매를 따 먹은 것에서 시작했다는 것은 결코 우연은 아니다. 그리고 경우에 따라선, 금단의 열매를 따 먹은 것으로 낙원의 문은 닫히는 것이 아니라, 활짝 열리기도 한다.

나는 부모님의 행동을 보고 심각하게 달라지진 않았다. 그 후 사촌 오빠를 만나 느껴보았고 마르그리트와 경험도 했으며, 그녀의 이야기를 통해 알게 된 사실도 많았다. 훌쩍 사춘기를 넘어갔고, 나는 소녀에서 여자로 성장했다. 나도 달라졌고 내 주변도 달라져 보였다. 내 눈을 가로막았던 장막이 걷히자, 사람도 사물도 모두 달라 보였다. 그전까지 마음에 담지 않았던 것들이 내게 많은 것들을 가르쳐주기도 했다. 그 소중한 것들을 낭비하지 않고 잘 지켰으며 운도 따랐다. 사촌의 창백한 얼굴과 희미한 눈빛, 죄스러운 표정을 보고 나는 은밀한 쾌락에 빠져들면 어떻게 되는지도 깨달았다.

나는 쾌락에 빠져드는 것이 두렵지는 않았다. 건강이나 활력을 잃을 정도는 아니었기 때문이다. 내가 남자였더라도 절대 그렇게 헤어 나오지 못하지는 않았을 것이다. 남자들은 여자들을 취하는 데 별로 꺼리지 않았다. 하지만 여자들은 달랐다. 우리 시대의 여자들은 몸은 고사하고 시선만으로도 이런 것을 공개적으로 경험할 수가 없었다. 금세 구설수에 오르고 평판이 바닥에 떨어지기 때문이다. 여자는 항상 무심한 척해야 했다. 노골적으로 행동하고 싶을 때도 은밀해야만 했다. 그저 안전한 관계에서만 육체적으로도 무심하지 않다고 털어놓을 수 있을 뿐이니 불행한 시대라 말하지 않을 수 없었다.

남자는 많은 것을 고려하지 않아도 문제가 되지 않았다. 즐겁게 재미를 볼 뿐, 여자만 모든 고통을 감내해야 하는 세상이었다. 남자는 사회적으로도 훨씬 유리했다. 여자와의 관계를 반드시 비밀에 부쳐야 할 필요가 없었으니까. 위험한 것은 언제나 사랑의 과잉이었다.

집으로 돌아오는 길에 나는 더 많은 것을 깨달았다.
"세상에는 두 가지 도덕뿐이야."
하나는 부르주아 사회의 규율에 묶인 공중도덕이다. 누구라도 어기면 탈이 난다. 또 다른 하나는 이성 간의 자연스러운 본능적 도덕이다. 쾌감이 여기에 가장 크게 반발을 했다. 물론 내게는 어려운 윤리 문제라 막연히 짐작할 뿐 딱히 정의하기 어렵다. 어쨌든 윤리는 분명 이중성을 지닌 듯했다. 이슬람 국가에서 도덕적인 것이 기독교 국가에서는 부도덕하지 않은가?

고대의 도덕은 중세의 것과 달랐다. 중세에는 우리 감정도 어두워졌다. 본능의 결합은 남녀 간의 가장 내밀한 결합이다. 그렇게 결합하는 모습은 기후와 종교, 신념과 사회에 따라 달라진다고 본다. 누구도 자신에게 부과된 법은 위반하지 못한다. 그런데 나라의 도덕률에 따른 제약과 억압은 오히려 은밀하게 쾌락을 추구하도록 부추기기도 했다.

우리 부모님은 불가피한 법을 모범적으로 존중했다. 반면 두 사람은 쾌락을 배로 즐겼다. 만약 내 눈으로 직접 목격하지 못했다면 믿지 못했을 것이다. 그래서 남녀의 사랑과 도덕에 관한 한 겉으로 드러나 보이는 것을 믿지 않게 되었다. 경박한 여자들의 몸가짐이나 애교와 뜨거운 눈길은 속임수일 뿐이다. 나 자신이 스스로 경험해 보았기 때문에 알고 있다. 그리고 많은 것을 약속하는 듯한 여자들이 사실은 가장 무디고 냉담하다는 것도 배웠다.

"맑은 물은 깊이를 알 수 없다."

여자의 성격을 가장 분명하게 짚은 격언이다. 여자들은 심지어 황홀의 절정에서도 상대를 속이곤 한다. 어머니에게서도 보았고 다른 여자들에게서도 보았으며 나 자신도 별수 없었다. 미래에는 어떻게 변할지 모르겠지만, 이 사회는 여자가 대놓고 쾌감에 대해 털어놓기는 힘든 사회다. 여자는 쾌감에 취해 행복해하는 모습을 보여주기는 하지만, 자신이 얼마나 쾌감을 만끽하고 있는지, 그 속내를 낱낱이 드러내지는 못한다.

남자는 태어날 때부터 어려움과 투쟁하며 그것을 이겨내고, 항상 더 높게, 더 나은 곳으로 올라서야만 한다고 배운다. 남자는 성적으로 만족하고 나면 무심하고 나른하고 조용하게 퍼지고 만다. 여자가 자기감정을 표현하고 그 쾌감을 입증해 보이면 남자는 더욱 완전하게 만족할 수 있다.

남자는 항상 무엇이든 싸워 이기려 든다. 그것이 여성이고 욕망이라 하더라도 마찬가지다. 그렇지만 여자는 항상 무엇이든 맞춰 주어야 한다. 지극한 총애를 받더라도 그럴 수밖에 없다. 육체를 정복했다면 정신적인 부분마저 정복하려 들기 마련이다. 여자에게 이런 것은 치밀한 계산이 아니라 단순한 본능이다. 인간의 위대한 스승인 짐승들을 보면서 이런 면을 수도 없이 깨달았다. 암컷은 방어하고 뒤로 물러나고 도망치며, 수컷은 쫓고 덤비고 지배하는 풍경.

수컷은 자신의 목적을 이루면 완전히 방어 자세로 돌아가고 만다. 그러면 암컷이 수컷에게 도움과 보호와 양식을 요구한다. 아주 드문 예를 제외하면, 암컷은 자기 쾌감을 드러내지 않는다. 그러나 욕망을 숨기지는 못하고 수컷을 놀라게 하고 자극하며 유혹한다. 이런 싸움을 하는 동안 자연스럽게 흥분이 절정에 달한다. 동물들은 소중한 진액을 쏟아내서 가장 긴밀하게 섞여 종의 존속을 보장받는다. 그렇게 녹아들고 기화되어 정신의 정수리까지 퍼지면서 남자와 여자는 완벽하게 결합된다.

"마지못한 결혼생활로 따분하게 졸면서 낳은 아이들보다 뜨거운 사랑싸움 끝에 낳은 아이들이 더 건강하다."

셰익스피어의 말이다. 도발과 거부는 자연의 법칙이다. 남자는 복종을 받아내길 원하고, 여자는 본능적으로 복종하지 않으려 한다. 여자가 남자에게 냉담하다고 불평할 때는 여자가 쾌감의 절정에서 너무 진지해 남자에게 조금도 욕망의 여지를 주지 못하기 때문이다.

어머니는 거울 속에서 맛보던 쾌감을 감추었고, 마르그리트는 자기 자위 도구를 내게 보여주지 않았다. 두 사람 모두 지독하게 관능적이었는데도 그렇게 했다. 나는 이런 교훈을 잊지 않고 있다.

나는 이 모든 것을 즐겁게 상상하고, 나만의 생각으로 정립했다. 나는 고상하고 품위 있고 사랑하는 부부가 생일날 서로를 주고받으며 쾌락을 즐기는 모습을 목격했다. 마르그리트와 즐겨보았으나 무엇인가 부족했고 나는 항상 더욱 완전하기를 바랐다. 나는 여전히 신체 기관에서 동물 같은 쾌감을 일으키는 기능을 알지 못했다. 사촌 오빠의 성기를 은밀히 만져봤지만, 감질나기만 했다. 그 어린 나이에 내가 인간의 성적 열정을 샅샅이 알았을까? 알 수 없다.

마르그리트와 나도 잘못했다. 그러나 만약 마르그리트가 내게 거리를 두고 경계했다면 나는 더욱 엉뚱한 길로 빠지고 말았을 것이다. 건강도 잃고, 도덕이 금하는 것을 시샘하고 탐하면서 혼자 썰렁하고 공허하게 시간이나 죽이는 여자들 꼴이 되었을 것이다.

많은 경험 끝에 나는 남자들과 주변의 일들을 더욱 주시하게 되었다. 사방에 숨겨진 비밀들을 보았고, 주변 사람들과 얽힌 관계를 의심했다. 잘못된 것이든 잘 된 것이든, 혹은 나중에야 합의로 잘 된 것으로 정리된 것이든 모든 걸 주의해서 살폈다.

그때까지 사람들이 내게 감추어왔던 것을 모두 듣고, 보고, 또 폭로하려 했다. 나는 수많은 계획을 꾸며 부모님을 놀라게 해주고 싶었다. 하지만 실행할 엄두를 내지는 못했다. 부끄러웠다. 이제 와 생각해보니 가만히 있기를 잘했다는 생각이 들었다. 부모님을 놀라게 해 봐야 부모를 모욕하는 것에 지나지 않고, 두 사람의 은밀한 기쁨을 더럽히는 일이기도 했으니까. 나는 우연히라도 부모님을 놀라게 하지 않았고, 또 마르그리트의 욕망을 엿보았다고 자책하지 않았다. 오히려 그 모든 것이 한 편의 시처럼 아름다웠다. 하지만 시간이 흐르며 시가 아닌 산문처럼 모든 일에 대해 자세하게 알게 되었다.

마르그리트에게 많은 걸 배우고 삼촌 댁을 떠나 집으로 돌아온 직후, 내게 성숙한 처녀의 첫 번째 표시가 나타났다. 나는 이것을 어머니에게 숨기려 했다. 하지만 어머니는 피에 젖은 이불을 보고 이 사태에 대해 내게 찬찬히 설명해주었다. 자신의 경험담까지 들려주었다. 그리고 얼마 뒤 부모님은 나를 바깥세상으로 데려갔다. 그때 내 나이 열여섯 살이었다. 나는 주목받았고 목소리가 무르익어가면서 노래 실력도 꽃을 피웠다. 내가 어른들의 모임에 나가 노래할 때마다 모두들 나에 대해 떠들어대곤 했다.

"극장으로 나가야 해, 카탈리나나 존타그처럼 성공해야지!"

내 머릿속에 이런 말들이 깊이 각인된 것에 반해 아버지는 딸아이의 장래에 대해 전혀 관심이 없어 보였다. 나는 어머니를 공략했다. 결국, 가수가 되겠다고 설득해내고야 말았다. 이때부터 나는 그 목적만을 위해 공부했다. 음악을 공부하던 나는 열여섯 살 먹은 또래의 다른 여자애들보다 훨씬 자유로웠다. 내가 오스트리아 빈의 저명한 교수님께 지도를 받으러 찾아갔을 때, 노파심에 넘치는 나이 많은 고모가 동행했다.

아버지는 고모에게 가능한 한 모든 것을 지원해주길 부탁했다.

오스트리아로 떠나기 전에 마르그리트를 몇 차례 만났다. 이제는 서로 신뢰하는 친구이자 애인 사이였다. 나는 마르그리트가 내 사촌오빠 샤를과 사귀고 있다는 것을 알고 무척 놀랐다. 내가 알고 있는 척하자 그녀는 거북해했다.

마르그리트는 사촌오빠와 관련한 내 이야기를 듣고 놀라면서도 자신과 사귀면서부터 샤를은 여자들에 대한 혐오를 털어버렸다고 말했다. 그러면서 자신이 샤를을 유혹했던 것을 창피해하는 눈치였다. 사촌오빠는 마르그리트보다 열 살 어렸다. 그러나 마르그리트는 나보다 사촌을 더 받아주지는 않았다고 장담했다. 샤를이 사랑의 불에 데어 상처받지 않도록 돌봐주려고 했을 뿐이라고 덧붙였다.

마르그리트가 진심을 털어놓았는지 나로서는 알 수 없다. 아무튼, 사촌오빠의 안색이 좋아 보였다. 여자들을 피하지도 않았고, 때때로 나를 미묘한 눈으로 바라보기도 했다. 하지만 마르그리트의 조연 노릇을 하고 싶지는 않다. 샤를과 나는 마르그리트보다 거리낌 없이 만날 수 있는 사이였기에 사랑놀이 따위는 마음만 먹으면 언제든 쉽게 할 수 있었지만 말이다. 오히려 나는 둘 사이에서 사소한 트집을 잡아 놀리곤 했다.

원치 않는 임신처럼, 사랑놀이 뒤에 필수적으로 따르는 일들에 대해 나는 충분히 대비했다. 마르그리트가 내게 모든 것을 가르쳐주었기 때문에 가능한 일이었다. 나는 대부분 처녀가 모르고 있는 안전한 세계에서의 사랑놀이가 가능했다. 위험을 초래하는 행동이 정확히 어떤 것인지 알고 있었던 것이다. 사람들은 내가 냉정하고 정숙하다고 생각했지만, 나는 단지 조심스럽게 처신했을 뿐이다.

여자들에게 진지한 미덕이 있다고? 여자들 대부분은 사실 진지하다고 보기 어렵다는 것을 나는 잘 알고 있었다. 잔꾀와 속임수는 여자들의 본성에 가깝기 때문이다. 마술처럼 치명적인 결과를 피할 수 있었다면, 정숙한 여자들이 더는 없었을지도 모른다. 나는 그런 준비까지 세심하게 챙긴 후 오스트리아로 떠날 날만 기다렸다. 먼 유학길에 오르기 전에 나는 장차 여가수로서 영광을 누릴 날을 기대하며 기쁨에 들떠 지냈다.

집을 떠나기 전까지 남는 시간을 나는 집안일을 도우며 지냈다. 그러던 어느 날 추잡스럽게 느껴졌지만 아름다웠던 정사를 또 한 번 목격하게 됐다. 나는 집에서 주로 동물들에게 먹이를 주는 일을 담당했는데 그날은 닭들에게 먹이를 주려 건초더미를 쌓아둔 창고에 갔을 때였다. 한 마부가 하녀를 데리고 외양간으로 들어갔다. 여자는 남자에게 손목이 잡힌 채 끌려가며 투덜댔다. 둘은 옥신각신하다가 결국 건초더미 위에 누웠다. 나는 담장 밖에 서서 판자벽 틈으로 안을 훔쳐보았다. 정말 그때까지 보았던 어떤 광경과도 다르게 더러워 보였다. 마부는 하녀에게 아무런 애무도 하지 않고 여자의 옷자락을 걷어 올린 채 가슴을 쥐고 나서 거칠게 몰아붙였다. 하녀가 부드럽게 굴수록 마부는 더 거칠고 난폭했다. 너무 야만스러워 보였다. 차마 보기 어려웠지만 기이하게도 외면하지 못했다.

두 사람이 나누는 말도 역겨웠다. 지금까지 들어보지 못했던 상스러운 말들이 오갔다. 그렇게 두 사람의 역겨운 정사가 절정에 달하고 나자 그들을 지켜보는 게 지겨웠다. 나는 들킬까 조심스러워 움직이지 못하고 있었을 뿐이다. 한 차례 정사가 끝난 뒤인데 하녀는 마부에게 계속해서 추근댔다. 하지만 마부는 여자의 요구에 곧장 응하지 않았다. 여자는 남자를 끈질기게 채근했다. 마침내 마부가 하녀의 요구에 응했고 이번에는 처음보다는 시간을 오래 끌었다. 한 번 움직일 때마다 여자는 즐거워하며 민망한 소리를 질러 댔다.

내게는 낯설고도 새로운 경험이었다. 어떤 신분을 가지고 있더라도 여자의 엉덩이는 충분히 매력적이라는 걸 알게 되었다. 거칠더라도 내밀한 결합은 본능의 연장이라는 것도 알았다. 다만 약간 놀라웠던 것은 두 사람 사이에 애정 따위는 보이지 않았다는 점이다. 마부도 하녀도 서로를 특별하게 생각하지 않는 눈치였다. 게다가 말을 들어보니 하녀는 다른 남자와도 이런 식의 관계를 맺었던 듯했다. 나는 궁금했다. 그런 여러 관계를 어떻게 관리하고 감당해왔을까?

마부는 계속해서 거칠게 밀어붙였고 하녀는 탄성을 질렀다. 여자의 신음으로 미루어 피임에 대한 염려 따위는 전혀 없어 보였다. 알 수 없는 노릇이었다. 물론 농장의 하녀가 잃게 될 평판 따위는 없었을 것이다. 설령, 임신한다 해도 하녀가 자식을 낳는다고 누가 뭐라고 하지는 않겠지만, 아무런 준비가 되지 않았다면 생활이 급격히 힘들어질 수밖에 없을 것이다.

나는 그들을 보면서 새삼 교육이 미풍양속에 얼마나 중요한지를 깨달았다. 신경의 자극이나 교만으로 놀라운 희열에 도달할 수는 없다. 영혼이 감동을 받아야 천국과 맞닿는 듯한 희열에 도달할 수 있다. 영혼의 힘이 이성을 밀어내고 모든 근육이 일상적 활동을 넘어 움직이게 하며, 마침내 기적 같은 희열을 낳는 것이다. 만약 내가 부모님이 벌이던 화려한 사랑의 연출을 엿보기 전에 이들을 먼저 보았다면 성에 대한 내 경험과 취향도 완전히 달라졌을지도 모른다.

　　우리는 모두 우연의 장난감이라는 생각이 들었다. 마르그리트가 없었다면 나는 일찌감치 결혼했을 것이고, 우연했던 쪽방의 사건을 겪지 않았다면 혼전까지 순결을 지켰을지도 모른다. 세상은 겉모습만으로 상대를 믿는가 하면 또 그것을 회피하기도 했다. 나 또한 타인 앞에서는 늘 착한 척을 하고 깍듯이 예절을 지켜왔다. 나는 그렇게 조숙하면서도 예의 바른 소녀의 모습을 갖춘 채 빈으로 향했다.

　　빈에서 생활하기 시작했을 무렵엔 그저 심심하기만 했다. 훌륭한 선생님들에게 노래 지도를 받는 일에 열중했는데, 유일한 심심풀이는 오페라를 관람하러 극장에 가는 일이었다. 그곳에서 사람들을 사귈 기회도 많았다. 그 시절에 나는 '악마의 미모'라는 소리를 듣는 여인으로 성장해 있었다. 많은 청년이 내게 달려왔지만 그들의 유혹에 호락호락 넘어가지 않았다. 무엇보다 나는 유명한 가수가 되고 싶었다. 가수로 성공한 뒤 얼마든지 즐길 수 있으리라 생각했다. 이성으로 인해 공부에 방해를 받으면 곤란했다. 그래서 나는 추근대는 청년들을 뿌리치고 외롭게 내 길을 걸었다. 이런 나의 모습이 한편으로는 부모님을 흐뭇하게 만들었다. 부모님은 내가 은밀하고 신중하게 즐겨왔다는 사실을 조금도 눈치채지 못했다. 나는 얼마쯤은 이중적으로 살고 있었다. 나의 이중적 생활과 인식은 책으로부터 시작되었다.

집에서 빈으로 유학을 떠나기 전 마르그리트가 내게 책을 선물했다. 『펠리차』라는 제목이었는데 가슴을 뛰게 하는 책이었다. 수채화로 그린 삽화들만으로도 모든 인간 활동을 이해하고 배우는 데 도움을 주었다. 내가 성적으로는 조숙했다지만 많은 경우의 일들에 무경험자여서 굉장히 재미있게 읽혔다. 그러나 그 재미있는 책을 일주일에 한 번밖에 읽을 틈이 없었다. 일요일 저녁 따뜻한 물로 목욕할 때뿐이었다. 누구도 방해하지 않는 시간이었다. 목욕탕은 아파트 맨 끝에 있었고, 문은 하나였다. 문고리까지 수건으로 틀어막아 안전한 상태에서 책을 읽었다. 책은 매우 열정적으로 남녀의 섹스를 묘사해 놓고 있었다. 그 누가 이런 책을 읽으며 달아오르지 않을 수 있겠는가.

욕조에 들어앉아 있는 바람에 내 자세는 그다지 편하지 않았다. 하지만 나는 큰 거울 속에 비친 내 모습을 들여다보았다. 내 몸 구석구석에 감탄하면서 쾌감에 젖었다. 나는 둥근 젖가슴을 쓰다듬었다. 새틴처럼 고운 살결을 손가락으로 문질렀다. 그럴 때마다 미묘한 신체적 감각이 부쩍 솟아올랐다. 순수한 쾌감으로 몸이 떨렸다. 부드럽고 향긋한 체취에 빠져들었다. 나중에 내가 품에 안거나 안겼던 남자들 모두 흔치 않은 내 체취를 미친 듯 좋아했다. 남자들은 어쩔 줄 모르며 흥분했다. 어느 여자나 풍기는 향기가 있지 않을까? 그런데 자기만의 남다른 체취를 풍기는 여자는 매우 드물며, 타고난다는 사실을 나는 나중에야 알았다.

한참 후에 파리에서 만난 한 남자는 내 체취를 맡고 너무나 놀라워하며 거의 기절할 듯한 반응을 보이기도 했다. 그때부터 그는 갖은 아첨과 찬사를 보냈고, 내내 감탄하면서 내가 천부적 재능을 타고났다며 축하하기까지 했다. 나는 미묘한 순간에 나만의 체취를 뿜어냈다. 마치 내 온몸에 전기가 통하는 듯한 순간에 말이다. 이런 것이 신성한 쾌감일까? 피가 빠르게 돌고, 신경이 곤두서고, 숨이 거의 멎을 듯했다. 내가 존재하는지조차 느낄 수 없을 지경에 이른다. 빈에서도 혼자 거울 앞에서 보내던 열띤 시간의 기억이 생생하다. 지금도 그때를 생각하면 떨려서 제대로 글을 쓰기가 어려울 지경이다. 그리움에 떨다가, 펜을 놓치고 마는 경우가 종종 있었다.

프란츠

한창 물오른 처녀였던 시절, 내가 즐겼던 은밀한 쾌감은 세월이 흘러도 몸 구석구석에 생생하게 남아있다. 어느 때고 그때를 되새기면 손이 떨린다.

나의 매력은 어린 시절은 물론 성숙한 지금까지도 여전히 남자들을 유혹할 때 중요한 역할을 하곤 한다. 이제부터는 본격적으로 쉽지 않은 고백을 하려 한다. 이미 언급했던 이야기지만 좀 더 진지하게 해보려고 한다. 내가 평생 고고하게 살아왔으리라고 믿고 있는 사람들이 대부분이니 이런 고백은 힘겨울 수밖에 없다. 그렇다고 내가 스스로 쾌감을 즐기려 했고, 또 즐겨왔던 모든 순간에 대해 후회하는 것은 아니다. 사실 조금도 후회하지 않는다. 한 가지 후회스러운 일이 있다면, 나를 구렁텅이에 빠트렸던 한 남자에 대한 부분이다. 누군가가 나를 도와주지 않았다면 나는 그 구렁텅이에서 지금도 헤어 나오지 못한 채 세상을 원망하며 살아가고 있을지도 모르니까.

빈에서 공부하던 무렵, 나는 반주자가 필요했다. 노래와 동작을 연습하는 동안 피아노를 연주해줄 반주자가 필요했던 거다. 교수님은 신학교에서 음악을 전공하고 갓 졸업한 젊은 음악가를 추천했다. 청년의 이름은 프란츠였다. 그는 종교음악 전공이었는데 레슨으로 생계를 해결하고 있었다. 수줍음을 많이 타던 그는 미남은 아니지만, 늘 옷차림이 깔끔하고 단정한 20대 청년이었다. 전형적인 신학교 출신의 여느 청년들과 크게 다르지 않은 모습이었다.

그는 연습 시간에 종종 찾아와 반주를 해주었다. 개인적인 레슨 시간이라 우리는 금세 친해졌다. 그렇지만 그는 수줍어하면서 서툴게 나를 피했다. 게다가 나를 똑바로 쳐다보지도 못했다. 나는 장난기도 많고 대담한 편이었다. 나는 그를 사랑에 몸살이 나도록 만드는 일에 재미를 느꼈다. 사실 그를 유혹하는 것은 별로 어렵지 않았다. 생각해보면 음악처럼 좋은 다리가 어디 있을까 싶기도 하다. 서로에게 친밀함을 느끼는 순간들이 자연스럽게 만들어졌다. 연습 중에 내 재능을 마음껏 보여주면서 나는 그가 차츰 달아오른다는 것을 알아차렸다.

하지만 나는 그를 사랑하지 않았다. 사실 사랑 같은 강렬한 감정을 나는 훨씬 뒤에야 알았다. 그래서 나는 정신적으로나 육체적으로나 순진한 프란츠를 유혹해 보면서 내가 그에게 얼마나 영향을 줄 수 있는지 따져보며 재미를 느꼈다. 나는 그때까지 성애에 관한 모든 것을 스스로 배우고 시험해 보았던 터라, 더 많이 알고 싶은 호기심에 들떠 있었다. 나는 내가 노래하는 동안 어떻게 하면 프란츠에게서 나른한 호흡과 시선을 좀 더 적극적으로 끌어낼지 궁리했다. 그런데 여자가 무슨 수단을 찾게 되면 곧 찾아지게 마련인 듯했다.

당시 나를 돌봐주던 고모는 한 주에 두 차례씩 먹을거리를 사기 위해 장을 보러 나갔다. 고모는 내 연습 시간에 맞춰 시장에 갔고, 프란츠가 도착하면 하녀가 아무 확인도 하지 않고 문을 열어주었다. 내가 그를 기다리고 있다는 것을 알고 있기 때문이었다. 이런 점을 고려해서 나는 계획을 짰다. 우선 프란츠에게 밤에 잠을 설친다면서, 아침 식사를 하고 나서 내가 다시 잠들면 사람들이 나를 깨우는 데 몹시 애를 먹는다고 말해두었다. 그에게 그렇게 알리고 나서, 그다음부터 나는 일정한 포즈로 소파에 누워 그를 기다렸다. 프란츠는 늘 하던 대로 10시에 맞춰 도착했다. 나는 다리를 높이 걸쳐놓고, 허벅지는 물론 무릎과 맨발 그리고 목덜미까지 다 드러냈다. 한 손으로 눈을 가린 척하고 그 틈으로 프란츠가 하는 행동을 엿보려 했다. 뛰는 가슴으로 그를 기다리면서 기막힌 꾀라고 스스로 대견해 했다.

부엌문이 닫히는 소리가 들리더니 이내 프란츠가 들어왔다. 그는 문지방에서 얼어붙은 듯 멈춰 섰다. 얼굴이 벌겋게 상기된 채 눈을 둥그렇게 뜨고, 나를 집어삼키고 싶어 하는 듯했지만 사납지는 않았다. 그래도 조금은 걱정이 되었다. 그와 단둘이서만 있게 될까 봐 덜컥 겁이 나기도 했다. 프란츠는 나를 가볍게 흔들어 깨웠다. 내가 꼼짝 않자, 그는 소파로 바짝 다가와 나를 들여다보았다. 나는 그에게 무언가를 보여주려고 했다. 하지만 프란츠는 나중에 말하기를, 별로 본 것은 없었다고 했다.

나는 그의 움직임을 살폈다. 가능한 한 오래 자는 척했다. 그는 헛기침을 하고, 아주 세게 코를 풀고 나서 의자를 흔들었다. 나는 계속 자는 척했다. 그러자 그는 내 목으로 몸을 기울여 더 가까이 들여다보았다. 그래도 나는 일어나지 않았다.

그런데 갑자기 그가 방을 나가 하녀를 찾았다. 딱한 친구 같으니! 나는 그렇게 준비를 했던 것에 분통이 터졌다. 나중에 고백한 바로는 그는 정말로 하녀를 찾았지만, 하녀는 밖에 나가고 없었다고 했다. 몇 분 뒤 프란츠가 다시 돌아왔지만, 여전히 미적대는 듯했다. 나를 깨우려고 소리를 내봐도 소용이 없자 흥분하면서 안절부절못했다. 나는 『펠리차』에서 배운 말을 떠올랐다.

"이런 상황에서 남자는 오래 주저하지 않는 법이다."

프란츠는 경험이 없었지 감각마저 없는 것은 아니었다. 돌머리가 아니고서야 어떻게 그런 상황에서 가만히 있을 수만 있겠는가. 프란츠가 없던 용기까지 짜내어 비로소 내 무릎을 건드렸다. 그것만으로도 나는 흥분이 느껴졌다. 용기를 내서 손을 뻗을 때 그의 심정은 어땠을까. 한동안 그는 그저 내가 일어나기만을 기다리면서 초조하게 얼굴만 바라봤다. 그러다가 결국 마술처럼 나를 쓰다듬기 시작했다. 나는 처음으로 남자의 손길을 느꼈다. 짜릿하게 몸을 떨렸고 어린 시절의 기억에 빠져들었다. 내가 알던 것과 완전히 다른 느낌이었다.

나는 도저히 거짓으로 숨을 쉴 수 없었다. 꿈틀대고 자세를 바꾸었지만 떨고 있는 프란츠에게 불리할 것은 없었다. 그는 내가 비몽사몽이라 믿었을지 모르지만 손놀림을 계속했다. 내가 자세를 바꿔준 덕에 그 손놀림은 더욱 과감해졌다.

그런데 프란츠는 가볍게 건드리는 데 그치지 않고, 살며시 내 모든 것을 보려 했다. 그는 거의 정신이 나가 천성적인 수줍음조차 이겨내고 있는 듯했다. 가능한 한 가볍게 애무하기 시작했다. 솔직히, 내가 애타게 바라던 것이었다.

스스로 하는 애무와 남자의 애무는 분명히 달랐다. 누운 채 꿈틀대면서도 나는 잠든 여자의 자연스러운 몸짓처럼 자세를 바꾸려 했지만, 이미 자제력을 잃은 프란츠 탓에 움직임이 여의치 않았다. 어쩌면 그는 임신에 무방비로 노출된 나를 완강히 정복할 수 있었을지도 모른다.

하지만 나는 대배우가 되고 싶었다. 각오도 확실했다. 또 동성과 함께라면 무엇이든 즐길 준비도 되어있었다. 프란츠는 풋내기였다. 내 꿈과 각오와 비밀스러운 즐거움과 뒤바꾸기에 그는 어설펐다. 나는 그가 무릎을 꿇고 정신이 나갔을 즈음, 벌떡 일어났다. 그리고 놀란 눈으로 그를 바라보았다. 그 단순한 동작만으로 프란츠는 절호의 기회를 놓친 셈이었다.

프란츠는 당황해서 안절부절못했다. 나는 그의 순박한 모습이 마음에 들었다. 나는 불안한 여자를 연기하면서 그를 더 불안하게 만들었다. 내가 만약 프란츠가 욕보이려 했다면서 고발했다면, 그를 도시에서 추방할 수도 있었다. 그렇게 쫓아내 다시는 돌아오지 못하게 할 수도 있을 것이다. 하지만 나는 프란츠에게 오래전부터 그의 사랑을 알고 있었다고 말해주었다. 그렇지 않았다면 우리의 관계는 악화가 되었을 것이다. 나는 그의 진지한 정열을 감안해서 실수를 용서하겠노라고 말했다. 그는 내 말을 믿는다고 답했다. 프란츠는 안심했고, 자기 짓을 부끄럽게 여겼다. 우리는 오랜 포옹으로 상황을 마무리 지었다.

그날은 거기까지였다. 프란츠가 너무 순진해서 더는 어쩌지 못했다. 나는 그날 프란츠가 돌아간 후 고지식해 보이던 그를 무너뜨린 내 계략과 성공을 자축했다. 우리는 비난하고 털어놓고 포옹하고 용서하고 나서, 아무 일도 없었던 것처럼 지냈다. 만나면 대부분 시큰둥하게 노래 연습에 몰두했는데, 고모가 시장에서 돌아올 시간이면 프란츠는 걱정스런 얼굴이 되기도 했다. 나는 더 이상 그를 내가 원하는 대로 끌어들일 수 없겠다는 생각이 들었다. 어쩐지 프란츠가 다시는 나를 만나러 오지 않을 것만 같았다. 나는 망신을 당하지 않고 목적을 이룰 길이 없을까 궁리하기 시작했다. 프란츠와 단둘이 있는 시간이 필요했지만, 그는 쑥스러웠는지 더는 우리 집으로 오지 않겠다고 전해왔다.

나는 그를 만날 구실을 만들어야만 했다. 나는 프란츠를 추천해주었던 성악 교수에게 프란츠와의 호흡이 잘 맞는지, 성과는 있는지를 알고 싶다고 했다. 한동안 멀어졌던 프란츠는 달리 구실을 찾지 못하고 시험장 자리에 나올 수밖에 없었다. 하지만 그는 처음에는 나와 만나게 되리라고는 생각하지 못한 듯했다. 그는 갑작스럽게 재회하게 되어 놀라는 눈치였다. 나는 노래를 부르고 그는 피아노 연주를 했다. 시험이 모두 끝난 뒤 나는 그에게 속삭이듯 말했다.

"하녀와 고모가 뭔가 눈치챈 것 같아, 우리가 대책을 세워야 할 거 같아."

프란츠는 몹시 당황하면서 뭐든 응하겠다고 말했다.

"저녁에 극장에서 만나."

젊은 사람들이 은밀히 만나면 모든 일이 자연스럽게 이루어진다. 결국, 나는 프란츠와의 관계를 진전시키기 위해 큰 걸음을 떼었던 셈이다. 그날 저녁, 나는 평소처럼 숙소를 나와 극장에서 프란츠를 만났다. 그가 먼저 와 기다리고 있었다. 연극을 보는 일은 뒷전이라 어떤 연극을 보았는지 기억도 나지 않았다. 나는 고모와 하녀의 이상한 낌새를 설명하고 나서 괴롭다는 말만 반복했다. 나는 내가 잠자고 있을 때 프란츠가 무엇을 했는지 알지도 못할 뿐 아니라 어디까지 나갔는지조차 몰라 괴롭지만 답답하기도 하다고 말했다.

"그날 이후부터 하녀랑 고모님한테 엄청난 의심을 받고 있어."

프란츠는 나를 어떻게 달래야 할지 몰라 쩔쩔맸다. 극장에서 나와 걷기 시작해서 마침내 숙소에 다다랐다. 그렇게 오는 길에 그가 걱정만 하면서 용서 구하기를 반복했다면 우리는 아무 일 없이 그냥 헤어졌을 것이다. 그랬다면 물론 우리 관계도 달라지지 않았을 것이다. 그런데 갑자기, 나는 이상한 흥분에 휩싸여 휘청거리며 거의 한 걸음도 떼놓을 수 없었다. 프란츠가 급히 마차를 부르러 갔다. 잠시 후 마차가 왔고, 나와 프란츠는 마차에 올라탔다.

좁고 컴컴한 마차 속에서 프란츠는 나를 피하지 못했다. 몇 분이 금세 흘렀다. 나는 프란츠에게 이런 형편없는 꼴을 고모에게 보여줄 수 없다면서 마부에게 제방 쪽으로 가달라고 말했다.

그때부터 상황이 달라졌다. 눈물은 키스로, 힐책은 애무로 바뀌었다. 나는 태어나서 처음으로 한 남자 품에 안긴 기쁨을 맛보았다. 나는 저항하지 않았다. 그가 금세 적극적으로 나올 것을 알았기 때문이다. 나는 계속해서 내가 잠든 사이에 무슨 일이 벌어졌는지 물어보았다. 프란츠는 아무리 설명해도 소용없다고 생각하고 직접 입증해 보이려 애썼다. 내가 이미 오래전부터 알고 있던 것을 프란츠는 쉽게 증명했다.

프란츠는 내가 잠결에 느꼈던 것과 완전히 다른 느낌으로 애무를 시작했다. 이번에는 입에 키스를 했다. 가능한 나를 강하게 끌어안으면서 자신의 애무를 차츰 받아들이게 했다. 나는 그 부드러운 손길을 즐기면서 할 말을 잃고 숨만 가쁘게 몰아쉬었다. 프란츠의 애무는 서툴지만 솔직했다. 그를 조금씩 부추겼다. 딱한 프란츠는 나의 가장 민감한 부분이 아랫배 쪽인 줄 몰랐다. 프란츠는 항상 최선을 다해 보려고 했지만, 방법을 모르고 있었다. 어쨌든 나를 더욱 힘차게 끌어안고 정신 나간 듯 완전히 나와 하나가 되려 끝까지 밀어붙였다.

하지만 우리 사이가 거기까지 갈 정도는 아니었다. 나는 프란츠가 또 다른 시도를 할 때 난폭하게 밀쳐냈다. 그만두지 않으면 소리쳐 도움을 청하겠다고 겁을 주었다. 그가 흠칫 놀라 내게서 떨어졌을 때 나는 다시 얌전해졌다. 내 계획대로 되어 다행이었다. 비록 끝까지 재미를 보지는 못해 아쉬웠지만. 나는 다시 마차에 올라 집으로 향했다.

나는 프란츠를 조만간 다시 보게 되리라 생각해 돌려보냈다. 틀린 생각은 아니었다. 그는 되돌아왔고 달콤한 시절이 시작되었다. 지금 돌아봐도 정말 아름다운 시절이었다. 물론 나중에 그것보다 훨씬 더 짙고 풍성한 쾌감을 알게 되었지만.

마차에서 친밀해지면서 우리의 관계는 특별한 전환기를 맞았다. 하지만 프란츠에게 남편에게 허용하는 것같이 굴지는 않기로 했다. 그는 나를 즐겁게 해주어야 했다. 나는 그와 함께 위험하지 않게 즐길 수 있는 모든 방법을 실험하고 싶었다.

시간이 흐르면서 프란츠도 점점 더 대담해졌다. 그러나 내가 허락하지 않았기 때문에 항상 그를 지배하면서 내 마음대로 했다. 우리는 단둘이 있을 때마다 달콤한 시간을 보낼 수 있었다. 나는 프란츠를 완전히 자유롭게 내버려 두었고, 그는 더 이상 마차 안에서처럼 서툴거나 거칠지 않았다. 프란츠는 내 몸 구석구석에 입을 맞추고 애무하며 감탄했다. 사실 그가 더 깊이 들어가지 않도록 하느라 애를 먹었다. 프란츠가 내 저항을 악착같이 뿌리치려 했을 때, 나는 뒤로 물러나 얌전을 떨면서 그의 양보를 받아냈다.

딱한 프란츠는 꽤 고생했다. 나는 그가 번번이 격정을 참지 못하는 것을 목격했다. 오래전부터 나는 무섭도록 흥미롭게 남자를 가까이 지켜봐 왔다. 여자를 행복하게도 하거니와 말할 수 없이 불행하게도 할 수 있는 남자의 신체 기관이 가진 본능에 감탄하면서 지켜봤다. 프란츠는 내가 그토록 원하는 것을 알아채지 못했다. 눈치채기는커녕 자신이 그 깊은 골짜기로 나를 이끌었다고 믿었을 것이다. 최상의 방법은 그가 해주고 싶어 하는 모든 것을 내가 허락하는 것이었다.

결국, 나는 프란츠가 내 입과 가슴은 물론, 더 결정적인 곳까지 입을 맞추도록 유인했다. 내가 한숨짓고 요동칠 때 나는 그에게 내가 얼마나 애무에 약한지 가르쳐주는 꼴이었다. 그러면 이런 반응에 고취된 프란츠는 설명할 수 없는 쾌감을 주었다. 때때로 내가 넋을 놓다시피 풀어지면 프란츠는 그 틈을 활용했다.

프란츠는 발기된 채 나의 방심을 더욱 부추겨 공략하려 했다. 하지만 그때마다 실패했다. 절정의 순간 나는 절대로 위험한 짓을 하지 않으려 정신을 차렸기 때문이다. 그러면 프란츠는 풀이 죽어 위험하지 않은 곳을 차지하며 정복했다고 생각했다.

나는 마르그리트가 자기 여자 친구와 은밀히 즐겼다고 이야기했던 것을 맛보았다. 프란츠가 헝클어진 머리로 내 곁에 누워 내 목과 이마와 머리를 쓰다듬었을 때, 그 애무가 너무 귀여워 웃음을 터뜨리며, 좀 더 다채롭게 해달라고 졸랐다. 또 안심하고 누워 그렇게 즐겼을 때, 나는 남작 부인보다 더 행복하다고 느꼈다.

나는 내가 받아준 부분의 효력을 알았다. 프란츠는 훌륭했다. 특히 나도 꿈에 젖어 있던 절정의 순간에, 그는 내 곁에서 떨어지지 않았다.

오히려 더욱 강하게 나를 사랑했다. 마치 나의 모든 생명을 빨아들이고 싶어 하는 듯했다. 나는 유난히 이런 환락에 끌렸다. 남자의 애무를 받는 여자의 수동성에서 샘솟는 쾌락이었다. 또 자신의 매력으로 거두는 보상에 대한 이상한 경배 같은 것이기도 했다.

그러나 남자에게 많은 것을 요구할 권리가 주어질 때는 이런 쾌감을 느끼기 어려웠다. 단순한 입맞춤에는 빠져들 수가 없었다. 남자의 요구로 촉발된 쾌락은 오래가지 않았다. 나는 남자의 강압적 폭력을 여자가 용인하지 말아야 한다고 생각했다.

프란츠가 그토록 애정을 보이며 환심을 사려고 했던 만큼 나도 그럴 수밖에 없었다. 오래전부터 나는 그 잊지 못할 날, 어머니가 쾌감을 반복해 느끼면서 아버지를 자극하던 모습대로 해보고 싶었다. 그런 상황은 저절로 이루어졌다. 우선 손과 눈과 입 모두 머뭇대지 않고 차츰 많은 것을 맛보게 되면, 결국 모든 쾌감이 창피하거나 염치없게 느껴지지 않았다.

원하는 대로 모든 부분을 애무할 때 남자가 어떤 감정일까에 대해서는 알 수 없다. 하지만 그렇게 대담하게 미친 듯 움직이며 파고드는 남자를 보면서 나는 정말이지 남자의 욕정이 강력하다는 것을 느꼈다. 그전에도 아버지와 사촌 그리고 마구간 일꾼에게서 그런 힘을 목격했지만, 나는 그 힘과 아름다움의 모든 면을 알고 싶었다.

프란츠는 아버지보다 젊고 건강했다. 사촌보다도 건장했고 마구간 일꾼보다도 훨씬 부드러웠다. 그런 그가 끝없는 실험을 감행해주었다.

물론 많은 여자가 수치심과 겉치레 때문에 쾌감을 완전히 맛보지는 못할 것이다. 많은 이유가 있을 테지만, 무엇보다 적극적이지 못한 여자의 성격 탓도 있다. 그리고 더 큰 이유는 남자가 난폭하기 때문이다. 보통의 남자들은 천천히 기분 좋은 전희도 할 줄 모르고 곧장 궁극의 쾌감만 밀어붙이지 않는가. 다행히 프란츠는 그렇지 않았다. 그가 낙원이라고 부르며 절대적으로 좋아하던 행위를 내가 줄기차게 금지했기 때문이기도 했다.

프란츠는 오래 애무할 때마다 지나치게 흥분했다. 나는 그런 그를 가여워하면서도 어쩔 수 없이 내가 즐기던 대로 응대했다. 그가 자제력을 잃고 흥분하면 나는 별로 즐겁지 않았다. 나는 내 미모가 남자를 그렇게 성급하게 만드는 것이 아닐까 싶어 아쉬웠다. 차라리 잠시 쉬고 나서 대화를 나눌 때가 훨씬 좋았다.

청춘은 얼마나 멋진가, 청춘은 자신의 젊음을 돌볼 줄 알 때 누릴 수 있는 것 아니겠는가. 프란츠가 나를 바라볼 때마다 그는 얼마나 탐스러운 모습이던가. 나는 그를 끌어안고 그 귀여운 곱슬머리에 입을 맞추며, 오랫동안 그의 목덜미와 오른쪽 귀를 매만졌다. 뿔고둥 같은 왼쪽 귀보다 오른쪽 귀에 집착했다. 왜 그랬는지는 모르겠다. 누구나 그렇듯 엇비슷한 귀들인데.

지금도 그때를 생각하면 가슴이 뛴다. 정말로 당시의 일을 조금도 후회하지 않는다. 그렇지만 그 이후 내가 했던 행동들은 좀 씁쓸했다.

훗날 내 삶에서도 그 독이 영향을 미치지 않았을까 싶다. 만약 이 글을 읽고 어떤 여인이 나처럼 행동하려 한다면 솔직히 말리고 싶다. 예를 들어 처녀가 일주일에 한 번씩 혼자서 쾌감에 빠진다면 몸이 쇠약해지고 병이 날 수도 있다. 또 동성 친구에게 경솔히 자신의 몸을 맡긴다면 짜증만 날 것이다. 만약 결혼을 원치 않는데 피임도 불확실한 청년에게 자신을 허락한다면 불행해지고 말 것이다.

감미롭고 낯뜨거운 책을 읽는 것은 처녀들에게 얼마나 위험한 일인가. 나중에 나는 그 책들을 잔뜩 모았고 책에서 본 것을 경험으로 알았다. 미혼 여성들에게 이런 책들은 정말이지 독약이다.[8] 책들은 하나같이 매혹적이고 자극적이지만, 섹스를 이야기하면서도 그다음에 뒤따르는 것에 대해 절대 언급하지 않는다. 여자가 남자에게 완전히 자신의 몸을 내어줄 때 어떻게 주의해야 하는지를 설명하는 법이 없다. 어떤 책도 그 일에 뒤따르는 후회와 수치심과 처녀성의 상실과 신체의 고통을 설명하지 않는 것이다. 그래서 결혼이야말로 남자가 지켜야 할 훌륭한 제도인 것 같다. 결혼 제도가 없다면 인간은 육체적 욕망에 사로잡힌 야수가 되었을지도 모른다. 비록 나는 미혼이었지만 그렇게 믿어 의심치 않았다. 여가수는 여러 관계를 유지하기가 어렵다. 살림하는 주부와 한 가족의 어머니, 대중적인 우상 노릇을 한꺼번에 잘할 수는 없다. 나는 그

8　저자는 독일어판 『H. 씨의 회상록』, 『난봉꾼 신부들』, 『베를린의 맹세』, 『알리힝의 일화』와 프랑스어판 『샤르트뢰의 간수』 등이 해롭다고 꼽았다.

저 현모양처가 되길 바랐다. 남편도 나를 행복하게 해줄 만한 사람이면 충분하리라 생각했다. 그래서 사람을 만나는 조건에서 성생활은 중요하고도 중요했다.

남자들을 관찰하고 경험해 본 결과, 정직하고 다정한 남자들이 사회생활에서도 중심을 잃지 않고 구심점 노릇을 한다는 것을 알게 되었다. 여자 역시 성생활을 잘 알고 있어야 모범적인 아내와 동반자로서 공존할 수 있을 것이다.

나도 어머니처럼 살고 싶었다. 항상 남편에게 참신해 보이려 애쓰면서 말이다. 남편의 공상에 응하면서 한편 욕망을 감추려 할 것이다. 이것이 인간의 삶을 지루하지 않게 만드는 열쇠 아닐까. 아무것도 아닌 듯하지만 가장 중요한 일이다. 그것을 숨기는 것 말이다.

나는 동물들의 짝짓기를 구경하고 그들을 돕는 것을 좋아했다. 유별나고 불건전한 취미라고 할지 모른다. 하지만 이런 취미로 누구를 공격한 것도 아니고 실제로 해치지도 않았다. 살아있는 생명체들의 긴밀한 결합과 관련된 것들은 모두 이상하리만치 매력적이었다. 나는 절대로 황당한 행동을 하지는 않았다.

언젠가 나는 영국과 아랍 명마들의 종마 사육장이 있는 거대한 영지에 초대받아 지낸 적이 있었다. 이때 거의 매일 암컷들을 덮치는 종마의 놀라운 교미를 지켜보았다. 처음 우연히 본 뒤로 나는 그 구경거리를 잊을 수 없었다. 나는 거의 3주 동안 친구들이 물가로 나가고 없을 때마다 그 어마무시한 광경을 지켜보았다. 내가 커튼 뒤에서 종마들을 지켜보는 줄 아무도 몰랐다. 세상에 수말이 암말을 덮치는 광경만큼 감탄할 구경거리가 어디 있을까. 절대로 없을 것 같았다. 멋진 몸매와 힘, 타오르는 눈빛, 모든 신경과 근육의 팽팽한 긴장, 미친 듯이 끝까지 밀어붙이는 그 광기, 마치 마술을 보는 것만 같았다. 물론 그런 광경을 역겨워하는 사람도 있다. 하지만 동물이 짝짓기하는 순간은 자연의 법칙에 따르는 것이므로 숭고한 일이며, 또 대부분 경우 우아하고 아름다웠다. 짝 앞에서 새들은 열렬히 노래하고, 노루들은 싸우는 등 짐승마다 제가 지닌 힘과 아름다움을 과시한다. 이런 것을 종마들이 가장 멋지게 보여주었다.

암놈은 자연스럽게 사양하고, 수놈은 뒷발질에 채이지 않으려 조심조심 접근한다. 수놈은 천천히 암놈의 저항을 꺾는다. 암놈 주위를 가볍게 돌면서 콧김을 불어대며 옆구리를 문지른다. 자신의 힘을 주체하지 못해 하는 행동인 듯했다. 벨벳 같은 피부 속에 모든 핏줄과 근육이 부풀고, 당당하게 신경질을 부리며 정력을 과시한다.

모든 것이 언제 끝날지 알 수 없다. 그러다가 결국 암놈이 받아들이는 모습을 보인다. 단번에 수놈은 암놈을 차지하고 사납게 욕망의 문을 두드린다. 오래 아주 오랫동안 수놈은 헛되게 두드리기만 한다. 마구간의 시종들은 종종 이런 가엾은 짐승을 도와주려 했다. 그렇게 도와주기 무섭게 사나운 짐승이 교미에 성공하면서 무섭게 소리를 지르는데, 그 힘과 결과는 상상하기조차 어렵다. 눈알이 튀어나올 듯하고, 증기기관

차처럼 거대한 콧김을 내뿜는다. 전신을 부들부들 떨며 경련을 일으킨다. 이 광경을 구경하는 사람도 몸과 마음 모두 커다란 기쁨에 휩싸인다. 나도 그 광경을 항상 극도로 흥분한 채 끝까지 지켜보았다.

루돌핀

내가 지금처럼 글을 쓸 수 있는 것은 연인과의 격정에 취하면서도 절대로 정신을 혼란스럽게 만들거나 가야 할 길을 외면한 채 샛길로 빠지지 않아서였다. 모든 이야기는 그저 사실의 기록일 뿐이다.

한동안 나는 프란츠와 자연스럽게 지냈다. 나는 언제나 신중했다. 고모는 아무것도 눈치채지 못했고 우리의 만남을 아는 사람은 주변에 아무도 없었다. 나는 프란츠와 일주일에 단 한 번씩만 만나려 했다.

내가 무대에 처음 오를 날이 다가올수록 프란츠는 더 대담해졌다. 프란츠는 당연한 권리라는 듯 제법 허세를 부리기도 했다. 어떤 남자든 따질 것도 없이 여자를 소유할 권리가 있다고 믿는 것 같았다. 하지만 나는 그런 남자의 심리를 이해할 수 없었다.

나는 계획을 세웠다. 눈부신 무대 생활을 시작하면서 그저 그런 남자들과 엮이고 싶진 않았다. 모든 면에서 그를 압도하고 싶었다. 점점 권위적이고 소유욕이 강렬해지는 프란츠와 좋지 않게 끝난다면 위험한 일이 생길 수도 있었다. 진중하지 못한 그의 처신에 말려들 수도 있을 테니까. 매사에 능란하게 대처해야 했다. 나는 우리가 결혼하려 했지만, 우여곡절 때문에 관계가 끊어질 수밖에 없었다고 프란츠를 속이려 했다. 물론 그 우여곡절의 사건도 내가 꾸몄다.

"교수님, 반주자인 프란츠가 공공연하게 나를 쫓아다녀서, 레슨을 포기하고 현모양처나 되어야 하지 않을까 고민이 됩니다."

교수는 나를 무척 자랑스러운 제자로 여겼고, 예술가로 데뷔시켜 주겠다고 약속했던 분이라 크게 화를 냈다. 나는 교수에게 프란츠를 불행하게 하지는 말아 달라고 애원했다. 상심에 빠져 너무 울어버려 목소리까지 망가지면 어떡하느냐고 간절하게 전했다. 교수는 프란츠를 불러 조용히 타일렀고, 나는 목적을 이뤘다. 그리고 프란츠는 부다페스트 극장 관현악단으로 들어갔다. 우리는 그렇게 조용히 헤어졌다. 아무 걱정 없이 나는 관계를 청산할 수 있었다.

헤어지고 얼마 뒤 나는 포르트 카이르트너 극장(la Porte Kaertner)에서 처음 무대에 올랐다. 극장에 빈자리가 없어 복도에까지 사람들이 늘어서서 내 노래를 들었다. 크나큰 성공이었다. 나는 정말 행복했다. 모든 사람이 나를 둘러싸고 달려들었다. 그 공연 뒤로 나는 공연 때마다 박수갈채를 받았고, 돈도 벌었으며 금방 유명해졌다.

내가 유명해지자 주변으로 멋쟁이 바람둥이들과 팬들이 밀려들었다. 온갖 미사여구를 동원해 나의 관계망에 들어오려 했고 고급스러운 선물로 나의 환심을 사려고도 했다. 그러나 나는 예술가로서 허영심이나 사사로운 감정에 끌리게 되면 사랑의 게임을 망치고 만다는 것을 진즉에 알고 있었다. 그래서 무관심한 척했다. 접근해오는 남자들을 번번이 실망시켰다. 그러자 나는 쉽게 접근할 수 없을 만큼 품행이 단정하고 도도한 여자라는 소문이 났다.

프란츠가 떠나고 나자 다시금 주말의 외로움을 뜨거운 온탕에서 홀로 달래며 보낸다는 것을 눈치챌 사람은 아무도 없었다. 일주일에 한 번이상 참기 어려운 감각에 떠밀렸지만, 그 이상은 아니었다. 특히 공연을 끝내고 갈채를 받았을 때 욕정은 더욱 참기 힘들었다. 하지만 수많은 사람이 지켜보고 있었으므로 나는 모든 관계에 극도로 신중했다. 게다가 어디든 고모가 그림자처럼 따라붙어 다녀서 누구도 내게 뭐라 하지 못했다.

나는 극장으로부터 고정 급여를 받았고, 화려하지는 않아도 편안한 숙소에 머물렀다. 무엇보다 즐거웠던 것은 고상한 사교계에 발을 들여놓았다는 사실이었다. 프란츠가 없어 아쉬울 때도 가끔 있었다. 모든 것을 혼자 해결해야 했으니까.

그렇게 유명인으로 지내던 어느 날, 계절이 여름으로 접어들면서 외로움을 만회할 운이 따라왔다. 빈의 부유한 은행가 집안을 소개받았고, 그 집 안주인이 진실한 우정을 보여주었다. 안주인의 남편은 내게 많은 선물을 주었다. 엄청난 재산으로 쉽게 '극장의 공주'를 정복하려는 속셈이었다. 그런데 다른 사람들처럼 그 또한 퇴짜를 받고 나서, 나를 자기 집에 묵게 하면서 호시탐탐 나를 차지하려 기회를 엿보았다.

나는 자유롭게 그 집을 드나들었지만 계속 그 남자의 접근을 막았다. 그러면서 그 부인과 친해졌다. 부인 이름은 루돌핀, 명랑하고 다정하며 여성미 넘치는 여자였다. 아이는 없었다. 루돌핀은 남편이 탈선을 일삼는다는 걸 모르지 않았지만, 상당히 무심했다. 두 사람은 서로 존중했고 가끔 부부 생활을 즐기기도 했다. 행복한 결혼은 아니었다.

루돌핀과 친해진 지 얼마 지나지 않아 나는 그녀를 파악할 수 있었다. 루돌핀은 극도로 탐욕스러운 면모도 갖추고 있었다. 하지만 루돌핀의 남편은 아내의 그런 면을 전혀 눈치채지 못했다.

여름이 복판에 이르자 모든 게 화창해졌다. 루돌핀은 바덴에 있는 멋진 별장으로 건너갔다. 루돌핀은 그곳에서 지냈고 남편은 주말마다 친구들과 함께 꼬박꼬박 찾아갔다. 오랫동안 역할을 맡았던 오페라의 시즌이 끝나자, 루돌핀은 나더러 별장으로 건너와 함께 지내자고 제안했다. 나도 잠시 시골에서 지내보는 게 좋겠다는 생각이 들었다. 그때까지 우리는 치장과 음악과 예술에 관심을 쏟았지만, 이제 다른 대화를 시작하게 되지 않을까 하는 공상도 했다.

별장에 건너가 지내면서 그녀의 또 다른 면모를 알게 되었다. 루돌핀은 정말로 불평이 많은 여자였다. 아쉬운 점을 조금도 감추지 않았다. 나는 즉시 단순하고 미숙한 친구 노릇을 맡기로 했다. 나는 친구 역할을 하면서 그녀의 약점을 살살 건드렸다.

그러자 루돌핀은 되레 나를 가르치려 들었다. 내가 순진하게 굴수록, 그녀는 더욱더 믿을 수 없는 이야기들을 꺼냈다. 나를 깨우쳐주고 싶어 하면서, 잔뜩 쌓였던 속내를 하나둘 털어놓았다. 게다가 루돌핀은 내게 털어놓는 걸 내심 즐기는 듯했다. 내가 놀라는 모습을 보면 그녀도 놀랐다.

"무대에서는 열정적 연기파던데 정말 아무것도 몰랐어?"

그녀는 연기에 지나지 않는 나의 순진함을 놀라워했다.

내가 별장에 도착한 지 나흘 만에 우리는 함께 목욕을 즐겼다. 많은 이야기 끝에 실전에 들어갔다. 내가 서툴게 흉내 낼수록 루돌핀은 애송이를 교육하는 것처럼 재미있어했다. 내가 어려워할수록 그녀는 더욱 극성을 부렸다. 그녀도 욕실에서나 밖에서나 나름대로 쾌감과 희롱을 적당하게 자제하고 있었다. 하지만 나는 그녀가 결국 나와 밤을 보내기 위해 꾀를 부린다는 것을 알아차렸다. 마르그리트와 처음 함께 보냈던 밤의 기억을 새삼 떠올리게 하는 순간이었다.

나는 루돌핀이 내가 순진하다고 믿게끔 교묘하게 처신했다. 루돌핀은 나를 유혹한다고 믿었지만 사실 정반대였다. 루돌핀은 내 예상대로 나를 따라오고 있었다.

루돌핀의 침실은 사치스러운 가구로 꾸며져 있어 한눈에 보기에도 화려했다. 부유한 은행가만이 들여놓을 만한 가구들이었다. 부부 생활을 위해 남편이 세련미를 갖춰 준비한 완벽한 방이었다. 바로 그 방에서 루돌핀은 온전히 여자가 되었다. 그녀는 자기 경험과 첫날밤 남편에게 처녀성을 잃을 때의 감정을 자세히 들려주었다. 루돌핀은 욕정을 탐하는 기질을 조금도 감추지 않았다. 루돌핀은 남편과 두 번째 동침할 때까지도 아무런 쾌감을 못 느꼈다고 했다. 쾌감은 천천히 발전했다가 어느 날 갑자기 강렬해졌다고 했다.

나 역시 오랫동안 어릴 때부터 열정적이던 기질을 스스로 믿지 못했지만, 이제는 믿는다. 루돌핀은 남편이 부실했으며 섹스는 오래가지 않았다고 했다. 남편은 여자의 관능을 이끌지 못하고 중간에 곤두박질쳤다. 루돌핀은 끝내 이루지 못한 박탈감을 그럭저럭 이겨냈다. 그녀는 악착스러우면서도 성격이 온순해 남편의 무능을 너그럽게 견뎠다.

우리 두 사람은 커다란 영국식 침대에서 미친 듯이 까불고 놀았다. 루돌핀은 끝없이 애무를 탐했다. 몇 시간에 걸쳐 두 번이나 절정에 이르면서도 내게 너무 짧지 않았냐고 묻곤 했다. 경험이 많지 않냐는 질문이기도 했는데, 나는 그녀에게 모든 것을 숨기기에 급급했다.

우리 관계는 더욱 흥미진진하게 발전했다. 루돌핀은 남편이 불나방처럼 나도는 동안 다른 방식으로 은밀하게 위로받으려 했다. 이웃 별장에 이탈리아 왕자가 살고 있었는데, 평상시에는 빈에서 지냈다. 루돌핀의 남편이 왕자의 재정을 맡고 있었다. 남편은 은행가로서 왕자의 방대한 재산을 관리하는 하인인 셈이었다.

왕자는 30대의 나이에, 겉보기에 근엄하고 학자 같은 교양이 넘쳤지만, 내면에 늘 강렬한 감수성이 출렁대는 인물이었다. 굉장한 체력을 타고났고, 게다가 내가 난생처음 보는 완벽한 이기주의자였다. 왕자의 목적은 단 하나. 어떻게든 즐기자는 것뿐이었다. 그 와중에도 치밀한 계략의 힘으로 쾌락에 따른 어떤 불상사에도 다치지 않고 자기를 지키려고만 했다.

루돌핀의 남편이 별장에 오면, 왕자는 종종 저녁을 먹거나 차를 마시러 왔다. 나는 그가 루돌핀과 무슨 관계가 있다고는 조금도 눈치채지 못했다. 루돌핀이 한 마디도 입 밖으로 내지 않고 조심했기 때문이었다. 그러다 어느 날 우연히 두 사람의 관계를 알게 되었다.

어느 날, 나는 울타리 뒤에서 꽃을 따고 있다가 루돌핀이 울타리의 돌 밑에서 쪽지를 꺼내더니 잽싸게 옷 속에 숨기고 방으로 뛰어 들어가는 것을 보았다. 뭔가 꼬인 일이 있겠거니 생각했다. 창문으로 보니, 그녀는 쪽지를 허겁지겁 읽고는 즉시 태워버렸다. 그러고 나서 그녀는 비서에게 답장을 쓰게 했다. 나는 모른 척하려고 내 방으로 돌아와 연습에 몰두해 있음을 알리려는 듯 큰소리로 노래를 불렀다. 그러면서 나는 창문 너머로 루돌핀이 쪽지를 꺼냈던 곳을 다시 지켜봤다. 물론 아무것도 찾지 못했다. 주변을 둘러보며 루돌핀이 나타나기만을 기다렸다.

얼마 지나지 않아 루돌핀이 나타났다. 그녀는 벽을 따라 걷더니 나뭇가지를 들추고 전에 본 적 없는 감쪽같은 솜씨로 답장을 숨겼다. 그리고 그녀는 그 자리에서 꽤 오래 서성거렸다. 나는 그녀가 방으로 돌아간 것을 확인하고 나서 곧장 정원으로 달려나갔다. 그리고 돌 밑에 숨겨둔 쪽지를 찾아냈다. 나는 방으로 돌아와 쪽지를 펼쳤다.

"오늘은 어렵겠어요. 폴린이 나랑 잘 거예요. 내일은 그녀에게 시간이 없다고 하겠어요. 당신은 어떤지 궁금하군요. 내일 평소처럼 11시에 오세요."

이탈리아어 필체는 어설펐다. 그렇게 나는 모든 것을 알게 되었다. 내 계획은 이미 섰다. 나는 쪽지를 제자리에 돌려놓지 않았다. 왕자는 오늘 밤 그녀의 방으로 들어올 것이고 침대에 누워있는 우리 둘을 보고 기겁하게 될 판이었다. 나는 루돌핀과 왕자의 기막힌 비밀을 쥐고 있는 상황에서 아무 소득 없이 물러서고 싶지는 않았다. 물론 왕자가 어떻게 루돌핀의 침실까지 올라오는지 알 수는 없었다.

우리가 밤에 같이 보내기로 했기 때문에 루돌핀은 왕자의 방문을 거부하는 편지를 써두었던 것이리라. 점심때 차를 마시면서 루돌핀은 다음 한 주일은 함께 잘 수 없노라고 미리 양해를 구했다. 한 달에 한 번 찾아오는 생리 기간이 다가왔기 때문이라고 했다. 그녀는 그럴듯한 구실로 나를 속였다고 생각했겠지만, 나는 속아주는 척했을 뿐이다. 우선 그녀를 11시에 침실로 가도록 해야 했다. 내가 준비해둔 놀라운 계획을 피할 수 없도록. 우리는 일찍 잠자리에 들었다. 나는 미칠 듯 뜨겁게 애무했고 그녀는 금세 피로에 지쳐 곯아떨어졌다. 서로 가슴을 비비고, 가쁘게 숨을 몰아쉬면서 절정에 이르렀다. 그녀는 나의 손을 잡고 누운 채 잠들었다. 물론 나는 말짱한 정신으로 밤을 지키고 있었다.

등불을 끄고 숨죽인 채, 나는 계획이 순조롭게 성공하기를 기다렸다. 갑자기 규방 마루가 삐걱대는 소리, 살금살금 걷는 발걸음 소리가 들렸다. 문이 열리는가 싶더니 누군가의 숨소리가 들렸고, 그가 옷을 벗고 침대로 다가와 루돌핀 곁으로 다가왔다. 나는 마음을 단단히 먹고, 아주 깊이 잠이 든 척했다. 왕자는 이불을 들추고 루돌핀 옆에 누웠다. 루돌핀은 펄쩍 놀라 일어나 덜덜 떨었다. 그녀에게는 재앙이었다.

왕자는 자기가 늘 하던 대로 왕자 행세를 하려 들었다. 루돌핀은 기어들어가는 목소리로 답장을 못 받았느냐고 물었다. 루돌핀의 말에 아랑곳하지 않고 애무를 그치지 않던 왕자는 급기야 내 팔을 건드리고야 말았다. 나는 그제야 잠에서 깨어난 듯 눈을 뜨고 놀란 듯 소리를 지르며 루돌핀 곁에서 떨어져나왔다. 루돌핀이 질겁하고 왕자가 경악하는 모습이 너무 재미있었다.

왕자는 이탈리아 말로 욕설을 퍼부었고, 루돌핀은 잠시 입을 다물었다가 어둠 속에 불쑥 들어온 남자가 자기 남편이라고 나를 속이려 했다. 이런 끔찍한 일이 어떻게 벌어졌는지 모르겠다며 나는 루돌핀을 힐난했다. 나는 왕자의 목소리를 알고 있었기 때문이다.

능글맞은 왕자는 자기로서는 조금도 잃을 것이 없고 오히려 흥미로운 파트너를 얻었다고 생각했던 모양이다. 사실 내가 바라던 태도였다. 다정하게 듣기 좋은 말을 하면서 왕자는 우리의 이상한 모험을 아무렇지도 않게 바라보았다. 왕자는 침실 문을 걸어 잠그더니, 열쇠를 쥔 채 다시 침대로 돌아왔다. 루돌핀은 우리 사이에 있었다.

두 사람은 서로 사과하고, 해명하고, 반박하며 관계를 정상으로 돌려놓으려고 애를 썼다. 그런다고 뭐가 달라질까. 우리 셋 모두 참을 수밖에 없었다. 이렇게 아슬아슬하고 설명하기 어려운 만남이 폭로되어 곤욕을 치르지 않으려면 달리 방법이 없었다.

나는 나의 연기를 밀고 나갔다. 펑펑 울면서 루돌핀을 질책했다. 우리 관계를 믿을 수 있어야 한다고 말했다. 마르그리트에게 배운 것이 내게 얼마나 유익했는지 모른다. 또 주네브에서의 모험도 유용한 경험이었다. 기본적으로 똑같은 상황 아닌가. 왕자와 루돌핀은 자신들이 내 손에서 놀아나고 있는 인형이라는 것을 모른다는 점만 달랐다. 흥미진진했고 스릴도 넘쳤다.

루돌핀은 왕자와의 오랜 관계를 솔직하게 털어놓았다. 그녀는 또 나랑 어떻게 즐겨왔는지 왕자에게 털어놓았고, 순진한 처녀인 내게 이런 일을 가르쳐주느라 몹시 힘들었다고도 덧붙였다. 그러자 왕자는 흥분했다. 내가 루돌핀의 입을 막으려고 했지만, 그녀는 더욱 열렬하게 나의 관능미를 열심히도 떠들었다. 내 은밀한 몸매의 아름다움에 왕자도 태연하지 못했다. 그는 루돌핀을 끌어안고 흥분한 감정을 억누르지 못했다. 차츰 왕자의 다리가 내 다리를 간지럽혔다. 나는 울면서도 호기심에 들떴고, 루돌핀은 여전히 나를 달래느라 애썼다.

하지만 왕자의 애무에 루돌핀은 기분이 풀어졌다. 그녀는 금세 예민하게 움직였다. 나와 같이 즐기려 했고, 나도 어쩔 수 없이 그냥 내버려두었다. 갑자기 또 다른 사람의 애무가 루돌핀의 애무와 뒤섞였다. 나는 그동안 해왔던 순진한 처녀 노릇에 충실하려 했지만, 이것만은 더는 참기 어려웠다. 그러자 루돌핀은 잡았던 내 손을 놓고 자기 애인의 손을 잡았다. 나는 토라져 벽 쪽으로 돌아누웠다. 버림받은 나는 혼자 투덜대며 침대에서 나뒹구는 동료들이 시작했던 것을 은밀히 끝내려 했다.

내가 등을 돌리자마자 두 사람은 알몸임에도 일말의 수치심마저 내동댕이친 채 섹스에 몰입했다. 왕자는 루돌핀에게 달콤한 말을 퍼부어 댔고, 루돌핀도 얌전하게 맞장구를 쳤다. 나는 샘이 났다. 그들을 등지고 있어서 그들의 몸이 어떻게 섞여 있는지 알 수 없어서 더욱 상상을 불태웠다. 둘이 헐떡이고 부들부들 떨면서 황홀을 만끽하는 동안, 나 역시 황홀경에 빠졌다. 우연인지 고의인지 알 수 없으나 왕자는 나와 루돌핀 사이로 들어왔는데, 그는 조금도 걱정하는 눈치가 아니었다. 나는 내가 그들보다 우위를 지키려면 조용히 있어야 한다는 것을 잘 알고 있었다. 그래서 그들이 어떻게 상황을 풀어나갈지 기다려보았다.

두 사람 각자 다른 식으로 노력했다. 먼저 루돌핀은 비록 남편이 자신에게 예의를 차리긴 했으나 그동안 홀로 외로움에 지치도록 만들었으므로, 남편이 다른 여자들을 찾아다녔던 만큼 자신도 왕자의 품에 안길 권리가 있다고 말했다. 성적 즐거움을 깨달을 황금기의 루돌핀이 지상에서 가장 달콤한 즐거움을 원하지 않을 리 없었다. 더구나 의사들에게서 억지로 참지 말고 기질대로 하라고 권고까지 받았던 터라 남편에게 조금도 미안한 기색이 없었다. 루돌핀은 왕자가 들이닥친 사건은 빼고 그날 밤에 세 사람이 함께 나눈 이야기만 기억하길 바랐다.

왕자는 루돌핀이 겁내지 않도록 한 마디 한 마디를 조심했다. 세 사람이 평등한 관계라는 것을 인정하면서 왕자는 천천히, 그러나 확실하게 내 쪽으로 다가왔다. 하지만 나는 그를 받아들이지 않았다. 왕자가 루돌핀을 얼마나 거칠게 애무했는지 나는 잘 알았다. 즐거움과 쾌락만 추구했다가는 내 간절한 소원이 허사가 되고, 그동안 대비해왔던 것도 물거품이 될 판이었다. 마지막 순간에 스스로를 지키지 못한다면 나의 예술가 경력에 문제가 생길 수도 있었다. 그래서 내 인생에 부정적인 영향을 미칠 만한 상황이라 판단이 서면 단호하게 행동했다. 왕자가 더 많은 것을 얻으려고 기를 쓸 때마다 나는 완강히 저지했다.

그런 나를 보며 루돌핀은 무슨 말을 어떻게 해야 할지 몰라 당황했다. 그녀는 결국 내가 그런 밤을 버티지 못했을 것이라고 느꼈던 것 같았다. 밤을 보낸 후 아침에 루돌핀은 내 머리를 가슴에 파묻고 끌어안았다. 그녀는 나를 부드럽게 쓰다듬으면서 자극했다. 달콤하게 구슬리는 말도 잊지 않았다. 그러더니 기분 좋게 움직이기 시작했다, 나는 그냥 그녀가 하는 대로 내버려 두었다. 그러자 왕자는 잠시 물러나 있다가 내게 깊은 키스를 했다. 결국, 나는 몸 곳곳에 키스 공격을 받았다. 나는 조금도 저항하지 않았다. 위험하지도 않아 왕자가 내 손을 잡도록 가만 내버려 두었다. 왕자는 손으로 애무하는 법을 가르쳐주었다. 우리 셋은 복잡하게 얽혀 있었지만 너무나 편했다.

애무가 깊어지고 몸이 뜨거워지자 루돌핀은 몸을 떨었다. 그녀는 연신 내게 입을 맞추었다. 왕자의 애무로 극도로 흥분한 그녀는 거의 기절할 지경이었다. 왕자도 흥분했다. 나와 루돌핀 모두 완전히 받아들여주지는 않으면서도 위험하지 않은 선까지는 고분고분하게 굴었기 때문에 왕자도 쾌감에 취하기 시작했다. 루돌핀은 더욱더 열을 올렸다. 우리 셋은 쾌감을 강렬하게 끌어올렸다. 쾌감이 너무 강해 몸에서 진이 빠지는 듯했다. 우리가 다시 정신을 차리는 데 15분 넘게 걸렸을 정도였다. 뜨거운 몸부림의 순간이 지나자 다시 냉정하게 정신을 차렸다. 나의 능란한 애무, 내가 맛본 쾌감, 두근대는 가슴, 뒤틀리는 몸, 이 모든 것으로 왕자는 결정적인 순간에 내가 정신을 차리고 극도로 조심한다는 것을 알아차렸다.

일상으로 돌아간 이후, 왕자는 한동안 그런 밤을 되풀이하려 하지 않았다. 그는 비밀을 지키고 안전을 유지하기 위해 쾌락을 기꺼이 양보했다. 그 짧은 며칠 동안 다정함과 수치스러움, 장난과 방어와 친밀감이 뒤섞였다. 왕자가 떠나고 나서 루돌핀과 나는 서로에게 어떤 설명도 하려 들지 않았다. 다만 그녀는 임신할지도 모를 불안에 대해 얼마나 안전한지 설명해주었다. 자신은 남편과 다투고 임신에 대해 마음을 거두면서부터 왕자를 알게 되었다고 말했다.

"왕자는 냉정하고 항상 감정을 잘 다스리지."

그녀는 장담했다.

"왕자는 여자들의 명예를 아낄 줄 안단다. 너 자신을 완전하게 왕자에게 맡겨봐. 그는 정말 안전하게 즐겨. 그리고 그 세계는 말로는 다 표현할 수 없을 정도로 황홀해. 애무만으로 천국에 이르는 것과는 차원이

다르다고."

그녀는 나를 설득하려고 갖은 애를 썼다. 나도 그녀의 설명과 약속을 무시하지 않는다는 태도를 보였지만, 그래도 조금은 걱정이 되었다.

며칠 뒤, 정오쯤 왕자가 루돌핀을 찾아왔다. 그가 인사치레로 나를 찾아오겠다고 했지만 나는 손님 맞을 준비가 안 되었다고 전했다. 두 사람은 내 저항을 꺾고 자기들의 은밀한 놀이에 나를 끌어들이려 했다.

내가 더는 루돌핀과 동침하려 하지 않았기 때문에, 그들은 호시탐탐 내 침실로 찾아와 나를 놀라게 하려 했다. 내게 후회할 틈을 주지 않고 도시로 떠나지 못하도록 나를 사로잡으려 했다. 루돌핀은 내 침실로 따라 들어와 하녀를 내보냈다. 내가 잠자리에 들자, 그녀는 곁방 문을 직접 걸어 잠갔다.

루돌핀은 내 침대에 걸터앉아 어떤 말로든 나를 설득하려 애썼다. 이미 여러 차례 반복했던 말이었다. 조금도 걱정할 게 없다고 나를 다독이고 안심시켰다. 당연히 나는 왕자가 그녀의 방에 와 있고, 문 뒤에서 우리 말을 엿듣고 있다는 사실을 알면서도 모른 척했다. 신중하던 나도 차츰 강렬하게 호기심이 발동하기 시작했다.

"왕자가 '특수 콘돔'을 사용한다는 것을 어떻게 보장해요?"

"내가 보장한다니까. 그 무도회에 반드시 갖추고 나올 거라니까!"

"끔찍하겠네요. 왕자는 너무 난폭하고 정력이 세잖아요."

"처음에야 조금 아프겠지만 너를 위해 왕자가 특별히 진통제를 준비했어. 별로 아프지 않을 거야."

"정말로 뒤탈이 없을까요, 내 인생을 영영 망치지는 않을까요?"

"내가 써봐서 알아, 그렇지 않고 내가 어떻게 했겠어. 남편하고 관계도 하지 않는데. 요즘 남편은 왕자가 집에 있을 때마다 우리 집에 오라고 해. 그래봤자 일주일에 한 번이지만. 난 아무 걱정 없어."

"놀랍군요. 그런데 어떻게 남자를 받아들이지요, 창피하게. 이야기는 끌리지만 충고대로 할 수 있을까요. 지난번 밤 같은 시간을 또 어떻게 겪겠어요. 왕자가 잘생겼고 친절하기야 하지만⋯⋯. 아무튼, 두 사람이 서로 좋아서 내는 소리를 옆에서 들을 땐 나도 얼마나 흥분됐는지 몰라요."

"그래, 완전하지는 못했어. 그래도 우리가 함께했을 때 얼마나 즐거웠는지 몰라. 우리가 지난밤에 맛봤던 것처럼 셋이서 함께 노는 것이 그렇게 재미있을 줄 나도 몰랐어. 책에서야 읽어봤지만, 그저 허풍이겠거니 생각했지. 두 남자와 한 여자가 서로 뒤엉키는 것은 생각만 해도 역겹잖아. 그런데 두 여자와 신중한 한 남자가 은밀히 합의했다면 괜찮을 것 같았어. 분명한 건 두 여자가 절친한 사이여야겠지, 우리처럼. 완벽하게 즐기기 위해선 한 사람이 너무 창피해하거나 두려워하지 않아야 해. 그건 네 잘못이야."

"아무튼, 왕자가 우리 이야기를 여기서 엿듣지 않아 다행이네요. 어떻게 그 사람을 막아낼지 모르겠어요. 안에서 불이 치솟고 떨려요. 몸과 마음이 따로 노는 거 같아요."

나는 누군가 우리를 훔쳐볼 수 있는 자리로 옮겼다. 신중하면서도 반항했고, 쾌락을 원하면서도 나는 거부했다. 누군가 능숙하게 나를 이끌어주기를 바랐던 것이었는지도 모른다. 그런데 역시나 그가 들어왔다.

왕자는 노련한 남자였다. 그는 설명 대신 몸으로 직접 보여주겠다고 말했다. 나는 루돌핀의 행동에서 그녀가 왕자와 서로 말을 맞추었다는 걸 알았다. 나는 이불 속으로 파고들었지만 루돌핀은 이불을 걷어치웠다. 나는 울고만 싶었다. 그녀는 웃으면서 입을 맞추며 내 입을 막았다. 어쨌든 더 오래 욕망을 채우고 싶었던 나는 다시 참고 가만히 있었다. 왕자와 루돌핀의 모의에 못 이기는 척 가담하고, 막바지에 그녀의 계획이 실패할 것을 걱정하면서도 내 욕구가 충족되길 바랐다. 그런데 한 가지 나는 루돌핀의 질투를 염두에 두지 못했다. 그녀는 내가 왕자에게 사랑을 약속하지 못하도록 단속했다. 나는 감히 나의 역할을 벗어나 가면을 벗지 못했다. 그러자 루돌핀은 왕자에게 내가 동의했으며, 모든 준비가 되었다고 말했다. 그러면서 안전을 보장하기 위해 직접 시범을 보여주겠다고 했다. 왕자는 루돌핀의 제안을 기대하지는 않았던 모양이었다. 어쨌든 그는 제안을 반대하지는 않았다. 루돌핀은 피임기구들을 준비했다. 그러더니 초조해하는 왕자에게 안기면서 내게 잘 지켜보라고 말했다.

그들은 정사를 시작했다. 정말로 대단한 광경이었다. 젊고 아름다운 두 사람이 미친 듯 몸부림쳤다. 맹목적인 본능과 넘치는 정념의 힘으로 서로를 탐했다. 그들은 절정 끝에 한숨을 토해냈다.

루돌핀은 정신을 차릴 때까지 팔을 풀지 않았다. 마침내 정신이 들자 그녀는 환한 얼굴로 줄줄이 얽힌 피임기구를 거두고, 당당하게 목적을 이루었다는 것을 확인시켰다. 그녀는 진즉에 마르그리트가 내게 설명해주었던 것들을 시각적으로 이해시키려 애썼다. 하지만 나는 그때까지 프란츠도 익숙하게 사용하던 피임 도구들을 제대로 쓸 줄 몰랐다. 루돌핀은 신이 나서 그 뛰어난 기능을 선보였다.

왕자는 친절한 사람이었다. 자신의 유리한 입지를 이용하기는커녕, 우리를 다정하게 대했다. 말이 별로 없었고, 우리가 하자는 대로 모든 걸 했다. 하늘이 사랑스러운 두 여자를 보내준 것의 축복과 즐거움에 대해서만 열렬히 떠들었다. 뛰어난 언변으로 우리의 관계를 아름답게 묘사했다. 그러면서 다시 기운을 회복했다. 아주 젊지는 않았지만, 그는 향락을 탐닉하는 것에만큼은 과감히 뛰어들었다.

그리고 마침내 때가 왔다. 나를 완전히 자신한테 맡기고 심할지도 모를 고통을 견뎌내 달라고 말했다. 루돌핀은 아양을 부리면서 내게 필요한 준비를 해주었다. 그사이 나는 조금 걱정스러운 공상을 했다. 왕자에게 내가 순결한 척, 어떻게 완벽하게 속일까를 궁리했기 때문이었다. 어쨌든 나는 왕자에게 모든 것을 맡기고 그가 하는 대로 따르기로 했다.

펄펄 끓는 상대의 모든 몸짓이 내 뇌리에 깊이 새겨졌다. 지금, 이 순간에도 내 몸속에 남자를 허락하면서 여자가 취해야 했던 장면을 정확하게 재구성할 수 있다. 나는 제물이었다. 스스로 자진해서 허겁지겁 몸을 바치는. 아무리 섬세하다고 한들 제사장은 어차피 피를 보고 욕정을 채우려는 거만한 수컷이었다.

그는 예정대로 모든 걸 진행했다. 생각보다 고통스러웠다. 어쨌든 내가 원했던 것이다. 나도 다른 모든 여성의 운명처럼, 어떤 것인지 알든 모르든 원죄의 벌을 받아야 했다. 고통 뒤에 기쁨이 따랐을까? 즐거웠다고 한다면 거짓말이다. 나는 더 큰 쾌감을 기대했었다. 기절한 척하면서 나는 왕자가 내 처녀성의 증거를 열렬하게 떠드는 것을 들었다. 사실 피가 침대와 옷에 튀었다. 마르그리트와 시도했을 때보다 훨씬 많이 흘렀다. 흉내 내는 것과 실제 사이에는 상당한 차이가 있었다. 처녀막이 파괴되는 것은 악몽이었다.

그 문제를 여자들과 종종 이야기해 보았지만, 저마다 견해는 달랐다. 조금도 아프지 않았다고도 했고, 너무 아팠다면서 남자를 비난하기도 했다. 신체 구조와 자연은 수수께끼다. 게다가 남자를 속이는 것처럼 쉬운 일도 없다. 특히 어리숙하고 고지식한 남자일수록 쉽게 속았다. 나는 순결을 믿도록 하는 방법이 수없이 많다는 것을 알았다. 조금 경험 있는 여자라면 누구나 알고 있는 일이기도 했다.

왕자와 루돌핀은 유난히 즐거워했다. 어르고 달래며 신참을 가르쳤다고 믿었다. 커튼을 젖히고 말할 수 없이 재미있는 놀이를 시작했다. 왕자는 솔직하게 사랑과 권태와 노스텔지어를 털어놓았다. 관능적인 면뿐이었지만 왕자는 세련된 사랑놀이의 짜릿함을 잘 알았다. 나는 항상 유린당했다는 듯 행동했지만, 그들이 말하는 모든 것을 이해했다. 왕자는 가르치는 재능을 타고났으며 또 욕망이든 몸짓이든 어느 모로나 격렬했다. 이론과 실제는 돌아가며 제 몫을 했다. 이론은 조금 고생스러운 실행의 맛을 살려주는 매콤한 양념이었다. 나의 처녀성이 남성에 의해 파괴된, 놀랍고 잊지 못할 밤이었다. 왕자는 날이 밝기 전에 떠났고, 우리는 서로 끌어안고 이튿날 점심 무렵까지 푹 잤다.

쾌락의 비밀

밤새 절정의 시간을 보낸 터라 우리는 한낮이 될 때까지 푹 잤다. 늦은 식사를 하고 루돌핀은 왕자와의 관계를 세세하게 털어놓았다. 그녀의 이야기도 남편에게 외면받는 감수성 풍부한 여자들의 사연과 똑같았다. 노련한 왕자는 루돌핀 부부 생활의 숨겨진 불행을 즉각 감지했고, 루돌핀도 자신의 민감한 기질을 오래 감추지 못했다.

이런 상황에서 왕자는 신중하고도 능란하게 루돌핀에게 접근했다. 겉으로는 냉담한 척하면서 정념에 불타던 그는 어설픈 실수를 저지르지 않았다. 왕자는 남편의 바람기를 잘 활용했다. 자기 기질을 억눌러온 루돌핀은 오래전부터 남편의 냉담함에 대해 앙갚음하려 했던 만큼 왕자의 유혹을 순순히 받아주었다. 보통 복수심이 넘치면 쉽게 외도에 빠지기 마련이었다. 유부녀들이 드러내지 않는 일이기도 하지만, 루돌핀은 왕자를 절대 사랑하지 않는다고 했다. 그러면서도 때때로 그녀는 왕자의 사랑을 시샘하는 모습을 보였다. 그녀는 남편 외에 자신을 내준 남자는 왕자뿐이라고 누누이 강조했다.

나는 그녀의 고백을 선뜻 믿어주었다. 루돌핀은 남편이 속된 생활을 하면서도 여전히 깨끗하게 유지하는 그의 명예를 질시의 눈으로 주시했을 법하다. 그녀는 다른 사람과의 관계에 극도로 신중했다. 남편은 자기 아내의 경박한 처신을 그냥 넘어갈 리 없는 인물이었다. 비록 아내를 진심으로 사랑하지는 않았지만, 미모를 내심 자랑스러워했으며 섣부른 실수를 벌이지 않을까 염려하기도 했다.

나는 왕자가 그녀만을 총애한다고 믿었다.

"누군가 다리를 놓아 적절한 빌미만 주어졌다면, 마음에 드는 능숙한 남자를 골라 쉽게 넘어갔을 거야."

그녀의 말은 자신의 상대가 꼭 왕자가 아니어도 부정한 관계가 이루어졌을 것이라는 말이었다. 루돌핀의 이야기가 그다지 특별하지는 않았다. 그래도 나는 그녀의 고백을 재미있게 들었다. 이성과 감성의 줄다리기와 같은 이야기는 늘 솔깃했다. 나는 친구들이 생각하고 느끼는 대로 솔직하게 비밀을 털어놓도록 해야 직성이 풀렸다. 게다가 이런 대화는 내게 심리적으로 유익했다. 대화를 이어가다 보면 저절로 세상과 남자를 보는 눈과 이해의 폭이 넓어졌다. 그런 대화 속에서 내가 수없이 반복해왔던 생각을 다시 한번 확인하기도 했다. 우리 사회는 겉으로 드러난 모습을 바탕으로 돌아가는 것이다. 그런 의미에서 우리에게 요구되는 도덕은 두 가지뿐이다. 여러 남자 앞에서의 도덕과 단 한 사람의 남자와 나 사이의 도덕, 그 두 가지.

나는 어려서부터 남녀의 욕망에 관한 한 많은 경험을 해온 편이었다. 근엄한 아버지와 후덕한 어머니가 황홀경에 취한 장면을 보고 놀랐던 기억은 언제나 생생했다. 생기발랄하고 편안했던 마르그리트와의 일들, 노처녀로 살아가고 있는 고모, 남편에게서 정욕을 채우지 못해 다른 남자의 유혹을 거절하지 못한 루돌핀, 사촌 여동생에게 정욕을 느껴 몸이 달았던 샤를, 그런데 그 사람들 대부분이 주위에서 도덕적으로 고상한 인물이라는 평판을 누리고 있었다. 세상은 겉모습을 근거로 판단을 내린다는 것을 알게 되었고, 그것은 내가 몸소 깨달은 진실 가운데 가장 값진 진실이었다.

목표를 이룬 이후, 나는 루돌핀과 왕자를 신뢰했기에 두 사람과 얽힌 지난 밤이 좋았다고 털어놓았다. 루돌핀은 고백을 듣고 나를 꼭 끌어안았다. 그녀는 여전히 사랑의 수수께끼 속으로 나를 끌어들였다는 데 흐뭇해했다.

경험 없는 총각과의 첫사랑은 여자에게 엄청나게 매력적인 일이다. 그의 애인이 되어 한 걸음씩 이끌어주고, 달콤한 쾌락의 비밀을 가르치고, 그 모든 깊이를 알게 해주니까. 하지만 여자가 남자를 이끌면 허세를 부리게 된다. 총각의 서툴고 순진한 애무는 특별한 맛이 있지만, 여자는 노련한 사내의 품에서만 완전한 쾌감을 느낄 수 있다. 성감의 비밀과 그것을 새롭게 키워줄 방법을 모두 알아야 하는데, 왕자가 바로 그런 사람이었다. 그는 육체적 본능의 힘만으로도 완벽하고 세련된 관능을 만들어냈다. 그는 자신에게 몸을 맡긴 여자를 절대 난폭하게 다루지 않고, 항상 여자의 즐거움을 염두에 두고 있는 듯이 보였다. 하지만 결과적으로 그것을 통해 자신의 즐거움도 커지지 않았을까.

그 주 주말에는 늘 그랬던 것처럼 루돌핀의 남편이 찾아왔고, 왕자를 저녁에 초대했다. 왕자의 비밀에 끼어들고 나서 나는 밤에만 그를 만나고 있었다. 만날 장소와 목적이 자연스럽게 정해져 있는 셈이었다. 낯선 시간대 다른 공간에서 왕자를 보니 나는 조금 떨렸다. 왕자가 식당에 들어왔을 때, 애써 참으려 했는데도 이마에 땀이 솟았다. 왕자는 나를 진정시키고 안심하도록 도와주었다. 왕자는 루돌핀에게 그녀의 남편이 허용할 수 있는 정도의 친숙한 인사만 했다. 내게는 점잖게 예의를 갖추었다.

식탁에서 첫 번째 포도주잔을 돌리고 나서, 왕자는 조금 활기를 띠기는 했어도 자신의 숨은 본능 같은 냉정함을 절대 버리지 않았다. 식사하는 모습을 보면서 그 누가 우리의 긴밀한 관계를 의심할 수 있을까. 왕자의 처신은 예절에 따른 것일 뿐이고, 또 귀족적인 냉정함에 따른 것이었을 뿐이다. 왕자의 태도는 정말로 귀족답게 훌륭했다. 폭넓은 교양은 물론, 세계 여러 나라에 대한 지식과 삶의 경험도 깊었다. 그는 절대로 냉정함을 잃지 않았다. 조금도 당황할 줄 몰랐고, 차분하고 태연한 얼굴에서 그가 무슨 생각을 하는지 절대로 읽어낼 수 없었다. 머리끝부터 발끝까지 기사도에 넘치는 왕자는 친절하고 겸손했다. 특히 신중함이 가장 큰 장점이었다. 왕자는 여자들에게 인기가 대단했다. 그는 사람의 나약한 마음을 세심하게 이해했다. 그는 자신의 애정행각을 입에 올리지 않았고, 상대의 이름 또한 발설한 적이 없었다.

왕자는 냉정한 이기주의로 자신에게 부담스러운 관계라면 단숨에 끊어냈다. 하지만 어떤 여자도 배신당했다고 불평하거나 고발하지 않았다. 그는 여자의 마음을 냉정하게 뿌리칠 줄 알았지만, 언제나 여자의 명예를 지켜주었기 때문이다. 사랑도 다정함도 없이, 왕자는 오직 쾌락만 추구했다. 그래서 이 사람과의 우정은 내게 각별했다. 나도 마음을 주지 않고 즐거움만 찾았으니까.

우리는 정원에서 커피를 마셨다. 왕자는 루돌핀의 팔장을 끼고, 나는 루돌핀 남편의 팔을 잡았다. 두 남자가 사업 이야기를 하느라 잠시 떨어져 있는 동안, 루돌핀은 남편이 오는 바람에 우리의 즐거운 야행이 중단되어 아쉽다고 말했다. 루돌핀의 말은 그날 밤 내가 조신하게 보내길 바라는 의도였지만, 내 뜻은 달랐다. 은행가 남편이 도착하자마자 나는 그날 밤부터 혼자 왕자를 독차지할 셈이었다.

나는 왕자에게 루돌핀이 그의 방문을 사양하더라도 나는 그를 받아들이겠다는 뜻을 어떻게 고상하게 전할 수 있을지 고민했다. 마침 왕자가 내게 귀엣말로 루돌핀의 남편이 와 있지만 기다려주겠느냐고 물었을 때, 나는 내 침실 열쇠를 왕자에게 주겠다고 했다. 반 시간 뒤 열쇠는 그의 손에 들어갔다.

왕자는 자정을 조금 넘겨 내 방으로 들어왔다. 나는 그의 품에 안겨 달콤한 시간을 보냈다. 왕자는 모든 점에서 루돌핀보다 내가 더 좋다고 말했다. 그의 넘치는 힘과 뜨거운 포옹으로 나는 그가 단지 내 비위를 맞추려고 그런 말을 하지 않았음을 알았다. 왕자는 몹시 흥분했다. 그는 쉽게 만족할 줄 몰랐다. 그는 나를 충분히 즐겁게 해주고 떠났고, 나는 너무 지쳐 금방 잠이 들었다.

　　나는 루돌핀이 깨울 때가 되어서야 일어났다. 그런데 눈을 뜨자마자 왕자가 세면대에 풀어놓은 시계가 눈에 띄었다. 루돌핀도 그것을 보았다. 루돌핀은 내가 누구와 밤을 보냈는지, 내가 왜 깊은 잠에 빠져있었는지 금세 알아차렸다. 루돌핀은 내가 경솔했다면서 질책했다. 그녀의 남편에게 들키면 어떻게 하려고 그랬냐면서. 나는 어쩌다 그렇게 되었는지 알 수 없다고 말했다. 내게 깍듯이 예의를 갖추는 남편이 왕자를 만났다는 이유로 나를 비난할 수 있겠냐고 차분히 응수하기도 했다. 이런 해명에도 그녀는 화를 가라앉히지 못했다. 그녀는 질투하고 있었다. 남편의 썰렁한 포옹을 보상해 주고도 남을 왕자의 뜨거운 애무를 나 혼자서만 즐겼다는 사실을 시샘하는 것이었다.

　　다음 날 저녁, 우리 셋이 함께하게 되었을 때 내 짐작이 맞았다는 것을 알았다. 루돌핀은 내가 왕자의 눈에 들지 않도록 배척하면서 그를 독차지하려 했다. 그런데 왕자는 루돌핀이 곁에 있는데도 내게만 몰두했다. 그러자 그녀의 시샘은 극에 달했다. 루돌핀은 왕자를 사랑하지는 않으면서도 왕자의 편애에 상처를 받은 듯했다. 루돌핀이 차갑게 대하는 것도 놀랍지 않았다.

　어느 날, 그녀는 집안일 때문에 평소보다 일찍 바덴을 떠나게 되었다. 이렇게 나와 왕자의 관계를 끝내도록 만들었다. 물론 자신도 그와의 관계를 끊었다. 그녀가 감히 빈의 자택으로까지 왕자를 끌어들이지는 못할 것이다.

　여자의 질투심은 경쟁자를 물리치기 위해서라면, 자신과의 관계조차 끊어버리는 방법을 택할 수도 있는 것이다. 상류사회의 숙녀들 사이에 질투가 문제가 되면 어떤 설명도 필요 없다. 루돌핀은 나와의 급작스러운 결별에 아무런 설명이 없었다.

　나는 그녀에게 이런 태도 변화가 무엇 때문인지 내가 알고 있다는 것을 넌지시 암시했다. 질투심 때문이라고. 이런 암시로도 우리의 옛 감정은 조금도 회복되지 않았다. 오랫동안 서로에게서 떨어지지 못했던 우리는 냉담해지기 무섭게 헤어졌다. 하지만 우정이라는 게 다 이런 것 아닐까? 아무리 우정이 깊다고 해도, 질투라는 서릿발이 돋기만 하면 절대 버텨내지 못하는 법이다.

　루돌핀과 나는 각자 빈으로 돌아왔다. 나는 그녀를 뜸하게 만나긴 했지만, 왕자는 만나기 어려웠다. 왕자는 내게 접근하려 애쓰면서, 기회가 되면 나를 보러 찾아오겠노라고 했다. 하지만 나는 위험을 감수하면서까지 그를 만나고 싶지는 않았다. 내가 아무리 그와 만나길 원했다고 해도 그가 원하는 방식으로는 만날 방법이 없었다. 고모가 내 곁에서 일거수일투족을 감시하고 있었고, 고모를 따돌린다고 해도 나는 유명한 오페라 가수라는 직업상 수많은 사람이 지켜보고 있어 잠시만 경솔해도 나락으로 떨어질 수 있는 처지였다.

겉으로는 여가수에게 상당히 자유로움을 허용하는 듯해도, 사실 수많은 사람의 시선은 정숙을 강요하는 무거운 갑옷이나 다름없었다. 여가수는 다른 보통 여인들보다 은밀한 연애를 즐기기가 어렵다.

결국, 우리의 관계는 그렇게 끝났다. 이제 나는 재기 넘치는 미남 왕자와의 즐거웠던 시간을 추억으로 간직할 뿐이다. 왕자야말로 여자가 남자의 품에서 맛볼 수 있는 달콤한 성적 쾌락을 처음으로 가르쳐준 사람이었다. 루돌핀의 질투로 파국을 맞은 그 일로 나는 깊이 후회했다. 달리 공허함을 채울 방법이 없어 정말 힘들었다.

극장 무대를 오르내리는 일상에서 쫓아다니는 남자들이 없지는 않았다. 여성 예술가만큼 남자들을 쉽게 정복할 수 있는 사람이 어디 있을까. 이미 수많은 사람 앞에 미모와 재능을 다 드러내고 무대에 높이 올라서 있지 않은가. 다른 여자들은 좁은 가족의 틈바구니에서만 움직일 뿐이지만, 유명한 여가수는 사내들의 허영심까지 채워준다. 어떤 식으로든 관계를 갖는 순간부터 자신이 잘난 사내라는 걸 스스로 인정하며 행복해한다. 그래서 유명 여가수가 늘 명문 귀족이나 증권거래소의 후손들에게 둘러싸이는 것이다. 이름 높은 시인이 자신의 여신이라면서 글을 바치기도 하고, 거의 모든 계급의 찬미자들이 여가수를 쫓아다닌다. 그녀의 눈길만 기다리면서 애태우는 어린 승냥이 떼처럼. 그런데 이런 사내들 가운데 누가 내 욕망을 채워줄 수 있을까?

나에겐 노예 같은 남자가 필요했다. 언제든 관계를 끊을 수 있어야 하고, 또 그만큼 신중한 인물이어야 했다. 우연이 아니라면 어떻게 그런 사람을 만날 수 있을까.

포르트 카이르트너 극장과 계약을 마무리 지을 즈음, 나는 부다페스트와 프랑크푸르트에서 유리한 조건으로 전속 제안을 받았다. 나는 오스트리아 제국의 아름다운 수도 빈을 사랑했다. 계약 조건이 조금 성에 차지 않더라도 빈에 남는 게 좋았을 것이다. 하지만 그즈음 아버지의 운도 무너져가고 있었다.

지난 한 해 동안은 아버지의 도움을 받지 않았으나, 이제는 오히려 아버지를 도울 수밖에 없었다. 그래서 나는 프랑크푸르트와 계약했다. 더 큰 수입을 보장했던 곳이다. 그래서 나는 한 해 동안 빈을 떠나있게 되었다. 나는 루돌핀에게 작별인사를 했다. 전에 그렇게 좋던 우정도 시간이 지나면서, 또 그녀의 질투심으로 인해 완전히 식어버리고 난 뒤였다. 그게 욕정이 만들어준 관계였다.

오페라 《유리안테》의 드레스덴 왕립극장 공연무대.
빌헬민 슈뢰터 데브리엔트가 여주인공 역을 맡았다. 1840년대 동판화

Part II

사랑에 물들다

정숙이라는 병

글을 쓰기 시작하면서 나의 말투와 사고방식과 철학과 관점까지 조금씩 달라졌다. 내가 관심을 기울이는 화젯거리도 달라졌다. 나는 틈틈이 글쓰기를 지속해왔다. 글을 쓸 때면 속마음을 털어놓을 만한 믿음직한 친구를 찾기라도 한 기분이 들기 때문이다. 기억을 더듬어 보니, 내 글쓰기 방식이 달라진 것은 내 관점이 달라졌기 때문이었다. 이제까지의 일들을 다시 떠올려 보고, 새로운 형식에 맞춰 문체를 바꾸었는데 확실히 달라진 기분이 들었다. 괴테의『파우스트』서문에 나오는 글을 읽으니, 그것은 당연한 변화라는 생각이 들었다.

"선에서 악으로 가는 길만큼 빠른 지름길이 있을까."

그렇다고 내가 쾌락을 다르게 이해하게 되었다는 말은 아니다. 지루한 서론을 늘어놓고 싶지는 않다. 서론 같은 것은 사족에 지나지 않으니까. 나는 영국 사람들처럼 사실에만 집중하고 싶다.

프랑크푸르트와의 계약으로 나는 2년을 그곳에서 보냈다. 모든 점에서 잃어버린 시간이었다. 내가 프랑크푸르트에 도착했을 때, 독일은 아름답고 박력 있는 곡을 만들어낸 바그너에 아직 열광하지 않는 분위기였다. 바그너는 당시 음악계에서 무명이었다. 독일 음악이 프랑크푸르트에서 승승장구하면서 이탈리아 음악과 경쟁을 벌이던 시기였다.

오페라 무대에 서는 가수라면 조국과 모국어를 사랑하고 유년기의 추억과 관습을 아낄 수밖에 없다. 또 가수에게 조국은 음악 자체였다. 그런데 나는 항상 어느 나라보다 이탈리아 음악을 좋아했다. 이탈리아 음악은 우리 감정을 더욱 잘 표현하고, 마음에서 우러나오는 언어로 더욱 유창하게 말하는 감성의 음악이었다. 표현이 훨씬 더 풍부하고 열정에 넘치기도 했으며, 여느 나라 음악보다 더 감동적이고 더욱 부드러웠다. 심오한 척하는 독일 음악이나 프랑스의 경박하고 화려한 음악에 비하면 더더욱 그랬다.

그즈음 나는 프랑스 음악은 춤판에나 어울린다고 생각했다. 이탈리아 오페라에서 가수들은 능력껏 모든 것을 표현하고, 작곡가는 가수들을 위해 노래를 만들었다. 그런데 독일 음악은 주로 기악곡이었고, 가수들은 항상 관현악단에 밀려 소외되었다. 게다가 프랑크푸르트는 몹시 불쾌한 도시였다. 돈 있는 귀족과 유대인이 분위기를 주도하고 있었다. 프랑크푸르트 사람들은 예술이 무엇인지 잘 알지 못했다. 사람들은 행진할 때 특별석에 앉는 일 따위를 자랑삼았다. 오직 돈과 재물로만 상대를 저울질했다. 그러니 예술이 피어날 리 있겠는가. 그 도시에는 뜨거운 열정 같은 게 없었다. 프랑크푸르트에서 사랑과 즐거움은 자연스러운 욕구가 아니라, 셰익스피어가 말한 '쥐들의 군것질' 같은 것일 뿐이었다.

나는 끝없이 온전히 나를 맡길 만한 남자를 만나고 싶었으나 결과는 그렇지 못했다. 여태까지 나는 어떤 사람도 만나지 않았다. 내 몸을 허락하는 나른한 몽상에 젖어볼 만한 사람조차 눈에 띄지 않았다. 물론 나를 좋아하는 팬들이 없지 않았다. 여러 나라 사람들이지만, 조상들은 모두 홍해를 건너온 유대계 사람들이었다. 내가 심심할 때는 이런 사람들이 점잖게 나를 둘러싸곤 했다. 그렇지만 그들 가운데 내 사랑의 보물을 나눠줄 만한 사람은 단 한 명도 발견하지 못했다.

동료 중에 몇몇 잘 생기고 싹싹한 사내들도 있었다. 하지만 나는 배우나 가수는 절대 사귀지 않는다는 원칙을 세우고 지키려 노력했다. 그들은 너무 경박했다. 나는 정숙하다는 평판을 잃고 싶지 않았다. 혹 매혹적인 숙녀를 만나게 된다면, 마르그리트에게 그랬던 것처럼 내 모든 것을 주려 했다. 그리고 사랑의 달콤한 수수께끼를 아낌없이 찾아줄 마음도 있었다. 그러나 프랑크푸르트 사람들은 터무니없이 신중하거나 너무 못났다. 그렇지 않은 사람들은 아예 닳고 닳아 끔찍했다. 그러니 혼자일 수밖에 없었다.

지겨운 이 도시에서 보낸 시간은 장차 찾아올 사랑을 준비하고 힘을 보강하는 기간이었다고 스스로 위로해야만 했다. 정말로 이런 정숙한 생활이 훗날 즐겁게 보상받게 되는 길을 열어줄 것이라 믿었다. 프랑크푸르트에서의 초기 시절 나는 오직 일에 강한 의지를 보였고 욕정을 감추었다. 그것은 시련이나 다름없었다.

처음 몇 주 동안 나는 내 마음속에서 끓어오르는 욕망을 억제하느라 몹시 애를 먹었다. 내 몸 구석구석에서 일어나는 무의식적인 반란을 자극하지 않으려 초인 같은 노력을 쏟았다. 달콤한 몽상이 밀려들고 피가 뜨거워지면 나는 벌떡 일어나 찬물을 끼얹었고 나서 신문의 정치 기사를 읽곤 했다. 왜 그런지 모르겠지만, 정치 기사를 읽으면 언제나 쉽게 흥분이 가라앉았다. 그에 비하면 찬물을 끼얹는 것은 차라리 짜릿했다.

그렇게 화석처럼 거의 두 달을 보냈는데 유혹마저 뜸해졌다. 나 자신의 유혹에 솔깃해져 깜짝 놀라기도 했지만 잠시의 집착일 뿐이었다. 원하기만 한다면 사랑을 완전히 단념할 수도 있을 것만 같았다. '사랑은 어차피 광기인데, 왜 그렇게 좇아야 할까.' 그런 생각도 했었다.

나중에 더 자극적인 쾌락을 맛보려면 최대한 정숙하게 지내야 한다는 생각도 했다. 정숙함이란 일종의 자극제니까. 무도회에 가기 전에 피로가 몰려올 정도로 산책하는 사람이 어디 있으며, 화려한 만찬에 초대받고 가기 전에 배불리 먹는 사람이 또 어디 있을까? 사랑의 즐거움도 이와 마찬가지라는 생각이 들었다.

견디는 삶이 즐거운 것은 아니지만 나름 깊은 구석도 있었다. 그렇게 견디는 삶을 살면서 나는 한 여자를 만나게 되었다. 동료 가수 가운데 드니즈라는 여인이 있었다. 프랑스 여자인데 독일어에 능통했다. 내가 뭐든 터놓고 이야기할 수 있는 동료는 이 여인뿐이었다. 매우 마음이 넓었고 경솔한 짓 같은 것은 하지 않을 여자였다.

드니즈는 산전수전 다 겪은 여자였다. 웬만한 성적 자극에 반응하지 않을 만큼 무뎠다. 그래도 드니즈에게 구애하는 신사들이 더러 있었다. 그만큼 추하지도 않고 늙지도 않았다. 드니즈에게 아첨하는 사내들은 그녀에게 기생해 그녀의 모든 것을 탈탈 털려는 자들이었다. 파리에서 여가수와 건달인 사내들이 그렇듯이. 독특한 취향으로 드니즈에게 끌린 사람들이 나를 찾아와 거들어달라고 부탁하곤 했다. 나는 그냥 순진하게 그들의 간청을 전해주었다. 그러다가 서로 친해졌던 것이다.

"재미 보고 싶은 욕망이 없어. 너무 지쳤고 그저 짜증만 나. 그런 재미가 어디까지 갈 수 있을까 생각도 해보지만, 책을 읽고 나면 더는 바라지 않게 돼. 물은 처음에는 차갑지만 미지근해지다가 마침내 끓어오르잖아. 그렇게 끓어오르기만 하다간 모든 수분이 증발해 버리고 말지. 알면서도 그런 짓을 할 수는 없는 거야. 진흙탕 속에 빠지면 결국 끔찍한 벌레들이 우글대는 시궁창으로 끌려들어 가게 되고 말아. 너도 금세 알게 될 거야. 그런 식으로 모험을 해본다면. 나는 세상에서 둘도 없는 바람둥이랑 결혼했었어. 방탕 끝에 그는 죽었지. 방탕이란 건 정말 무서운 고질병이더라고. 남편은 살아있을 때 너무 많은 병을 앓았어. 결국, 척수결핵으로 죽었지. 매독에도 걸렸고. 죽을 때 그 사람의 몸은 온통 상처투성이였고 눈까지 멀었어. 고작 서른셋이었는데 말이야. 그렇게 먼저 가버렸으니 난 절망했지. 나는 매일 불로뉴 숲[9]을 찾아다녔고, 그러다가 여섯 달 만에 움직이지도 못할 지경이 되었어. 그래서 내 친구에게 간병을 부탁했어. 그때까지 남편이 살아있었다면 얼마나 험악한 꼴을 보였겠어? 사드 후작은 방탕한 생활 끝에 미쳐버려 벽촌 구호소에서 죽었다잖아. 그런데 남편의 친구 뒤발랭 씨는 사드 후작이 미쳐 죽기는 커녕 파리 북동쪽 교외에 있는 누아지 르섹 수도원에 처박혀 예수회 수도사들과 방탕한 파티를 즐겼다는 거야."

드니즈는 이런 주제에 관해 많은 이야기를 들려주었다. 그녀는 나를 실전의 기초도 모르는 숙맥으로 알았다. 그녀는 내가 손으로 즐기는 자위 방법이나 동성 간의 애정행각을 알고 있지 않을까 하고 의심하기도 했지만, 내가 남자를 전혀 모른다는 결론을 내렸다. 보통의 남자들이 매사에 뻐기기 마련이듯 여자는 '아닌 척하기'를 밥 먹듯 하지 않던가. 많은 여자가 그렇고, 나 역시 그랬다.

그녀는 자신이 내게 말해준 책들 가운데 읽은 것이 있느냐고 물었다. 없다고 하자, 그녀는 당장 사드의 『쥐스틴』과 『쥘리에르』부터 읽어보라고 권했다. 그러면서 말했다.

"장뇌삼에 여자의 성감을 덜어주는 효험이 있다고 하는 의사들이 있어. 사실인지는 모르겠지만. 아무튼, 사드의 책을 읽다 보면 몇 달 동안 아무런 생각도, 욕심도, 쾌락과 방탕도 잊을 수 있게 돼. 어떻게 그런

---

9   성매매로 유명한 파리 교외 지역.

상상을 할 수가 있는지! 정말 그럴 수 있을까? 책을 보면 남자들은 호랑이, 하이에나였고, 여자들은 구렁이, 악어야. 자연스러운 성애는 거의 없어. 여자들끼리 애무하고, 남자들은 남자들끼리 어울려 짐승들과 섹스하고. 끔찍해! 과연 인간의 욕정에 끝이 있을까 싶어. 어떻게 그런 자극을 찾아낼까. 몸을 그냥 두지 못하고 찢고 태우고 고문하길 바라고. 그런 글을 쓴 작가가 두렵기조차 해. 그 사람이 정말 그렇게 살았을까? 오직 상상에 의지해서 그런 것을 써냈을까? 작가 말대로라면 당시 기사들의 풍습이라는데. 또 그 비슷한 일들이 파르크 오세르(Parc-aux-Cerfs)에서 벌어졌다는데, 사람들이 죽어가는 것을 보며 즐거워한다는 이야기도 나와. 유명한 브랭빌리에르 후작 부인[10]은 희생자들의 옷을 벗겨 그들을 비틀고 고통받게 하면서 좋아했대. 미쳤지."

　　나는 기꺼이 그녀가 권한 책들을 읽었다. 몇 달 동안 이런 류의 책을 읽으면서 나는 단 한 번도 마르그리트와 루돌핀과 함께했던 일들이 생각나지 않았다. 300쪽짜리 책 10권을 읽는 데는 생각보다 오랜 시간이 걸렸는데, 책만 읽으면서 지낼 수도 없어 더욱 그랬다. 새 악보를 읽고 매일 연습과 공연도 반복했다. 찾아오는 사람도 만나고 누군가를 찾아가기도 했다. 무도회와 만찬, 시골 소풍 등에도 참석해야 했고 사드의 글을 정확하게 이해할 만한 프랑스어 실력도 부족하고 어휘력도 딸려

10　브랭빌리에 후작 부인(Marie-Madeleine Anne Dreux d'Aubray, marquise de Brinvilliers, 1630~1676)은 형제를 독살한 죄목으로 참수형 당했다.

많은 문장의 뜻을 알 수 없었다.

그렇게 책과 함께 2년이 흘렀다. 나는 성녀 마들렌처럼 정숙하게 살았다. 물론 마들렌 성녀도 젊을 때는 매우 방황했다.

프랑크푸르트에서 활동한 지 2년이 지나자 독일, 오스트리아, 헝가리의 여러 극장에서 함께 일하자는 제안이 들어왔다. 그 무렵 부다페스트 극장장인 R 씨가 프랑크푸르트로 직접 달려와 구두로 계약 제안을 하기도 했는데 결정하기가 어려웠다. 극장장은 두 사람과 함께 왔다.

한 사람은 펠릭스 남작이라는 대지주로서 음악애호가였는데 미남인 데다 거부였다. 펠릭스 남작은 극장장이 제안했던 것보다 훨씬 많은 수입을 보장하겠다고 약속했다. 나는 재물에 눈이 어두워졌다는 소문이 염려스럽고, 또 속물근성을 드러내고 싶지도 않아 거절했다.

또 한 사람은 극장장의 조카였다. 고작 열아홉 살쯤 되었을 것 같은, 시골 총각처럼 수줍음이 많고 귀여운 청년이었다. 나를 똑바로 바라보지도 못했다. 내가 말할 때 청년은 얼굴을 붉히곤 했다. 펠릭스 남작은 총각을 두고 천재라면서 자기 나라에서 대단한 인물이라고 호평했다. 사실 청년의 제안이라면 받아들일 만했다. 청년은 부다페스트 극장장 누이의 아들이었다.

이들은 프랑크푸르트에서 머무는 동안 유행하는 오페라 공연 몇 편을 타진하러 런던과 파리를 오갔다. 극장장은 내게 수락할 것을 재촉했다. 남작은 이런 재촉을 옆에서 응원했다. 청년은 거절하지 말아 달라는 눈빛이었다. 나는 수락을 호소하는 그들의 간절한 눈빛에 넘어가 결국 제안에 응했다. 극장장은 즉시 계약서를 꺼냈고 나는 서명했다. 나는 프랑크푸르트의 계약 기간이 끝나는 대로 즉시 부다페스트에서 공연을 시작하기로 했다. 시즌이 끝나고 빈에서 진행되는 갈라 즉 특별공연에 여섯 번 출연하는 것을 허용하기로 했다.

당시 헝가리는 과도정부 치하였다. 제국의회는 없을 때였다. 이듬해에 의회를 꾸릴 것이라는 소문만 돌았다. 오스트리아 정부가 헝가리에 양보하고 물러나기 시작했다. 헝가리에서 노예제 같은 식민통치는 불리할 뿐이라고 판단했기 때문이었다.

그런 혼란한 시기의 7월에 나는 프랑크푸르트를 떠났다. 프랑크푸르트를 떠나기 전 아우게레 사진관에서 사진을 찍었다. 사진 속의 내 모습은 조금도 실물을 닮지 않아 낯설었다. 얼굴 윤곽이 훨씬 뚜렷하게 강조되어서 실물보다 더 앳된 모습이었다.

의사들, 남자들, 여자 친구들 모두 내가 나이에 비해 어려 보인다고 자주 놀렸다. 나는 아버지 생일날 침대에서 벌어지던 일을 보고 놀랐던 그때 어머니의 모습을 똑똑히 기억한다. 어머니와 나는 여러 면에서 달랐다. 나는 팔다리가 어머니처럼 풍만하지 않았다. 어머니는 골격도 나보다 굵어 보였다. 나는 몸 여기저기에서 뼈가 돌출되어 있었다. 갈비뼈를 셀 수 있을 정도로 깡말랐다. 그런데 베누스 여신처럼 정숙하게 생활하던 지난 2년 동안 눈에 보이게 아랫배가 나왔다. 허벅지와 엉덩이는 여자의 자존심이 걸린 곳인데 통통하게 살이 붙었다. 단단하면서도 탄력이 있었다. 나는 남자가 뱀처럼 아름답고 둥근 엉덩이 속으로 파고들 수 있는 유연한 몸매를 원했다.

엉덩이를 생각하면 사드 후작의 책이 떠오르고 당연하게 책 속의 장면이 그려졌다. 매질하는 장면을 읽고 나서 엉덩이에 매질을 당할 때 느낄 수 있는 욕정이 어떤 것일까 궁금했다. 한 번은 내가 버드나무의 하늘하늘한 가지를 꺾어 들고 거울 앞에서 혼자 연습해보았다. 첫 번째 회초리질은 너무 아파 즉시 그만두었다. 욕정을 치솟게 할 행동은 결코 아니라는 생각이 들었다. 처음에는 터키탕에서 마사지하는 사람들처럼 가볍게 손바닥으로 두들기며 시작해야 한다는 것, 욕정이 고조되었을 때 가서야 힘껏 때려야 한다는 것을 몰랐던 것이다.

나는 여러 해 뒤에야 그 효과를 알았고, 정말로 그렇게 실감했다. 만약 괴롭지만 않았다면 혼자서 꾸준히 했을지 모른다. 정숙해야 한다는 확고한 원칙을 포기했을 법도 하다. 여름에는 목욕할 때마다, 하루에 서너 번씩 시도하기도 했다. 나는 욕정에 시달리곤 했지만, 드니즈의 책 덕분에 이내 냉정을 되찾곤 했다.

갈라 공연에 참석하기 위해 잠시 빈에 들렀을 때, 만나는 사람마다 내 모습이 확 달라졌다면서 놀라곤 했다. 공연을 보러 왔던 어머니도 나를 끌어안으면서 말했다.

"아이고 우리 아가, 이렇게 곱고 예쁘구나."

나는 시내의 도마이어 씨 댁에서 루돌핀과 한 번 마주쳤다. 루돌핀은 나를 보더니 처음엔 못 알아보았다고 말했다. 루돌핀도 조금은 달라

보였다. 루돌핀은 분홍빛으로 얼굴 화장을 했는데 눈가의 푸르스름한 주름을 숨기지는 못했다. 루돌핀이 물었다.

"빈에서 떠난 뒤로 재미있게 못 놀았어?"

그럴 수는 없었다. 나는 유명한 여가수였으니까. 어림없는 일이었다. 신들만이 즐길 수 있을 법한 맛을 알고 나서 어떻게 그냥 살 수 있었을까. 나 스스로가 대견했다. 나는 루돌핀에게 지난 두 해 동안 고독하게 보냈다고 털어놓았다. 그러다 보니 그것도 좋아지더라는 말도 덧붙였다. 루돌핀은 도무지 믿으려 하지 않았고, 말도 안 되는 소리라고 했다. 그래서 내가 반박했다.

"프랑크푸르트에서 누구를 만나겠어요? 증권회사 사람들? 그런 자들은 여자에 대한 예절도 모르고 사랑에 독을 품기나 하잖아요. 마음 한 구석도 내주지 않는 남자를 받아주는 여자처럼 한심한 여자가 어디 있겠어요. 짐승처럼 욕정이나 탐하는 여자가 얼마나 역겨운데."

루돌핀의 분칠한 얼굴이 붉게 달아올랐다. 의도한 건 아니었지만, 그만 아픈 데를 찌르고 말았던 것이다. 우리는 오래 수다를 떨지 않았다. 그런데 신사 둘이 안경을 들고 우리를 탐색하고 있었다. 그중 한 명이 루돌핀에게 인사했다. 나는 모른 척하고 다른 쪽으로 갔다.

빈에서 보름간 지내면서 나는 루돌핀이 사교계의 꽃이라는 사실을 알았다. 그녀의 애인은 열 명이 넘는 것 같았다. 내가 앞서 보았던 두 신사도 그녀의 애인들이었다. 브라질 대사관 직원들이었으며 빈에서 유명한 난봉꾼들이기도 했다.

루돌핀은 그중 한 명인 A 백작을 내게 소개하기도 했다. 루돌핀은 예전처럼 질투하지 않았다. 반대로 자기 애인들을 친구들에게 기꺼이 양보하기까지 했다. 루돌핀은 친구들이 즐겁게 노는 걸 보는 것이 즐겁다고 말했다. 그런 장면이 등장하는 사드의 『쥐스틴』이 떠올랐다.

나는 한 시절 연인이었던 루돌핀의 집으로 찾아갔다. 마침 루돌핀 혼자 있었다. 오후 3시 반쯤이었는데 루돌핀은 파리에서 막 도착했다면서 사진들을 보여주었다. 알몸의 남녀가 벌이는 도발적인 섹스 장면이었다. 알프레드 드 뮈세가 친구들에게 돌려보게 했던 소설가 조르주 상드의 사진들이 가장 흥미로웠다. 그 유명한 여류 문인 상드가 어린 처녀와 숙녀들에게 동성애의 수수께끼를 가르치는 장면이었다.

사진들 가운데 상드가 거대한 고릴라와 성교하는 것이 있었다. 또다른 것에는 신대륙의 개와 성교하는 것. 그리고 처녀 둘이 붙잡고 있는 종마와 사랑을 나누는 사진도 있었다. 무릎을 꿇은 자세의 상드는 눈부시게 아름다웠다. 무엇보다 여자로서 그렇게 대담할 수 있다는 점이 놀라웠다. 고릴라와의 정사라니, 고통이 쾌감을 훨씬 능가했을 터였다. 그녀가 그 고통을 견뎌냈다는 게 믿어지지 않았다. 루돌핀이 사진과 관련된 이야기를 들려주었다.

"조르주 상드는 알프레드 드 뮈세와 여러 해 동거했어. 두 사람은 함께 이탈리아로 여행을 떠났지. 그런데 여행 중에 로마에서 사이가 틀어져 결별한 거야. 뮈세는 상드를 여자로서보다 사랑하는 연인으로 애지중지했어. 모든 일에 신중했던 거야. 하지만 상드는 뮈세가 사내로서 무기력하다는 이유로 내친 거지. 그리고 그 말이 소문이 되어 여자들 사이에 돌았어. 뮈세가 상처를 깊게 받았지. 뮈세는 복수심에 불타서 추문이 될 만한 글을 덧붙이고 사진을 합성해 만들었던 거야. 복제된 사진들은 널리 퍼져나갔지. 하지만 누가 그런 사진을 출간하겠어. 결국, 이렇게 사진으로만 떠돌게 된 거지."

나의 상상이 우스웠다. 거대한 고릴라와의 정사를 실제라고 생각했다니. 어쨌든 사진 이야기를 들으면서 루돌핀과 나는 화해했다. 그러나 루돌핀의 평판이 좋지 않아 그녀를 만나는 게 조금 거북하기도 했다. 나는 하루빨리 부다페스트로 가고 싶어 조바심을 냈다. 그래서 갈라 공연이 끝나자마자 즉시 출발했다.

부다페스트에 도착했을 때 마침 연중 가장 큰 시장이 섰다. 겨울 중에 가장 활기찬 시기로 보름간 계속되는 장이었다. 성 요한 마켓 또는 멜론 마켓이라고 했다. 달콤한 과일이 넘치는 시장이었다. 나는 헝가리어-독일어 사전과 마자르어 참고서를 구했다. 부다페스트에 도착한 즉시 나는 극장장 R 씨에게 편지를 보냈다. 그랬더니 그는 곧바로 나를 찾아왔다. 그의 조카 아파트도 따라왔다. 나를 보는 조카의 눈이 반짝였다. 두 사람 모두 헝가리 전통 축제 때 입는 복장을 하고 있어 놀라웠다. 그들은 전통의상을 걸치는 것이 한창 유행이라고 귀띔했다. R 씨는 나도 전통의상을 구해 입어야 좋을 것이라고 조언했다.

"애국심에 들뜬 청년들이 전통의상을 입지 않는 사람들을 비난하고 모욕할 수도 있습니다."

특히 민족극장 회원이라면 전통의상을 입어야 한다고 요구했다. 지나치다 싶었다. 이런 것은 계약서에 없던 내용이었다. 하지만 나쁠 것도 없었다. 이곳의 유행을 따르면 되니까. 게다가 도시의 옷차림보다 한결 예뻐 보였다. 그래서 나는 여러 벌을 준비했다.

R 씨는 내게 독일어로 노래할지 이탈리아어로 부를지를 물었다. 나는 그가 또 다른 요구를 할 속셈인 줄 알아차렸다. 그래서 가능한 한 빨리 배워 헝가리어로 노래하고 싶다고 대답했다. 오페라는 대사도 많지 않은 만큼 어려운 일은 아닐 것 같았다. 나는 두 사람에게 음료수를 권했다. R 씨는 애써 사양하면서 할 일이 많다며 일어나 나갔다. 그러면서 조카에게 말했다.

"더 있고 싶거든 숙녀를 모시고 시내 구경이라도 시켜드리면 어떻겠니. 한 바퀴 돌고 극장으로 오면 거기서 보자."

내게도 말했다.

"지금은 비극 공연 중인데 따분해하실 겁니다. 헝가리어를 아직 모르시잖아요. 그러니 편할 대로 하시고 내일 또 봅시다."

이렇게 아파르트와 단둘이 남게 되어 내심 좋았다. 나는 이 청년에게 사랑을 가르쳐주고 내 마음대로 부려보기로 작정했다.

사랑과 새디즘

나는 아파르트를 유혹하기로 마음먹었다. 그런데 어떤 수를 써야 할지 막막했다. 꼬드기기야 어렵지 않겠지만, 여러 가지 고려해야 할 일들이 있었다. 우선 아파르트가 너무 어리다는 게 걸렸다. 만약 아파르트에게 보통 사내의 요구에 여자가 응하는 방식보다 더 진하게 다가간다면 그가 견뎌내지 못할 수도 있을 것이다. 그렇지만 좀 어리다 해도 아파르트 역시 남자였다. 자기 욕망을 주체하지 못해 날뛰면 오히려 통제가 어려울 수도 있는 일이다.

아파르트는 프란츠와는 다른 느낌이었다. 프란츠는 복종하는 타입이었다. 깜찍하게 말을 잘 듣는 고모네 강아지 같았다. 불운이 언제 닥칠지도 모르는데, 내 명성까지 걸고 위험한 모험에 나설 수는 없었다. 나는 아직 아파르트를 잘 알지 못한다. 그가 신중한 청년인지 순진한 얼굴을 한 망나니인지 알 수 없었다.

젊은 총각은 여자를 정복한 모험담을 쉽게 떠벌리고 다닌다. 그렇게 떠들고 다니지 않더라도 무심코 던진 말에 쉽게 속내를 드러낸다. 그렇게 사람들은 알음알음 비밀을 공유한다.

그래도 시도해보기로 했다. 모든 사랑에는 위험이 따르기 마련이니. R 씨가 조카와 나만 남겨두었을 때 나는 살짝 떨렸다. 아파르트와 겨우 몇 마디만 주고받을 수 있었다. 지금 생각해보니 사랑에 빠졌던 듯했다. 설레는 감정을 아파르트에게 전할 수 있을까. 그를 탐내는 감정만은 아니었다. 많은 책에서 읽었던 사랑의 감정이었다. 완전히 녹아들고 취해버리는 사랑! 그 곁에서 그저 바라보고 목소리를 들으면서 몇 시간을 보낼 수 있다는 것만으로도 충분한 사랑.

R 씨가 자리를 뜨고 나서 호텔의 하인이 음료수를 내왔다. 커피와 크림, 아이스크림, 개암 파이 그리고 멜론과 펀치처럼 차가운 과일들이었다. 아파르트는 내 곁에 앉아 있었다. 날이 몹시 더워, 나는 목에 둘렀던 실크 목도리를 풀어놓았다. 아파르트가 내 우윳빛 가슴골에 눈길을 주었다. 처음엔 슬며시 훔쳐보기만 했다. 그러나 내가 가슴을 좀 더 드러내자 그는 내게 조금 몸을 기울여 가슴에 눈을 박았다. 그러면서 미세하게 한숨을 내쉬었다. 나는 아이스크림을 넣은 커피를 내밀면서 그의 손가락을 살짝 건드렸다.

그때 나는 무너질 때가 왔다고 느꼈다. 차가운 과일을 베어 물자 몸 속으로 찌르르 전율이 흘렀다. 굳이 참으려 애쓰지 않았다. 나는 꿈꾸는 사람처럼 넋을 놓았고, 우리는 갑자기 대화를 멈췄다. 나는 소파에 엎드려 눈을 감았다. 혼미해 아무 생각조차 할 수 없는 것처럼. 틀림없이 내 안색이 바뀌었을 것이다.

아파르트는 내게 어디가 안 좋으냐고 걱정하며 물었다. 나는 그의 팔목을 붙잡으면서 고맙다고 말했다. 그랬더니 그가 내 왼손에 키스를 했다. 그는 얼굴이 벌겋게 달아올랐다. 그의 가슴도 부풀어 마치 저고리 단추들이 후드득 떨어져 나갈 것만 같았다.

그에게 유리한 기회였지만 아파르트는 수줍어 그 상황을 이용하지는 못했다. 그는 기회가 무엇인지조차 몰랐다. 닳고 닳은 자라면 충분히 이용했겠지만. 만약 상대가 여자를 다루는 데 능수능란했다면 나는 전혀 들뜨지 않았을 것이다. 오히려 내 감정을 숨기려고나 했을 것이다. 하지만 아파르트는 서툴렀다.

이러지도 저러지도 못하는 고약한 상황이었다. 나는 아파르트에게 삼촌이 나를 시내 구경시켜주라고 하지 않았느냐고 태연하게 물었다.

"그랬던가요?"

나는 하인을 불러 마차를 준비해달라고 부탁했다. 그러자 하인이 곧장 말했다.

"펠릭스 남작 댁 사람들이 아래층에 기다리고 계십니다. 마차도 대령해놓았습니다."

펠릭스 남작은 친절한 분인 듯했다. 나는 부다페스트에 온 뒤로 남작을 아직 본 적이 없었는데, 그에게 전갈을 보내기로 했다는 것도 잊고 있었다. 나는 즉시 명함을 전하기로 했다. 아파르트와 함께 서둘러 그의 집으로 갔으나 남작은 부재중이었다.

돌아오는 길에 마을의 작은 숲에서 그저 그렇고 그런 공원 비슷한 곳에 닿았는데, 그곳에 작은 호수와 쪽배가 눈에 들어왔다. 나는 우리가 호텔에서 얼마나 멀리 나왔는지 아파르트에게 물었다. 그는 한 시간쯤 되는 거리라고 대답했다.

"그럼, 마차를 돌려보내고 우리 산책이나 할까. 너무 피곤할까?"

"내일 아침까지 걸어도 나는 조금도 피곤하지 않을 것 같은데요."

아파르트는 웃으며 화답했다. 부다페스트 사람들은 그 공원을 낮에만 찾았다. 해가 지면 즉시 시내로 돌아갔다. 나는 시내로 돌아가고 싶지 않았다. 부다페스트 시내는 먼지로 잔뜩 덮인 도시였기 때문이다.

주변 시골은 삭막하고 황량한 모래밭이었다. 바람이 불 때마다 먼지 구름이 치솟았다. 아프리카 같았다. 풀밭이 그나마 대피소처럼 아늑한 편이었다. 우리는 다리를 건너 섬으로 들어갔다. 나는 아파르트의 팔을 붙들고 걸었다. 마침 문을 닫지 않은 식당이 있길래 그곳으로 들어갔다.

식당은 새벽 4시에 문을 열어야 해서 저녁 아홉 시에 끝난다고 말했다. 아파르트는 나를 떠밀듯 서둘면서 돌아가자고 했다. 해 떨어진 뒤의 숲은 안전하지 않기 때문이었다.

"최근에 살인사건이 벌어졌대요."

아파르트가 말했다.

"하지만 아파르트는 겁이 없잖아?"

우리는 어느새 서로 이름을 부르고 있었다. 그와 나 사이가 성큼 가까워졌다. 아파르트는 속내를 털어놓았다. 그는 높고 깊은 하늘과 별에 맹세코 죽은 날까지 나를 사랑하겠노라고 말했다. 정말 느닷없는 고백이었다. 적잖이 당황했지만, 금방 이해할 순 있었다. 그는 쪽배를 타고 나를 이끌었다. 호수 안의 작은 섬을 향했다. 나는 그의 뜻대로 따랐다.

"사실 전 프랑크푸르트에서부터 당신을 뜨겁게 연모했습니다. 당신을 생각하면서 낭만적인 상상에 빠져들곤 했습니다."

아파르트는 급히 내 손에 입을 맞추었다. 섬에 들어서자 그는 무릎을 꿇고 나를 데려다준 땅을 찬양했다.

"부디 당신의 발을 끌어안게 해주세요. 제발!"

그는 애원했다. 나는 그를 끌어당겨 머리와 이마와 눈에 입을 맞추었다. 그는 내 몸을 끌어안으며 모든 사내가 탐내는 바로 그곳에 머리를 파묻었다. 드레스와 블라우스 속에 다시 얇은 속옷을 입고 있었던 탓에 아파르트는 안타까워하면서 술에 취해버린 듯한 표정을 지었다.

아파르트는 내 오른손을 잡더니 자기 조끼 속으로 끌어들이며 가슴을 눌렀다. 그의 심장이 내 심장과 똑같이 헐떡이고 있었다. 내 오른쪽 무릎이 그의 다리와 부딪쳤다. 마치 취한 사내의 다리처럼 휘청거렸다. 우연한 접촉은 그를 더욱 미친 듯 탐하게 만들었다. 그의 눈은 눈두덩이에서 빠져나올 듯 강렬했다.

어느새 저녁 11시였다. 우리는 부둥켜안은 채 섬에 있었다. 나는 두 다리를 총각의 무릎 위에 올려놓았다. 그는 마침내 첫 번째 애무를 시작했다. 우선 내 구두끈을 만지작거리다가, 이어서 얼굴, 귀, 머리카락 또 목덜미와 뺨을 어루만졌다. 그의 애무에 나도 제정신이 아니었다. 우리는 입을 부딪치고 비볐다. 나는 그의 입술을 빨고, 그는 이 사이로 혀까지 밀어 넣었다. 나는 그의 혀를 삼켜버리고 싶었다.

나는 불같은 열정에 휩싸였다. 어떻게 그런 일이 일어났는지 알 수 없었다. 갑자기 나는 총각의 무릎을 뿌리치고 그를 꺾어버릴 듯이 껴안았다. 그가 오른손으로 더듬는 내 목덜미가 뜨겁게 녹아내릴 것만 같았다. 그의 손길에 나는 미칠 지경이었다. 아파르트의 손길은 경험에서 우러나온 것이 아니었다. 본능이었다. 나중에 그는 그때까지 화살과 화살통의 차이가 무엇인지도 몰랐다고 털어놓았다. 그런데도 그의 경험 부족은 경험이 많은 사람만큼이나 능숙했다. 노련한 사람들도 때때로 서툴지 않은가.

나는 짙은 애무에 거의 기절할 뻔했다. 눈을 가느다랗게 뜨고 헝가리 복장을 한 이 훌륭한 청년을 훔쳐보았다. 그도 흐뭇해하는 듯했다. 나는 총각의 애무에 화답하지 않고, 심지어 그의 애무를 뿌리치듯 하면서 더욱 달아오르게 했다. 점점 심하게 떨리는 그의 몸이 느껴졌다. 목덜미로 전달되는 짜릿함에 그는 물론 나도 떨었다. 마치 불운한 동물들이 황야에서 벼락을 맞고 죽어가는 천벌을 받기라도 한 기분이었다.

그 순간 나는 내가 아니었다. 서로 그윽한 황홀경에 녹아들었다. 이전까지 누구도 가보지 못한 곳을 찾은 듯하면서도 모든 것이 우리를 받아주려 준비된 것만 같았다. 아파르트는 내 손을 핥고 손톱에 입 맞추었다. 자연스러운 본능과 감흥을 따랐을 뿐, 누구도 가르쳐주지 않았을 것이다. 몸속의 불길이 치솟으면서 또 다른 쾌감이 우리를 엄습했다. 우리는 어찌해야 좋을지 몰랐다.

나는 정신이 없었다. 아무런 걱정이나 염려와 관련된 단어들은 떠오르지 않았다. 내가 임신을 하고 애를 낳고 죽게 되는 치욕을 당한다 해도, 또 주변 사람들에게 손가락질을 받는다고 해도 나는 그 사랑놀이를 계속했을 것이다. 되레 내가 얼마나 행복한지 알기나 하느냐고 소리치면서 조금도 창피해하지 않았을 것이다. 나는 내 욕정의 노예가 되어 완전히 복종했다. 황홀함은 몇 분간 지속되었다. 서로 애무를 하면서 내 정념은 더욱 뜨겁게 달아올랐다. 그도 마찬가지였다.

나는 수면 위의 덤불 사이로 호수 물결을 더듬었다. 달빛이 그 호수 위에 비치고 작은 물고기 한 마리가 여기저기로 빠져나가는 동안, 아파트와 함께 그 속으로 풍덩 뛰어들고 싶었다. 시원하게 수영을 즐기고 싶었다. 나는 수영을 잘했다. 프랑크푸르트에서 수영을 배웠고, 마인강이나 도나우강도 헤엄쳐 건널 만했다. 내 마음을 눈치챈 아파트가 속삭였다.

"나랑 물에 들어가고 싶어? 위험할 것 없어. 식당은 오래전에 문을 닫았고, 모두 잠들었어. 아무도 없어."

아파트는 이제 친근해져 내게 말을 놓았다.

"숲은 안전하지는 않다며? 살인사건까지 났다며?"

"걱정하지 마, 나의 천사. 이곳은 안전해. 국도로 통하는 플라타너스 가로수길 주변에 별장들이 있거든. 그쪽이 위험한 거지."

"그래도 우리가 늦게 돌아오면 호텔에서 뭐라고 수군거리지 않을까?"

"호텔은 밤새 열려 있어. 수위는 자기 방에서 자고. 하녀가 틀림없이 방문 앞에 열쇠를 놓아두었을 거야. 어쨌든 나는 이 호텔 방에 들어갈 때마다 아저씨네 문지기를 깨우지 않으려고 다른 열쇠를 갖고 다니거든. 우리 집이나 마찬가지야. 자기 옆방 사람은 오늘 나갈 거야. 그 방이 빌 거야, 내가 거기로 들어갈게."

"그럼 좋아, 나 옷 좀 벗겨줘."

아파르트는 즉시 모자를 벗어 던지고, 저고리 단추를 풀고 나서, 내 코르셋 끈을 풀어주었다. 딱 3분 만에 우리 둘은 달빛 아래 벌거숭이가 되었다. 아파르트는 그전까지 벗은 여자를 본 적이 없다고 했다. 그는 온몸을 떨었다. 무릎을 꿇고 내 몸 구석구석에 입을 맞추고 핥기 시작했다. 달콤하고 뜨겁게 중얼대면서. 기도할 때처럼, 정말이지 인도의 도인이 천천히 기도하는 것만 같았다. 마치 대중 앞에서 알 수 없는 말을 몇 시간씩 술술 내뱉는 도인, 혹은 벌레들이 울어대듯이.

나는 물속으로 뛰어들었다. 그리고 힘껏 헤엄쳤다. 아파르트는 한 손으로만 헤엄쳤다. 다른 손으로는 나를 껴안았다. 아파르트는 가끔 물속 깊이 들어갔다. 곱슬머리가 매력적인 해신처럼 물속을 드나들었다. 귀여운 난쟁이 또는 신비한 보물을 지키는 정령처럼 보였다.

몸을 일으켜 서보니 물은 별로 깊지 않았다. 서로를 부둥켜안은 채 나는 그의 애무에 나를 맡겨버렸다. 나는 완전히 산산조각이 나는 듯했다. 곧 파멸의 길로 가겠구나 싶었다. 방심하면 어떤 일이 따를지 알면서도 그의 손과 입에 나를 맡겼다. 만약 내가 칼이라도 쥐고 있었다면 내 가슴을 몇 번이고 찔러버리고 말았을 만큼 걱정과 염려가 깊었지만, 어디까지나 그건 생각뿐이었다.

우리는 밤이 지나가는 것을 묵묵히 바라보기만 했다. 그는 어리지만, 용기가 없지는 않았다. 그는 나를 더욱 격렬하게 끌어안고 숨을 헐떡이며 내 몸을 찔러댔다. 영원하기를 바라는 사랑의 난폭함과 부드러움을 오가는 말을 했다.

"내 평생에 단 한 번뿐인 사랑이야."

그 말을 믿지는 않았지만, 나도 그가 그렇게 사랑할 것이라고 칭찬했다. 이 순간이 감미롭지 않았다면 결코 그렇게 말하지 못했을 것이다. 시간이 지나며 확실한 감각이 몸 전체를 지배했다. 온몸이 달콤한 전율에 휩싸였다. 특히 머리가 아찔했다. 그러고 나서 발과 발가락들까지 짜릿했다. 눈물이 났다. 눈이 크게 벌어지면서 샘솟는 눈물을 어쩔 수 없었다.

이런 떨림에 아파트도 감염된 듯 함께 떨었다. 멈추지 않는 떨림이었다. 우리는 추워서가 아니라 참을 수 없을 만큼 깊은 전율 때문에 떨었다. 목덜미부터 발끝까지 전기에 감전된 듯했다. 우리는 서로 꽉 끌어안은 채 한마디도 하지 않았다. 아무 생각도 할 수 없었다. 깊은 사랑의 몽상에 파묻혔다. 나는 죽을 때까지 영원히 그대로만 있고 싶었다. 그렇게 죽는다면 최고의 축복이 아닐까.

성 테레사 성당 종소리가 바람을 타고 울려왔다. 자정을 알리는 소리였다. 나는 아파르트에게 시내로 돌아갈 시간이라면서 호텔로 들어가 같이 있으면 되지 않느냐고 말했다. 아파르트는 즉시 내 말을 따르면서 나를 아기처럼 물가까지 안고 가고 싶다고 했다. 그는 나를 양팔로 안았고, 나는 두 팔을 그의 목에 걸친 채 옷을 놓아둔 벤치까지 갔다. 내가 팔을 풀자, 그는 내 무릎과 허벅지를 계속 끌어안은 채 내 구두를 집어 들었다. 이렇게 우리는 한동안 걸어갔다. 작은 숲의 출구에 마차 정거장이 있었다. 마부가 자리를 지키고 있었다.

아파르트는 넉넉히 줄 테니 즉시 시내로 갈 수 있는지 마부에게 물었다. 성 요셉 광장까지 가면 좋겠다면서 내가 묵고 있는 곳을 마부에게 숨기려 했다. 나도 조심하면서 머릿수건을 내려 얼굴을 가렸다. 마부는 은화 한 닢이면 가겠노라고 했고, 우리가 마차에 오르자마자 곧장 출발했다. 마부는 한참 지나서야 되돌아올 수 있을 것이다.

우리는 성 요셉 광장에서 내렸다. 호텔에서 그리 멀지 않은 곳이었다. 내가 먼저 호텔로 들어갔다. 아파르트는 열쇠를 찾으러 갔고 나는 문간에서 기다렸다. 그가 몇 분 뒤 열쇠를 들고 왔다. 문지기는 취침 중이었다. 우리가 들어가는 것을 본 사람은 아무도 없었다.

나는 발이 붓고 지쳐서 곧장 자려 했다. 아파르트도 피곤해 보였다. 기운을 차리려면 가서 자라고 했으나 그는 내 곁에 있으려 했다. 그러다가 뜨겁게 나를 한번 포옹하고 나서 나갔다.

나는 우리가 시테르 왕국[11]을 정복했던 사랑에 대해 모두 고백하고 싶지는 않다. 그러자면 끝도 없는 이야기를 하게 될 테니까. 아파르트는 예전에 프랑크푸르트의 중고서점에서 『M의 회상』이라는 책을 구입했다고 털어놓았다. 그 책에서 사랑을 즐기는 방법을 배웠다고 했다. 그렇게 배운 대로 수차례 매춘부를 찾아가 실험해보려 했지만, 성병에 걸릴까 봐 감히 그러지는 못했다고 했다. 그러던 중 내가 헝가리에 나타났으니 그에겐 엄청난 행운이었다.

아파르트와 함께 했던 첫날 저녁, 나는 평소의 조심성을 완전히 무시했다. 그러고 나서 다시 신중하게 처신했다. 아무도 놀라게 하지 않고 싶었다.

하지만 행복은 오래가지 않았다. 10월이면 아파르트는 먼 곳으로 일자리를 얻어 떠나야 했다. 그의 부모가 거주하고 있는 고장이었다. 그의 아버지는 아파르트의 뜻을 허락하지 않을 만큼 엄격했다.

9월, 나는 하트바너 거리에 있는 아파트를 얻었다. 호르바트 가문의 건물이었다. 나는 부엌 일을 하지 않고 가까운 카지노에 식사를 주문해 배달시켜 먹었다. 헝가리 사람들은 매우 인심이 후했다. 배우들과 가수들과 광대들과 합창단원들은 서로 돌아가며 나를 초대했고, 네 것 내 것

---

11   베누스가 살았다는 전설의 섬. 보통 '사랑의 섬'이라고 한다.

없이 함께 얽혀 살았다.

펠릭스 남작은 내게 헝가리 여배우를 소개해주었다. 하지만 극장장은 남작이 추천해준 배우들을 마뜩잖게 여겨 대신 B 부인을 소개했다. B 부인은 젊었을 때만 해도 대단한 미인이었다. 심한 풍파를 겪으며 살아온 여성이었는데, 주정뱅이 남편과는 이혼한 상태였다. 그녀는 독일어에 유창했다. 부인의 아버지는 고위공직자로서 딸에게 훌륭한 교육을 시켰다. 나는 B 부인처럼 헝가리어를 쉽게 가르쳐주는 사람을 만난 적이 없었다.

우리는 동갑내기라 금세 친해졌다. 부인은 자기 모험담을 종종 내게 들려주었다. 부인의 애인은 극소수였다. 그렇지만 부인은 모든 미묘한 사랑의 즐거움을 알았다. 방탕한 메살린[12] 못지않았다. 놀라웠다.

"정말 내 앞에서 멋대로 방종한 짓을 일삼는 친구들이 있었어. 나는 끼어들지 않고 구경만 하면서 그것을 배웠지. 또 우리를 소개해준 R 씨의 애인 I 부인은 아주 젊었을 때부터 문란하기 짝이 없었어. 늙지만 않았다면 지금도 여전했겠지. 아무튼, 부인은 아직도 사랑을 봉사하는 두세 남자를 거느리고 있어. 나는 메살린, 아그리핀, 클레오파트라 등 섹스를 적극적으로 즐겼던 여자들 이야기를 꽤 들었어. 이런 사연도 내가 I 부인을 만나지 못했다면 못 믿었을 텐데. 정말 알아둘 만한 여자야. 부인은 그 분야에서라면 너무 흥미진진한 인물이거든. 부인은 부다페스

12 로마 클라우디우스 황제의 황후. 어려서부터 음욕의 화신이라 불렸다.

트의 모든 뚜쟁이, 모든 매춘부와 줄이 닿아있어. 사내들은 부인 덕에 보통 여자들이 알지 못하는 모든 것을 배울 수 있지."

나는 B 부인에게 사드 후작의 책 이야기를 언뜻 했다. 도판들도 보여주었다. B 부인은 한 번도 본 적 없는 그림들이라며 놀라면서도 아마 I 부인은 이미 보아 알고 있을 것이라고 했다. 또 I 부인은 책 속의 삽화대로 실행했을 것이라고도 말했다.

"그런 그림을 본들 뭐가 위험하겠어? 아무도 그런 줄 모를 텐데. 안나는 무척 입이 무겁거든. 그런 광경을 지켜보며 가볍게 즐기지. 도덕을 팽개친 남자들과 사귀면서."

안나는 I 부인의 애칭이었다.

"부다페스트에서 얼마나 많은 상류층 여자들이 작부들보다 더 심하게 즐기는지 몰라. 그런데도 이들을 수상하게 보는 사람은 아무도 없어. 안나가 모두 아는 여편네들이야."

B 부인은 사드의 책들을 대수롭지 않게 여겼지만, 내가 보기엔 불편한 내용이 더러 있었다. 사드의 책에 등장하는 인물 쥐스틴과 쥘리에트가 벌이는 짓들은 특히 역겨웠다. 나는 책에 실린 도판들을 생생하게 기억했다. 첫 번째 것은 투기장에서 펼쳐졌다. 위쪽 창문에서 꽤 나이든 사내가 내려다보고 있었다. 수염을 기른 투기장 주인이었다. 또 어린 티가 물씬 나는 젊은 총각과 처녀가 보였다. 창문 밑으로 알몸의 처녀가 투기장으로 던져졌다. 표범과 하이에나, 늑대가 처녀를 낚아채려고 벽

에서 튀어나왔다. 사자는 또 다른 처녀를 잡아먹는 중이었다. 처녀의 내장이 터져 나왔다. 거대한 곰은 세 번째 처녀에게 코를 들이밀고 냄새를 맡았다.

두 번째 도판에는 사드 후작이 직접 등장했다. 후작은 표범 가죽을 뒤집어쓰고 헐벗은 세 번째 처녀를 공격한다. 그는 처녀의 가슴을 물어뜯었다. 피가 낭자했다. 후작은 오른손으로 다른 쪽 가슴을 할퀴었다. 이렇게 끔찍한 모습이 어디 있을까. 두 번 다시 보고 싶지 않은 광경이었다. 차라리 동성 간에 매질하고, 고문하거나 방탕한 짓을 하는 도판들은 그럭저럭 들여다볼 만한 것이었다. 가장 순진한 사람들이 가장 잔인해질 수 있다고 했다. 인간이라는 존재의 본능이 어디까지 넘어설지 한계를 알 수 없었다. 물론 나는 절대로 그러지 못할 것이다.

사드 후작의 책은 많은 논란을 불러일으켰다. 인간 본능에 관한 이야기인데, 허영심 많은 귀부인과 처녀들이 관심을 가지고 있었다. 나 역시 마찬가지였다. 책 속에 나오는 논란 중에 나로선 동의할 수 없는 주장이 있었다.

"체벌이나 처형을 지켜보는 사람들은 여자보다 남자가 많은데, 그들은 비슷한 상대를 찾아 직접 살해할 수도 있다. 자신들의 욕구를 채우려고 파렴치하게 살인을 감행하기도 한다."

나는 그런 주장을 받아들일 수 없었다. 헝가리인 친구가 있었는데, 아버지가 장교였기 때문에 가족 모두 빈의 한 군기지에서 거주했다. 그래서 친구는 매일 아버지의 체벌을 지켜보았다. 친구는 창문 밖 마당에서 병사들이 어떻게 회초리와 채찍질을 당하는지 보곤 했다. 치 떨리는 광경이었다고 했다. 책을 읽으며 역겨워하거나 일면 인간의 본능에 대해 깊이 있게 이해해 가는 즈음, 나는 L 부인을 알게 되었다.

L 부인은 부다페스트의 명문가와 왕래했다. 상류층 숙녀들과도 두루 친했는데 부인은 숙녀들에게 남자들을 향해 매력을 발산하는 기술을 가르쳐주는 모양이었다. 부인과 친하게 지내는 것은 내게 조금도 해롭지 않았다. 부인은 독일에서 나를 찾아왔고 나 또한 반겼다. 그녀는 B 부인과 함께 오곤 했다. 펠릭스 남작만이 상류층 사교계는 무익하다며 불평하듯 내게 말했다. 남작이 왜 L 부인을 싫어하는지는 끝까지 알 수 없었다. 부인은 적어도 나에게는 좋은 사람이었다. 도발적이지도 않았다. 부인과 내가 가까워지면서 부인이 털어놓는 모든 이야기를 들었다. 부인은 여느 사교계의 여자들과 달라 보였다. 이상한 철학을 갖고 있었는데, 항상 새로운 메뉴를 맛보고 싶어 했다. 부인은 마치 사드가 여자로 환생한 듯이 보였다. 그녀는 책에서 보았던 대로 할 수 있을 것 같았다. 나도 겪어 봐서 어느 정도는 안다. 여자의 성감을 어떻게 짜릿하게 돋게 하는지를. 하지만 성감대는 결국 무뎌지게 마련이었다.

"나는 내가 했던 것을 남자에겐 절대로 권하지 않아. 남자는 지나치게 흥분하면 정말 위험하거든. 신경과민으로 결국 무기력해지고 말아. 과도한 상상에 압도되어 힘을 쓰지 못하지. 그렇지만 여자는 정반대거든. 상상력이 자극과 쾌감을 더욱 증폭시키지, 혹시 즐기는 동안 살짝 매질해본 적 없어?"

그녀는 태연스럽게 물었다. L 부인은 나를 처음 찾아왔을 때부터 내가 사랑의 수수께끼를 어디까지 배웠는지 즉시 알아차렸다. 하지만 나는 아무 걱정이 없었다. L 부인은 그런 은밀한 일에 관해선 같은 여자라면 모른 척해야 한다는 점에서 나와 공감대를 형성했기 때문이다. 나는 매질을 시도해보았지만, 너무 아파서 그만두었다고 했더니 그녀는 웃음을 터트렸다.

"고통의 쾌감을 아는 여자는 별로 없어. 회초리나 채찍의 맛을 아는 여자가 어디 흔하겠어. 가죽 채찍으로 형벌을 받은 죄수들 가운데 질겁하지 않을 사람이 누가 있겠어."

그녀는 신이 나서 떠들어댔다.

"여태까지 이런 쾌감을 아는 처녀가 딱 둘 있었지. 하나는 라아브(Raab)의 매춘부였는데 도둑질을 하면서 일부러 매를 맞으려 했어. 공개적으로 매질 당할 때 더 욕정이 치솟는다는 거야 글쎄. 자신이 갈보 소리를 듣는 것을 자랑스러워하기까지 했어. 매를 맞을 때마다 그 여자는 소리치고 한탄했지. 놀라운 건 감방에 들어가 옷을 벗고 거울 속에서 처참하게 상한 몸을 보면서 쾌감에 취하곤 했대. 매를 맞는 동안 고통이 심할 텐데도 그 여자는 쾌감에 몸을 비틀고 소리치고는 했어. 요즘에 알게 된 또 한 여자는 시내 감옥에 있는데, 넉 달마다 한 번씩 채찍질 30대를 맞는 형벌을 받고 있어."

그러면서 L 부인은 나에게 죄수들에게 행해지는 체벌을 보러 가지 않겠냐고 제안했다. 나는 망설였다. 시장 F 씨와 마주칠까 두려웠다. 얼마 전부터 시장이 추근대며 나를 쫓아다녔기 때문이다. 안나는 시장은 아무것도 모른다고 안심하라고 했다. 안나와 몇몇 숙녀들도 체벌 구경에 참석할 것이라고 말했다. 또 백작 부인과 같은 인사들도 나올 것이라고 했다. 그렇다면 나를 알아보는 사람도 별로 없을 테니까 눈에 띄지 않을 것이다. 그래서 동의했다. 그날은 금세 다가왔다. 체벌 구경을 하는 날, 하필 시내에 또 다른 구경거리가 있어 귀족들은 대부분 불참했다. 빈에서 방금 돌아온 대공녀의 환영 행사가 있었던 것이다.

나는 안나, 그러니까 I 부인과 함께 우리를 위해 마련되어 있던 방으로 들어갔다. 방 안에 앉아 창밖으로 관람할 수 있었다. 곧 남자 셋이 나타났다. 형리들이었다. 매를 맞을 죄인들은 열일곱이나 열여덟 살쯤 되어 보이는 처녀들이었는데, 놀랍게도 여신처럼 아름다웠다.

세련된 몸매에 순진한 얼굴이었다. 처녀는 겁내지 않고 우리 쪽으로 눈길을 주었다. 부끄럽지 않다는 표정이었다. 얼마 지나지 않아 간수가 처녀를 의자에 묶고 형리가 채찍질을 시작했다. 그녀는 얇은 치마에 몸에 꼭 끼는 블라우스를 입고 있었다. 그렇게 탄력 있게 드러난 몸이 채찍을 받을 때마다 떨렸다. 처녀는 입술을 깨물고 있었지만, 기분 좋은 표정이었다. 스무 번째 채찍질이 가해졌을 때 처녀의 입이 벌어졌다. 나른한 숨을 내쉬는 처녀는 황홀경에 빠진 듯했다. 안나가 숨을 몰아쉬며 말했다.

"좀 더 일찍 저런 모습이 되기도 하고 나중에 그러기도 해. 저런 엑

스터시를 한 번 이상 느끼기는 어려울 거야. 처녀를 우리 방으로 데려와 만나보자고. 내가 5플로린을 간수에게 주고 면회를 부탁해뒀어."

나는 안나에게 10플로린을 주면서 더 필요한 곳에 쓰라고 했다. 처녀에게도 얼마를 주고 싶었다. 체벌은 반 시간 정도 걸렸다. 한 번 매질마다 1분씩 걸렸다. 체벌이 끝나고 시장도 멀리 사라지자, 형리가 의자를 옮기고 나서 처녀를 방으로 데려왔다. 우윳빛 유리창으로 막힌 방이었다. 우리의 모습은 아무도 볼 수 없었다.

안나가 먼저 처녀에게 옷을 벗어보라고 말했다. 처녀는 주저 없이 끙끙대면서 힘겹게 옷을 벗었다. 살은 부어터졌다. 채찍의 흔적들이 드러났다. 터진 살 틈으로 피가 흘러나왔다. 안나가 처녀에게 물었다.

"한 번만 쾌감을 느꼈어?"

"한 번……."

처녀가 기어들어가는 목소리로 말했다. 다리를 떨고 있었다. 그녀는 한 번 더 쾌감을 원하는 것처럼 보였다. 안나는 처녀에게 다리를 의자에 올려보라고 했다. 처녀는 눈을 감았다. 안나가 처녀에게서 조금 거리를 두자 흰 대리석처럼 반듯하고 아름다운 그녀의 이마가 드러났다. 처녀는 가끔씩 숨을 헐떡이다 길게 내쉬곤 했다. 두 손으로 안나의 머리를 감싸 쥐고 미친 듯 끌어안았다. 안나가 처녀에게 물었다.

"너 자신이 예쁘다고 생각해?"

이번에는 안나가 처녀를 조심스럽게 애무하기 시작했다.

"그럼요. 그런데 당신도 그래요. 나보다 더 예쁘고 부드러운 애무도 좋아요. 아, 절대 그만두지 말아요. 이마 좀 천천히 쓰다듬어주세요. 그 차가운 손으로 목덜미와 뺨도 식혀주세요."

나도 안나 대신 처녀를 쓰다듬어주고 싶었다. 안나는 우윳빛 유리창 너머 내 표정이 달라진 것을 알아챘는지 이렇게 물었다.

"해보고 싶어? 니나도 뻣뻣하게 있지 말고, 아가씨하고 즐겨봐."

니나는 B 부인의 애칭이었다. 니나는 움직이지 않고 구경만 했다. 그녀는 아름다웠다. 내 어머니보다 훨씬 더 아름다운 몸매였다. 니나는 아기를 가진 적이 없었다. 얼굴만 보면 쉰 살이 넘어 보였는데도 그녀의 배는 잔주름 하나 없었다. 그 나이라면 당연히 처질 만한데도 그렇지 않았다. 그런데도 니나는 안나처럼 남자들 사이에 인기 있는 편이 아니었다. 니나보다 몸매나 미모가 한참 뒤지는 안나가 오히려 인기가 많았다. 니나는 비교적 음탕하지 않은 데다가 대리석 동상처럼 냉담한 편이었다.

내가 처녀 앞으로 다가가 앉았다. 나는 처음부터 다시 시작해야 했다. 조금 시간이 걸렸다. 니나가 내 곁에 무릎을 꿇었고, 왼손을 내게 걸치고 오른손으로는 내 이마를 덮고 있던 앞머리를 뒤로 넘겨주었다.

나는 머리가 터질 것만 같았다. 방 안에는 그윽하고 짙은 향내가 가득했다. 머나먼 이국의 귀한 꽃향기 같았다. 나는 그 향기에 취했다. 안나도 무릎을 꿇은 채 처녀의 아름다운 머리털을 땋아주었다. 처녀는 굵게 네 마디를 땋을 만큼 머리숱이 풍성했다. 장딴지까지 내려올 만큼. 처녀는 점점 더 흥분했다. 안나는 처녀의 머릿결을 끌어당기기도 했는데 그때마다 처녀는 낮게 신음했다.

"아, 너무 좋아요. 어떻게 참아야 할지 모르겠어요. 어떡하지요, 미치겠어요."

안나가 웃음을 터트리자 우리 모두 따라 웃었다. 그러나 처녀는 조금 창피해하는 듯했다. 안나는 처녀의 머리를 좀 더 세계 당겼는데 처녀는 불평하지 않았다. 처녀의 만족감이 꾸며낸 것인지 아닌지 정말로 알 수 없었다. 처녀가 도대체 머릿속으로 무슨 생각을 하는지 짐작조차 할 수 없었다. 그녀도 아무 생각을 할 수 없었을지도 모르겠다.

이렇게 잊지 못할 게임을 끝내고 우리는 옷매무새를 가다듬었다. 나는 매 맞은 죄인 처녀 로즈에게 20플로린을 쥐어 주었다. 다정하게 안아주면서 더는 도둑질할 필요가 없지 않겠냐면서, 나를 도와달라고 조용히 말했다.

로즈

내가 글을 쓰며 감정과 경험을 눈곱만큼이라도 숨기지 않았냐고 의심할 사람이 있을지 모르겠다. 비정상적인 부분에서의 나의 욕망을 실제로는 털어놓지 않았다고 생각할 수도 있다. 하긴 어떤 여자가 이런 고백을 하려 들겠는가. 하지만 나는 고백하기 시작했고, 보편적 감정에 위배되고 동시에 혐오를 불러일으킬 수도 있는 부분에 대해 생각해 볼 겨를도 없이 그 순간에 충실했다. 감각의 혼돈 속에서도 냉정을 유지했다면, 끝내 역겨운 짓을 벌이고 말았다는 생각에 치를 떨었을지도 모른다. 하지만 그런 일들이 이어지면서 나는 점차 다른 입장에 서게 되었다.

"역겨운 짓이란 외설일까? 더러운 것이라는 것이 도대체 무엇일까?"

사랑에 빠진 총각이 애인에 대한 자연스러운 성적 욕망에 들뜨며 자기감정을 주체하지 못할 때, 그는 자신이 좋아하는 상대에게서 더럽고 추잡한 것이라고는 조금도 발견할 수 없을 것이다. 역겨운 면 역시 절대 보이지 않는 법이다. 어쨌든 내 마음은 이전과는 아주 달랐으며, 내가 좋아하는 것들 속에서 역겨운 면은 조금도 찾아볼 수 없는 방향으로 흘러갔다.

얼마 전에 나는 그리스 사람의 사랑, 소위 '플라토닉 러브'를 다룬 책을 몇 권 읽었다. 뒤르츠부르크(Duerzbourg) 대학의 울리히 교수의 책들이었는데, 그는 남자들 사이의 사랑 이야기만 했고, 여자들의 사랑에 대해선 일언반구조차 없었다. 그러니 나처럼 남자보다 더 열렬하게 동성 친구 로즈를 사랑하는 경우에 대해서는 어떻게 정의를 내려야 하는지 알 수 없었다.

물론 남녀 간의 육체적 사랑은 매력적이다. 그러나 여자들끼리의 애정은 가슴 속에 육체적 사랑을 넘어서는 다른 무엇인가를 남겼다. 어떤 남자에게서도 느끼지 못할 그리움이었다. 이성애를 지향하는 보통의 사람들이라면 역겨워하겠지만, 그건 지극히 순수한 사랑이었다. 나는 로즈를 만날 때는 오로지 그녀만 생각하고 그리워했다. 스스로 귀를 만지작거리면서도 마치 로즈가 나를 애무하고 있다는 생각에 빠져들곤 했다. 그녀를 생각하면 눈물이 났다. 왠지 그녀를 다시 볼 수 없을 것 같았기 때문이다.

어느 날이었다. 나는 로즈와 함께 목욕탕에서 시시한 수다를 떨다가 집으로 돌아왔다. 안나와 니나가 먼저 와서 우리를 기다리고 있었다. 안나는 샴페인을 곁들인 맛있는 저녁 식사를 주문했다.

저녁 식사를 위해 들어간 방은 따뜻했다. 아무런 위험도 없었고 편안했다. 안나도 편안한 표정이었다. 그녀의 매력은 조금도 시들지 않았다. 그녀는 바로 탁자 밑으로 기어들어 가 개 노릇을 맡겠다고 했다. 우리는 웃음을 터트렸다. 그녀는 발바리처럼 "왈, 왈" 짖는 시늉을 했다. 그러면서 때때로 손으로 방바닥을 두드렸다. 그녀는 마치 집 지키는 마스티프 개처럼 굴었다. 남루한 행인에게 덤벼드는 개처럼 달려들기도 했다.

내 자세는 불편했다. 식탁에서 떨어진 곳이라 음식을 집어 먹기 어려웠다. 아무튼, 안나가 개처럼 굴면서 터트리는 도발적인 웃음에 즐겁기만 했다. 안나는 손뼉을 치면서 사냥터에서 사냥개를 채근하는 주인의 채찍질 소리를 흉내냈다. 대단히 실감나는 흉내여서 재미있었다. 니나는 내게 접시를 건네주고 내 잔에 샴페인을 따랐다. 냉정한 니나마저 얼큰히 취할 만큼 우리는 먹고 마셨다. 나는 안나의 입에 먹을 것을 집어넣었다. 그녀는 비스킷과 단 것만 개처럼 집어삼켰다. 마치 뼈를 물고 빨아대는 시늉을 했다. 그러면서 음식을 개처럼 먹으면 별난 맛이 난다고 말했다.

식사를 마치고 나서 나는 너무 흥겨워 로즈와 함께 내 방으로 갔다. 어린 로즈는 피곤했는지 곧장 침대로 올라가 곯아떨어졌다.

니나는 가짜 꽃들로 화환을 만들며 좋아했다. 솜씨가 대단했다. 그녀는 그 화환을 짙은 색으로 칠해 마치 들판에서 꺾어온 꽃인 양 꾸며 우리에게 보여주었다. 이렇게 만든 아름다운 벵갈 장미 다발을 보았던 기억이 났다. 하지만 그것은 나약한 꽃이었다. 밀랍으로 만든 가짜 잎이 쉽게 떨어져서 아주 조심스레 다뤄야만 했다.

니나는 꽃다발을 만들며 즐거워했다. 그러다 지치면 나를 끌어안고 어깨를 미친 듯 애무하고, 손을 잡고 잠시 듬직한 남편 노릇을 했다. 니나는 마치 사내처럼 휘파람을 힘차게 불면서 티티새, 꾀꼬리, 울새 소리를 냈다. 우리 모두 그 소리를 만끽했다. 우리는 휘파람도 불고 아리아도 부르며 밤을 보냈다.

"새벽까지 자면 안 돼!"

나는 친구들을 이끌었다. 잠깐 잠이 들었던 로즈가 눈을 떴다. 결국, 우리는 정신을 잃을 만큼 서로를 더듬고 비비고 느끼며 탐했다. 사지는 기쁨에 떨렸다. 니나와 나는 정말이지 자고 싶은 마음이 조금도 없었다. 황홀한 기분이 얼마나 갈지 알 수 없었다. 거의 실신할 것만 같았다. 다시 정신을 차렸을 때, 안나와 니나는 여전히 정신이 없었다. 접시들은 침대 옆 의자에 놓여 있었다. 등불을 내려놓아 방은 희미한 빛에 잠겨 있었다. 로즈는 다시 곯아떨어졌다. 왼쪽 다리를 침대 밖으로 뻗고, 발은 방바닥에 붙어 있었다.

이따금 로즈는 흐뭇하게 숨을 내쉬었다. 왼손으로 내 팔을 붙들고, 오른손은 침대 밑으로 축 늘어뜨렸다. 나는 이불을 다시 걷어 올려 그녀를 덮어주고 베개도 베어 주었다. 나도 곯아떨어졌다가 이튿날 아침 10시가 되어서야 일어났다.

모든 장면을 일일이 설명하고 싶지는 않다. 그저 무수한 몸놀림의 반복이었으며, 동일한 반복임에도 매 순간 새로운 희열을 느낄 수 있었다. 그건 몸으로부터 받을 수 있는 기쁨이 매 순간 달라진다는 말이기도 하다.

　며칠 뒤, 안나가 나를 다시 찾아왔다. 니나는 헝가리어를 가르치기 위해 거의 매일 나를 찾아왔다. 로즈와는 단둘이 있을 때마다 함께 목욕탕에 갔다. 그녀는 마치 나를 남자 친구처럼 대했다. 여러 해가 흘렀지만 지금도 로즈는 그때와 변함없이 나를 대한다. 물론 그 뒤로 남자의 사랑을 알았지만, 남자의 품보다 내 품에서 더 큰 사랑을 만끽한다고 털어놓았다. 나도 그렇게 생각했다. 만약 우리가 영원히 자식을 낳지 않아도 된다면, 우리는 남자 없이도 잘 살 수 있을 것이다. 우리 사이에 뜨거운 열정이 사라지지 않는 한.

　안나는 내게 해마다 카니발과 같이 열리는 거대한 환락 파티에 가자고 말했다. 최상층 귀족들과 숙녀들이 참석하는 자리였다. 누구도 알아보지 못하도록 가면을 쓰는 파티로 여자들이 쓰는 가면은 베누스의 사제들과 구별된다고 했다. 매우 화려한 파티로 남자들은 그냥 입장했지만, 숙녀들은 입장권을 사야 했다.

　"가장 예쁜 매춘부들이 초대받아. 150명 정도가 모일 테고. 입장권은 한 사람당 12플로린인데 결코 비싼 금액이 아니라는 걸 금방 알게 될 거야. 사람을 끌어모으는 바람잡이들이 수고비를 챙길 것이고, 조명과 음악, 밤참 비용이 들어가니까. 작년에 쥘리와 벨라라는 이름을 쓰던 백작 부인은 비용으로 쓰도록 1200플로린을 내놓았어. 올해 입장권이 더 비쌀 수도 있어. 하지만 나는 항상 공짜였어. 너도 참석하고 싶으면 이번 주에 나한테 미리 알려줘야 해, 입장권을 예매해야 하니까."

설레기는 했지만 나는 가고 싶은 마음이 없었다. 이미 너무 많은 돈을 써버린 탓이었다. 로즈와 지내느라 이미 200플로린이 들어갔다. 파티에 참석하는 데 드는 비용이 너무 많았고, 이런저런 경비들까지 포함하면 100플로린은 더 써야 했기에 난처했다. 그렇지만 안나는 나더러 예매를 부탁하라고 보챘다. 결국, 나는 수락하고 말았다. 이틀 뒤, 나는 프랑스 책에서 보았던 동판화가 새겨진 입장권을 받았다.

거창한 제단 위에 여성이 새겨졌고, 그 양쪽에 남성이 울타리를 치고, 그 배경에는 척탄병의 모자와 여자의 긴 머릿결이 나부꼈다. 초대장에 쥘리 A. 또 레지 루프트의 서명이 있었다. 부다페스트의 대지주 B의 이름도 있었다. 내가 아는 한 그가 가장 유명한 인사였다. T라는 여인도 있었는데 그녀는 한 유지의 후견을 받는 인물이었다.

"일부는 노출이 심한 차림일 거야. 가면을 써도 돼. 그림처럼 엉뚱한 복장으로 눈길을 끄는 사람들도 있어. 어쨌든 절대로 후회하지 않을 축제가 될 거야."

나는 곧바로 특이한 가면을 만들었다. 아무도 그 가면이 내 것이라고 알지 못하도록 신경을 썼다. 파티에 참석하기로 한 또 다른 여인 마담 B는 내 키와 비슷했다. 그래서 자기 치수에 맞춰 내 옷을 짓겠다고 했다.

파티가 있는 날 저녁, 카니발 파티가 벌어질 예정인 대지주 B의 저택에 먼저 가보자며 안나가 나를 찾아왔다. 카니발 파티는 로즈와 함께 가기로 했는데, 미리 가서 분위기를 파악할 수 있다면 나쁘지 않겠다는 생각이 들었다. 안나는 내게 남장을 하면 좋겠다고 말했다.

"아무도 알아보지 못하게. 자기는 공부하는 청년인 척하면 될 거야."

안나는 내가 자기 말을 따르리란 걸 잘 알고 있었다. 나는 서둘러 청년으로 분장했다. 긴 머리카락쯤은 쉽게 숨길 수 있었다. 나는 벌써 수차례 오페라에서 시종으로 분장해보았던 터라 수월하게 머리를 숨겼다.

날씨는 좋았고, 도로도 한산했다. 그래서 우리는 걸어가기로 했다. 멀지도 않았다. 우리는 코르들리에 광장을 가로질러 그 첫 번째 길에서 브로되르 거리로 들어갔다. 노래 두어 곡을 부를 정도의 시간이 지나자 '베누스 여신'의 저택에 도착할 수 있었다.

베누스 여신의 저택은 무척 넓었다. 우리가 남들보다 먼저 도착한 탓에 다른 손님들은 아직 눈에 띄지 않았다. 파티 손님들은 대부분 극장 공연이 끝나고 나서 왔다. 저택의 집사는 짙은 갈색 피부의 덩치 큰 여자였다. 거의 매춘부처럼 보였다. 표정은 천박하고 거칠었다. 안나가 나를 소개했다. 그러자 그녀는 나를 쳐다보고 웃었다. 내가 남장한 여자인 줄 곧바로 눈치챈 것이다. 나는 금세 잘못 왔구나 싶어 후회했다.

"이보시오, 총각, 우리 집에 드나드는 손님들을 보시려고? 어제 왔다면 별것 못 보았겠지만, 방금 풋내 나는 새 손님 둘이 왔어요. 함부르크의 라트 부인이 보낸 사람들이지요. 여기 묵는 사람은 이제 열두 명입니다. 손님이 너무 많으면 율리아네 집으로 가보라고 돌려보내지요."

집사는 여전히 미소지으며 말했다.

"그런데 총각 딱지는 떼었수? 사랑해본 적이 있수? 설마 숫처녀를 찾아 여기 온 거유?"

집사는 안나와 나를 번갈아 보았다.

"레오니가 좋겠어. 일을 시작한 지 두 달밖에 안 되었거든. 열네 살이지. 그런데 늙은이들보다 사랑을 더 잘해."

'베누스 여신'은 우아한 가구를 들여놓은 거실로 우리를 안내했다. 피아노가 보였다. 벽은 거울로 덮여 있었다. 이 대중 하렘의 오달리스크[13]들은 긴 의자에 앉아 있었다. 하나같이 예뻐서 누구를 골라야 할지 어려웠다. 여자들은 대담하지 않고 수줍어하는 모습이었다. 아주 귀여운 붉은 머리의 레오니는 교태를 부리며 도발하려는 듯했다. 머리를 로코코 스타일로 말아 올렸다. 몸매는 요정처럼 늘씬하고 하늘하늘했다. 넓게 트인 옷깃 사이로 드러난 가슴이 마치 블라우스를 터트릴 것만 같았다. 곧게 뻗은 다리와 귀여운 발을 드러내놓고 있었다.

나는 레오니 곁에 앉았다. 안나는 맞은편에 앉았다. 레오니는 때때로 사납게 나를 꼬집었고 좀 더 강하게 덤비려고 했는데, 안나가 레오니를 손가락으로 두드리며 적당히 하라고 말렸다. 나는 집사에게 포도주와 과일을 주문하며 10플로린을 건넸다. 집사는 무심히 바라보면서 말

---

13 고급 매춘부.

했다.

"요게 다야?"

그 말에 나는 화가 났다. 그래서 원하는 대로 다 주겠노라고 했다. 하지만 내가 가진 것은 100플로린 지폐 한 장뿐이었다. 아무튼, 그 말을 듣고 기분이 좋아진 집사는 이제까지 본 적 없었던 것을 보여주겠다면서 거실 밖으로 나갔다. 안나가 그 뒤를 따라갔고 나만 여자들과 남았다.

그녀들은 상당히 품위 있는 말투였다. 귀족들도 부러워할 것들에 대해 알고 있었다. 그중 한 여자는 피아노를 잘 쳤다. 그 모습이 깨나 우아해 보였다. 피아노를 치면서 오펜바흐의 아리아 몇 곡을 불렀다. 또 한 여자는 정말 멋진 수채화 화첩을 보여주었다. 시간 날 때 틈틈이 그렸다고 말했다. 꼭 즐거운 이야기만 나눈 것은 아니었다. 여자들 몇은 신세 한탄을 했다. 이곳까지 굴러들어온 불운에 대해 한탄했다. 하지만 몇몇은 현재가 행복하다고 말했다.

뒤이어 들어온 장교들은 호감 가는 분위기를 풍기며 예의 바른 모습을 취했다. 학생들은 거칠었지만, 그들 품에 안겼을 때가 여자들은 가장 즐겁다고 말했다. 학생들은 훗날을 고민하지 않고 현재에 최선을 다해 힘을 쏟기 때문이라고 했다.

사람들을 구경하다 한 여자와 마주 앉았다. 블라디슬라베라는 폴란드 여자였는데 인상적인 이야기를 들려주었다.

"어느 날 잘생긴 청년이 여기 왔는데 공작새처럼 거만한데도 모든 여자가 좋아했어. 나랑 하룻밤을 잤는데 아침까지 아홉 번이나 했지. 너무 힘들었어. 청년의 입장에서는 한 여자랑 아홉 번을 하느니, 여자들 열 명쯤과 한꺼번에 하는 것이 나았겠지. 평생 그렇게 하는 남자는 처음이었어. 그런 청년과 만나는 애인은 여러모로 특별해야 할 거 같아."

그녀의 이야기를 듣던 헝가리 여자 올가가 되물었다.

"극장에 새로 부임한 집사가 그 총각 아냐? 아파르트라는?"

올가가 그 이름을 입에 올렸을 때, 나는 온몸이 떨렸다. 그녀는 계속 떠들었다.

"그 사람이 도통 여자를 안 만나주나 봐. 애인을 여럿 둘 만큼 부자인데도."

"벨라 공작 부인이 여러 번 들이댔다가 딱지 맞았잖아."

긴장도 됐지만, 한동안 연인이었던 남자의 이야기라 나는 여자들이 나누는 이야기에 솔깃했다. 이야기가 점점 더 무르익어가는데 안나와 집주인이 거실로 들어오는 바람에 대화가 끊어지고 말았다. 집주인이 내 등을 손가락으로 살짝 튕기면서 말했다.

"그 총각 보고 싶어? 그럼 눈에 번쩍 띌 만한 다른 것을 보여줄게."

나는 호기심과 흥분된 감정을 감춘 채 여주인을 따라갔다. 긴 복도를 지나 여러 방을 건너갔다. 집주인은 어떤 방문을 조심스레 열면서 입에 손가락을 대고 조용히 하라고 일러줬다. 방 내부는 어두웠다. 희미한 노을빛이 흰 커튼이 드리워진 창문 틈으로 들어오며 실내를 밝혔다. 집주인은 내 손을 잡고 유리 창문 앞 소파에 앉혔다. 옆방에서 희미한 소리가 들렸다. 무슨 일인지 보려고 소파 위로 올라갔다.

옆방은 환했다. 모든 것이 다 보였다. 하지만 그 방의 두 여자는 나를 볼 수 없었다. 여자들이 희희낙락거리는데 늙은 남자가 들어왔다. 대머리에 야수같이 못생긴 얼굴인데 큰 키에 바짝 마른 몸을 가진 남자였다. 그들의 대화가 또렷하게 들렸다. 매춘부가 작은 회초리를 쥐고 있었다. 늙은이와 여자들 모두 급히 옷을 벗었다. 늙은이는 볼썽사납고 우스꽝스러운 기사 같은 모습이었다. 늙은 남자는 추하고 누런 피부에 깡마른 몸에 털이 부스스 나 있었다. 정면으로 얼굴이 보였는데 코는 작고 전체적으로 쪼글쪼글한 바가지 상이었다. 그런데 코가 크지 않아 입만 붙어 있다고 느껴질 정도였다.

두 여자는 자극적인 자세를 취했다. 하지만 허사였다. 그는 의자 세 개를 걸쳐놓고 그 위에 누웠다. 그러자 한 여자가 그를 때리기 시작했고, 또 다른 한 여자는 손으로 남자의 성기와 발을 문질렀다. 그렇게 몇 분 동안 회초리로 때렸다. 세 번째 매질로 그의 살갗에 핏방울이 맺혔다. 열 대쯤 회초리를 맞았을 때 그의 앙상한 어깨는 마치 동물의 고깃덩어리처럼 흥건하게 피투성이가 됐다. 그런데도 남자는 매질을 하는 여자에게 더 세게 때려달라고 애원했고, 다른 여자의 손을 놓지 않고 입을 맞추며 자기 성기를 애무해 달라고 말했다. 이렇게 반인반수 같은 늙은이가 매를 맞는 동안 여자는 오보에나 트럼펫 소리를 내듯 웃어댔다. 늙은이는 여자의 손에서 냄새를 맡는 듯했다. 그러다가 한숨을 돌리며 말했다.

"안 되겠어. 내 뺨을 때려줘, 그럼 좋아질 거 같아. 루이즈, 두세 번 더 때려줄래? 루이즈 제발."

늙은 남자는 돌아서 엎드려 누웠고, 회초리를 쥔 여자는 그의 곁에 앉더니 팔을 치켜들어 세차게 그의 뺨을 갈겼다. 또 다른 여자는 늙은이의 일그러진 얼굴을 보면서 배꼽 빠지게 웃었다. 오보에 소리처럼 고음이었다. 그는 이를 악물고 입술을 깨물면서 얼굴에 세차게 얻어맞고 싶어 했다. 그는 계속 얻어맞으며 너무 좋아했다. 장면 장면이 신기하고 놀라웠다.

디오니소스 축제

'베누스 여신'의 집에 갔던 것을 나는 후회했다. 돈이 너무 많이 들었던 탓이다. 더군다나 늙은이와 젊은 여자들이 벌이던 모습도 역겨웠다. 그 끔찍한 광경은 내가 로즈와 함께했던 때를 떠오르게 했다. 나도 무뎌진 감각을 되살리려고 한 번쯤 자극적인 짓을 갈망한 적이 있었다. 하지만 '베누스 여신'의 집에서 본 건 지나치다는 생각이 들었다.

그럼에도 불구하고 사랑에 빠진 사람은 사랑의 행위나 사랑하는 대상에게서 아무런 역겨움도 느끼지 않는다는 것을 나는 잘 알고 있었다. 내가 로즈에 대해 느끼는 감정이나 미소년에 끌리는 남자들의 감정도 똑같은 경우가 아닐까 하는 생각이 들기도 했다.

그렇지만 '베누스 여신'의 집에서 목격했던 늙은 남자의 경우는 사랑의 문제가 아니었다. 늙은 남자와 창녀들은 어떤 식으로 감정을 주고받았을지 궁금했다. 그가 쾌감에 젖을 수 있었던 것은 매질 덕이었는데,

그 매질 자체가 역겹다는 생각이 들었다. 그 행위에 어떤 미학적 의미도 부여할 수 없었다. 나도 그런 비정상적 행위에 끌린 적이 있기는 했다. 내가 겪었던 비정상적이거나 변태적인 욕망을 정당화하기도 했었다. 그런데 지금은 달라졌다. 늙은 남자의 행위를 들여다보고 나자 비정상적인 욕망을 충족한다는 것 자체가 경멸스러웠다. 그 대상이 누구라도 마찬가지였다. 그날 밤에 목격했던 한심한 광경이 계속 떠올랐다. 악몽에 시달리면서 잠을 설치는 바람에 정말 기분이 나빴다.

이튿날 아침 10시, 나는 평소대로 노래 연습에 참석했다. 연습은 언제나 실제 공연처럼 진행했다. 연습은 고되지만 더러운 몽상을 떨쳐버리고 기분을 전환하는 데는 효과적이었다. 그런데 연습을 지켜보는 사람들 가운데 금세 눈에 띄는 낯선 사람이 있었다. 한눈에 들어오는 남자였다. 대단히 지성미 넘치는 미남이었다

동료가 데려온 그는 예술애호가였다. 테너가 가성으로 노래하자, 그가 나서서 열렬한 감정을 넣어가면서 기막힌 솜씨로 노래를 불렀다. 모두가 감탄했다. 그런 목소리는 처음 들었다. 박수와 환호가 이어졌다. 테너는 더 계속할 수 없다면서 노래를 중단했다. 그는 헝가리 사람이라고 극장장 R 씨가 귀띔해주었다.

"내가 말도 꺼내기 전에 물어보는 걸 보니 몹시 궁금했나 봐."

R 씨가 나를 쳐다보며 눈짓을 했다. 연습을 끝내고 무대 아래로 내려가자 그 헝가리 남자가 내게 명함을 내밀었다. 명함에 새겨진 이름은

페리였다. 헝가리, 영국, 이탈리아 또는 스페인, 프랑스, 독일, 러시아 사람이라고 해도 믿을 만했다. 그는 그 모든 나라 언어를 자연스럽게 구사했다. 그는 빈에서 왔으며 영국대사를 돕는 임무를 맡아 빈 궁정에서 근무했다고 했다.

페리는 왕립극장 무대감독과 저녁 식사를 함께 들곤 했는데, 상류사회에서는 그를 만찬에 초대하는 것을 좋아했다. 그는 외교 업무를 맡고 있는 듯했다. 그는 완벽한 신사였다. 나는 그와 대화하는 동안 무의식적으로 옷매무새를 고쳤다.

총연습이 진행되었던 어느 날 저녁, 사람들이 헝가리어 발음 연습에 좋다며 헝가리 연극을 보러 가자고 권했다. 마침 아무런 약속이 잡혀 있지 않았다. 그날도 나는 B 부인과 함께 극장에 갔다. 우리는 특별석에 자리 잡았다.

제1막 중간 쉬는 시간에 뜻밖에도 페리가 찾아왔다. 그는 먼저 실례를 용서해달라며 인사를 전했고 나는 계속 그를 붙잡아두려 했다. 페리는 궁정의 예법대로 내 목소리와 노래를 칭찬했다. 내 용모가 무대에 썩 잘 어울리며 분장이 훌륭하다는 둥 칭찬을 늘어놓았다. 페리는 너무 평범하지도 성가시지도 않았다. 단순하고 점잖았다. 보면 볼수록 매력적이었다.

나는 사교계의 부인들이 그를 낚아채기 전에 먼저 정복해야겠다고 속으로 마음먹었다. 그를 빨리 붙잡을 생각으로 가능한 애교를 부렸다. 그가 내 숙소를 찾아오고 싶다고 했을 때, 그를 이미 정복한 거나 마찬가지라고 생각했지만 금세 오판이라는 것을 깨달았다.

우리는 사랑에 관한 이야기도 나눴지만, 일반적인 수준의 대화였다. 그의 눈빛은 타올랐지만, 호감을 드러내는 최소한의 말조차 없었다. 나를 싫어하는 눈치는 분명 아닌 듯했다. 그가 집에 도착했을 때나 떠날 때, 내 손을 잡아주기는 했어도 무심코 예의를 차렸을 뿐, 특별한 의미를 담지는 않았다. 나는 그의 과거 연애담을 털어놓도록 유도했다. 얼마나 많은 여자를 정복했는지, 또 정말로 진지한 사랑을 해보았는지 궁금했다.

"뭐든 좋은 것이 좋지요. 어떤 한 사람과 관련해서 내 이야기를 해야 한다면 곤란합니다. 이론상으로 결혼은 사회의 가장 난폭한 독재 제도입니다. 정직한 남자가 어떻게 자기 뜻에 맞지도 않는 것을 감히 약속하겠습니까? 약속은 함부로 하면 안 됩니다. 누구에게든 내가 어떤 언약을 했다는 소리 같은 건 당신도 절대 듣지 못할 겁니다. 저녁 식사에 초대를 받아도 약속을 하지 않을 때도 있습니다. 초대해 주어 감사할 따름이라고 예의를 갖출 뿐입니다. 또 절대 돈을 주고 놀지도 않습니다. 우연이라는 막강한 힘이 어떻게 움직일지도 모르는데, 어떻게 한 여자에게 신의를 지키겠다고 약속하겠습니까. 이런 나를 있는 그대로 봐줄 여자가 또 어디 있겠습니까. 만약 내가 다른 여자들과 마음을 주고받아도 좋다고 동의하는 여자라면 모를까. 그래서 지금까지 어떤 여자에게도 사랑한다는 고백을 하지 못했습니다. 물론 나를 거절할 그 어떤 이유도 찾지 못할 만큼, 나를 마음에 들어 하는 여자를 기다리기는 합니다."

"그런 여자들 벌써 여럿 만나보지 않으셨나요? 그 여자들과는 또 어떻게 사랑을 나누었을지 궁금하네요."

진중한 그의 말에 가볍게 대응해서인지 분위기가 좀 무거워진 느낌이었다.

"대부분 남자는 모든 관례를 무시해도 좋을 만큼 자기를 사랑하는 여자를 더 좋아하게 되어있습니다. 여자 또한 그런지 모르겠습니다만, 아무튼 겉치레만 화려하거나 내숭이나 떠는 여자에겐 관심이 없죠. 남자는 허영심을 죽일 줄 아는 여자를 훨씬 더 오래, 그리고 진정으로 사랑합니다. 까탈스러운 여자나 자기에게 사랑을 구걸하도록 하는 여자라면 질색합니다. 그런 여자들이 나중에 가서야 양보한다고 한들, 남자들은 이미 등을 돌리고 난 뒤 아니겠습니까."

"어떻게 남자의 마음을 사로잡아야 하는지 알지 못하는 딱한 처녀들에게도 그렇게 야박한가요?"

"순진한 처녀를 뭐하러 유혹하겠습니까? 결과적으로 겉멋 들어 교태나 부리는 여자들과 마찬가지지요. 물론 그럴 의도가 없었지만, 그 비슷한 상황에 놓일 때도 있었습니다. 순결을 바치라고 애걸하지 않았는데도 먼저 자진해서 자신을 내놓은 여자도 있었으니까요. 마음에 들지도 않는 여자가 무작정 나를 쫓아다닌다고 해서 만나야 할까요? 결국엔 여자들이 선택하는 것입니다. 여자들은 어리석은 잔꾀를 부리지 않아도 됩니다. 어려서부터 어머니와 고모, 이모로부터 귀 따갑도록 들었던 말들을 잊고 자유롭게 판단하고 움직여야 합니다. 여자들은 얼마든지 스스로 게임을 즐길 수 있습니다. 누구나 게임의 위험성을 알고 있을 테니 후회하지 않도록 조심하면 그만입니다. 누구든 어머니가 될 수 있는 것처럼, 또 누구든 결혼하지 않고 미혼으로 살아갈 수도 있죠. 내가 단 한 명의 여자를 사랑했다면, 많은 여인이 나를 다시는 거들떠보지 않았을 겁니다. 내가 솔직하지 않나요?"

나는 그의 말이 다 옳다고 말할 순 없으며, 여자는 어떤 남자에게도 사랑을 쉽게 고백하지 못한다고 말했다. 그러자 그가 응답했다.

"어떤 남자든 쉽게 사랑하지 못할 거라고요? 그런 생각을 지닌 여인의 사랑은 희생에 가깝습니다. 나는 그런 희생적인 사랑을 하는 여자에게는 절대 함부로 다가가지 않습니다. 희생은 진중하게 받아들여야 하기 때문이죠"

결국, 페리는 희생할 줄 아는 여자를 선택하겠다는 말로 들렸다. 그와 더불어 지금은 그가 내게 아무런 고백도 하지 않으리라는 것도 짐작할 수 있었다. 그는 음탕한 사교계 여자들에 대해서는 에둘러 거부감을 드러냈다. 내가 조신한 태도를 보일수록 오히려 그가 관심을 드러낼 것이며, 언젠가는 나를 낚아채 가고야 말 것이라고 짐작했다. 근거 없는 자신감이지만, 그가 나를 좋아하는 것만은 틀림없었다. 그렇지 않다면 왜 뻔질나게 집으로 찾아왔겠는가.

나는 그에게 다가갈 기회를 모색했다. 카니발 파티야말로 절호의 기회가 되어주리라고 판단해 안나와 의논했다. 안나는 페리가 이미 사교계의 어떤 부인에게 걸려들었다고 말해주었다. 내가 페리에게 관심을 보이는 것을 눈치챈 그 여자가 나를 음해하려고 애쓰고 있다고 귀띔을 해주기도 했다. 안나는 페리가 비밀 클럽에서 열리는 디오니소스 파티에도 드나드는지 알아봐 주기로 했다.

며칠 뒤, 안나가 소식을 전해주었다. 펠릭스 공작의 부인이 페리의 애인이라는 사실이었다. 한 가지 비밀스러운 정보가 더 있었는데, 페리는 자신과 몸을 섞는 여자는 완전히 발가벗어야 한다는 조건을 내민다는 것이었다. 어떤 여자든 자신의 모든 것을 한 남자에게 줄 때, 그렇게 하지 못할 이유는 없다. 확신이 서지 않는 상황이라면 주저할 수밖에 없는 게 당연하겠지만, 공작 부인은 그 제안을 과감하게 받아들였던 모양이다.

만약 한 남자를 정말로 열렬히 사랑한다면 나 또한 남자 앞에서 완전한 나체가 될 수 있지 않을까? 그동안 남자를 만나면서 다소 신중하기는 했다. 나의 신중한 처신은 가정교육 탓이거나 여자로서의 본능적 거부감에서 비롯되었을 것이다.

"페리가 지난번 레지 루프트의 집에서 벌어졌던 파티에 참석했는데, 그 자리에 초대받은 여자 세 명 중 누구에게도 사랑의 언약을 하지 않았대."

안나는 세세한 사항까지 알려주었다. 그녀의 이야기를 듣고 나는 결심했다. 페리를 내 남자로 만들어보겠다고.

카니발의 밤이 다가오고 있었다. 안나와 로즈, 니나는 내가 옷 입는 것을 도와주었다. 하늘색 비단 드레스였다. 엷고 흰 베일을 두 겹으로 둘러쓰고 금실로 수놓은 꽃들로 장식했다. 거울에 비친 나를 들여다보니 충분할 정도로 세련되고 매혹적인 차림이었다. 꽤 야해 보이는 차림이었으나 나한테 썩 잘 어울렸다.

신발은 붉은 벨벳으로 짠 귀여운 샌들이었고 역시 금실로 수놓은 꽃으로 장식했다. 그밖에도 16세기 메리 스튜어트 여왕이 옷깃을 꾸미는데 사용했던 깃으로 마지막 장식을 했다. 옷소매는 팔꿈치까지만 내려왔다. 금실로 수놓은 테두리가 뾰족하게 마감된 옷깃이었다. 마찬가지로 금실로 짠 인도산 숄을 둘렀으며 황새의 화려한 깃털을 머리에 꽂았다.

보석 장신구는 하지 않았다. 황금을 입힌 지팡이만 들었다. 손잡이에 상아로 바닷새 한 마리가 조각된 지팡이였다. 이렇게 독특한 차림으로 한껏 멋을 냈다. 그뿐만 아니라 눈과 입만 내놓고 모두 가리는 가면도 준비했다.

1월 23일 저녁 7시, 나는 안나와 함께 브로되르 거리로 향했다. 외투 안쪽에 털을 두툼하게 대어서 어느 정도 추위를 피할 수 있었다. 저택에 도착하자 안나는 나를 놓아둔 채 현관과 연결된 응접실로 먼저 들어갔다. 카니발 파티를 주최한 레지 루프트가 나를 맞이했다. 집 안에는 벌써 많은 사람이 모여 있었다. 합주단의 조율 소리가 들렸다.

내가 거실로 들어서자 여기저기서 환호성이 터졌다. 여자들이 수군

대기 시작했다.

"저 여자에게 우리가 밀리겠어."

"아, 정말 예뻐!"

"설탕 덩어리 같아, 깨물어주고 싶어."

주변의 신사들은 더욱 열을 올렸다. 그들은 연신 나를 힐끔거렸다. 대담하게 몸매를 드러낸 옷차림 덕분이었다. 페리가 어디 있는지 둘러 보니, 님프로 분장한 여자와 함께 있었다. 어지간히 가꾸었지만, 몸매는 내 수준에 미치지 못하는 여자였다. 다른 한 여자는 한쪽 팔을 페리의 허리춤에 두르고 있었다. 그 여자는 금빛 허리띠를 둘렀고, 까마귀처럼 검은 머리에 인조 다이아몬드로 장식한 금관 같은 머리띠를 두르고 있 었다. 그녀는 다른 한 손으로 페리의 손을 잡고 있었다. 페리는 손목에 알이 굵고 투명한 보석으로 장식된 팔찌를 하고 있었다. 그렇게 눈부시 고 큰 보석은 처음 보았다. 게다가 페리는 붉은 샌들을 신고 있었는데, 그 모습이 신화 속 아폴론이나 안토니우스보다 훨씬 수려했다. 남성임 에도 살결이 눈부시게 희고, 장밋빛 근육 윤곽이 뚜렷했다. 보고만 있어 도 설레고 떨렸다.

나는 삼킬 듯한 눈으로 바라보면서 그에게 다가갔다. 뽀얀 피부에, 젖가슴은 완벽하게 부풀었다. 나는 열심히 여신 노릇을 하려고 애썼다. 사람들 사이를 누비고 술잔을 기울이며 조용히 페리를 훔쳐보다 그와 눈이 마주쳤다. 페리의 입꼬리가 살짝 올라갔다.

페리는 주변 여자들에게 몸을 숙여 인사하고 내 쪽으로 걸어왔다.

그는 귀에 대고 나지막이 내 이름을 속삭였다. 나는 가면 속에서 얼굴을 붉혔다. 본격적인 합주단의 연주가 시작되었다. 여자들이 붉은 벨벳 방석을 하나씩 들고 들어와 거실 한복판에 깔았다. 주인 격인 '베누스 여신'이 먼저 앉고 페리가 그 앞에 주저앉았다.

블라디슬라베와 레오니도 자리에 앉았다. 남자들은 여신의 얼굴에 부채질을 해주기도 하고, 손수건으로 땀을 닦아주기도 했다. 또 부드럽게 분위기를 띄우는 노래도 불렀다. 남자는 남자대로 여자는 여자대로 아름다웠다. 대단한 파티라 생각했다. 또 한 명의 여자가 내 앞에서 춤을 추었다. 그녀는 내게 이집트 벽화에서처럼 거대한 깃털 부채를 흔들었다. 부채는 마치 로마 교황궁의 축제 때 나오는 물건 같았다.

페리의 시선이 내게 머물면서 나는 조금 혼미해졌다. 숨도 가빠졌고, 몸이 떨렸다. 호흡을 가다듬기에 너무 세차게 떨렸다. 모두가 내 둘레를 빙빙 돌았고, 나는 마치 사막에서 불어오는 열풍을 맞는 것만 같았다. 길 잃은 여행자가 거대한 신기루를 마주하고 있는 것만 같았다. 사람들은 즐기는 데 방해가 되는 모든 것을 내려놓은 채 춤을 추며 돌았다. 나는 숨넘어갈 듯 헐떡였다. 모든 신경이 나른하게 늘어졌다가 다시 오그라들고, 관자놀이는 뜨겁게 달아올랐다. 남녀 모두 빙글빙글 돌며 춤을 추었다. 그들 모두 광기에 취해서 가끔 춤이 멈추기도 했다.

초대받은 사람들이 느닷없이, 그것도 한꺼번에 광분하는 사교계 파티는 처음이었다. 사람들이 일제히 미친 듯 다시 춤추기 시작했다. 마치 무시무시한 아메리카 대평원 인디언들이 적장의 머리 가죽을 벗겨 들고 추는 춤 같았다. 파리에서는 제아무리 요란한 파티라 해도 교양 있는 프랑스 사람들이 절대로 버리지 않는 예의와 품위라는 게 있었는데, 이곳에서의 파티는 품위와 도덕을 모두 팽개치고 오직 쾌락을 즐기려고만 했다. 몇 시간이나마 자유롭게 몸부림치기 위해 모인 사람들 같았다. 가면을 벗고서 존경이라는 역겨운 가면을 다시 쓰기 전까지만이라도 마음껏 즐기려고들 했다.

춤은 간격을 두고 계속 이어졌고, 그때마다 갈채가 터졌다. 나는 가슴에 전기 충격을 받은 듯 쩌릿했다. 페리마저 없었다면 쓰러져버렸을지도 몰랐다. 페리는 나를 침착하게 떠받쳐주었다. 아무도 이런 내 현기증을 눈치채지 못했다. 그런데 현기증이 가시자마자 페리는 구애하는 자세로 내게 춤을 청했다. 모두 환호했다. 나는 그의 손을 잡았다. 춤은 15분가량 이어졌다. 지칠 줄 모르던 페리도 마침내 내 발치에 엎드려 숨을 헐떡이며 죽은 척했을 정도였다. 나 역시 더 서 있지 못해 여럿이 부축해 소파로 옮겨주었다. 사방에서 내 발치로 모여들었다. 여자들은 내게 부채질을 하고 땀을 닦아주었다. 페리는 다시 일어나 내 뒤에서 가슴을 부둥켜안았다. 주변이 갑자기 조용해졌다. 페리는 나를 붙잡고 팔을 내밀어 사람들을 헤치며 다른 방으로 데려갔다.

"옥좌로 가, 옥좌로!"

여러 사람이 외쳤다. 방 끝에 단을 높인 일종의 닫집 같은 자리가 있었다. 그곳엔 붉은 벨벳으로 덮인 긴 의자가 놓여 있었다. 두꺼운 커튼을 두른 자줏빛 닫집이었다. 이 파티에서 화려한 승리를 거둔 자들이 차지하는 자리였다. 페리는 내 이름을 부르며 허리를 굽혔다.

"티타니아를 위한 아늑한 방이 없을까? 좀 쉽게 말야."

그는 나를 스칸디나비아 공기 요정들의 공주 이름으로 불렀다.

"이쪽에 여러 개 있어요"

베누스 여신이 답했다. 나는 방문을 좀 열어달라고 부탁했다. 하지만 방문 열쇠가 어디에 놓여 있는지 몰라 당황하던 베누스 여신은 나가서 집사를 데리고 왔다. 그 모습에 웃음이 절로 나왔다. 나와 페리는 거실 옆에 있는 방으로 들어갔다. 열린 문 사이로 밖을 내다보니 춤판이 더욱 달아오르고 있었다. 몇 쌍씩 짝지어 춤을 추었다. 좀 더 진지한 모습에 열중한 사람들도 보였다. 그리고 여러 소리가 들려왔다. 중얼거리는 소리, 입 맞추고 끌어안고 사랑을 속삭이는 소리, 남자의 헐떡이는 숨소리, 쾌감에 젖은 여자의 한숨 소리. 흥분되는 상황이었다. 나는 페리의 무릎에 걸터앉았다. 손은 그의 목에 둘렀다. 페리는 춤을 더 추고 싶어 하는 눈치였다. 나는 그에게 키스하며 말했다

"한 번 더 추지는 않을 거지?"

"그럼!"

그는 마음과 달리 나를 배려해주었다.

"문 좀 닫으면 좋겠어. 가면 좀 벗고, 얼굴 좀 보고 싶어. 거절하지야 않겠지?"

그는 내가 생각했던 것 같은 폭군이 아니었다. 마치 목동처럼 다정했다. 나는 문을 닫아걸었고 침대에 누웠다. 나는 이루 말할 수 없는 쾌

감에 젖어 쉬었다. 음악과 춤꾼들의 소란으로 너무 피곤했다. 우리는 누구의 방해도 받지 않았고, 무어라고 말하기 어려운 감각이 신경을 타고 온몸으로 퍼져나갔다. 우리는 사랑의 속삭임을 나누었다. 나 혼자 그를 독차지했다는 기쁨을 어떻게 표현할까. 그에게 안겼을 때 그의 눈은 야수처럼 쾌감에 불타올랐다. 내 눈도 미세하게 떨렸다. 우리는 사랑에 취해 가슴을 서로 맞대고, 사랑에 미친 듯한 말들을 중얼거렸다. 아무 의미도 없는 말들을.

그러다가 그가 옆에 누웠다. 나는 언뜻 잠결에 빠졌고, 그는 계속 속삭였다. 우리 눈은 서로를 뚫어지게 바라보면서 거의 반 시간 가까이 황홀경에 취해 있었다. 잠시 후 거실에서 들려오는 소란스러운 외침에 우리는 다시 정신을 수습했다. 나는 서둘러 옷을 입었고, 그는 얼떨결에 벗어던진 내 가면을 다시 씌워주었다.

페리는 외투를 걸치고 나와 함께 거실로 돌아갔다. 파티는 절정이었다. 상상조차 하기 어려운 자세로 둘, 셋, 넷, 다섯씩 짝짓거나 떼 지어 음악과 혼란스러움을 즐겼다. 그중에서 가장 복잡한 그룹이 눈에 띄었다. 남자 하나에 여자 여섯이 손을 잡고 산골 사람들의 노래를 불렀다. 바닥에 주저앉아 샴페인 잔을 들고 노래하는 도중에 마시기도 하고 잔을 벽을 향해 집어 던지기도 했다.

다른 무리가 각자 자신들에게 맞는 방식으로 즐기거나 쉬었다. 한 부인은 누워 있었고, 다른 부인은 큰 통을 안고 있었다. 누운 여자가 인상을 쓰면서 고함을 질러댔다. 거인 같은 장신의 신사는 하모니카를 불면서 부인들을 이끌었다. 하모니카 소리는 다른 무리의 괴성과 노래와 악기 소리에도 끄떡없이 쟁쟁하게 울렸다. 하모니카 연주는 더할 수 없는 광기를 담은 음악이었다. 마치 잠시 멀리 고립된 정신병동에 와 있는 것 같았다. 모든 남녀가 이런 합주에 적극적으로 참여했다. 즐기지 않으려는 사람은 아무도 없었다. 페리와 나만 제정신인 듯했다.

"어서 와요! 어서! 내가 진짜 창녀인 걸 몰라?"

펠릭스 공작 부인은 손님들 사이를 돌아다니면서 과자와 과일을 집어주고 샴페인을 따라주었다. 그러다 식탁 앞에 앉은 공작 부인은 어떤 신사가 따라준 독한 증류주를 마셨다. 취한 그녀는 식탁 밑에 쭉 뻗었다. 집사가 그녀를 작은방으로 옮겨 침대에 눕히고 문을 잠갔다.

안에서 공작 부인은 문을 두드리며 나오려고 안달했다. 그러다가 바닥에 쓰러져 곯아떨어졌다. 조금 뒤, 손님 둘이 그녀가 자고 있는지 찾아가 보았다. 마치 구멍 난 술통처럼 모든 옷을 풀어헤치고 벗어던진 채 자고 있었다. 공작 부인은 이튿날 오후 4시까지 일어나지 못했다.

그날 식사는 모든 점에서 파티에 걸맞았다. 여러 사람이 식탁 위에서 뻗어 곯아떨어졌다. 말짱했던 사람은 페리와 두서너 명의 신사뿐이었다. 나머지는 머리를 어디에 기대고 있는지도 모른 채 정신을 차리지 못했다. 파티의 절정은 시상식이었다. 페리는 왕 칭호를 받았다. 그다음은 하모니카를 불던 신사와 과자를 나누어주던 신사가 상을 받았다. 그들에겐 술이나 장식품들이 선물로 주어졌다.

내 경쟁자로 페리 곁에 붙어 있던 펠릭스 공작 부인은 결국 페리를 잃은 셈이었다. 나는 페리가 취하도록 술을 권했지만, 그는 사양했다. 로드비 한 잔만 마셨다. 파티는 새벽 4시에 끝났다. 페리와 나, 베누스 여신, 그 밖의 몇몇 부인은 귀가했다. 나머지는 만취해 그 집에서 밤을 보냈다.

돌이켜보니 대체로 그 집에 기숙하는 여자들의 품행은 훌륭했다. 언제나 남자들에게 먼저 권하고 나서 움직였다. 레오니만 예외였다. 알고 보니 레오니는 유서 깊은 빈 명문 귀족 집안의 자제였다. 레오니는 이번 파티를 즐기려고 가출한 상태였다. 페리는 나와 함께 우리 집으로 갔다. 페리와 나는 끝나지 않은 사랑의 혈투를 계속 이어나갔다.

페리

부다페스트에서 어떤 모험을 계속했는지 이루 말하기 어렵다. 헝가리 사람들은 정말 좋았다. 사람들은 어떤 민족이나 예술을 쉽게 일반화해서 말하곤 하지만, 그런 식으로 헝가리에 대한 호감을 표현할 수는 없었다. 헝가리처럼 사랑의 예술을 훌륭하게 이해하는 나라는 지상에 또 없을 것 같았다. 헝가리 사람들의 생활 수준은 많은 점에서 뒤처졌지만, 인생을 즐기는 솜씨만은, 특히 성애의 환락을 누리는 면에서는 프랑스나 이탈리아 사람들보다 훨씬 앞서 있었다.

언젠가 나는 세계를 몇 바퀴나 돌았던 영국 사람을 알게 되었다. 그 사람은 45년 전부터 세계 일주를 했다고 말했다. 그는 거의 모든 나라를 섭렵했다. 나라마다 한두 해씩 머물렀는데 모두 18개국에서 생활했다. 오스트리아, 헝가리, 터키, 이탈리아, 스페인, 프랑스, 영국, 러시아, 스칸디나비아, 독일, 미국, 스위스, 벨기에, 네덜란드, 아시아와 남미까지 참 많이도 다녔다. 그 영국인은 이 모든 나라를 최소한 두 번씩은 방문했다. 그는 나를 만나기 직전에 이탈리아에서 돌아오는 길이라면서 피렌체에서 화류계 여자의 집에서 묵었던 이야기를 들려주었다.

"그 집에 헝가리 여자 셋이 있었죠. 이 여자들의 인기는 최고였고 화대가 500프랑에 달했어요. 집주인은 자기 집에서 배우고 나간 제자들 가운데 3분의 2는 헝가리 출신이라고 하더군요. 스페인, 네덜란드, 세르비아, 영국 제자도 있었습니다. 모두 대단한 미인들이었죠. 그런데 헝가리 여자들이 남자들을 유혹하는 데 가장 뛰어났어요. 파리, 런던, 상트페테르부르크, 콘스탄티노플(이스탄불), 독일의 여러 도시 어디에서든 헝가리 여자들이 가장 인기를 끌었어요."

어디에서나 헝가리 여자들이 사랑의 승자가 되었고, 헝가리 청년들도 뒤처지지 않았다. 헝가리 청년들은 세련된 매너를 지닌 매력 넘치는 청년들이었다. 다른 나라 청년들과 다르게 독창성이 뛰어나 여자들을 금방 사로잡았다. 섹스를 나눌 때도 지칠 줄 몰랐고, 세련된 기술을 죄다 알고 있어서 어떤 여자라 해도 그들과 함께라면 다른 특별한 자극제나 도구는 필요 없었다.

나도 헝가리 남녀를 열렬하게 좋아했다. 나는 애인이 된 페리와 절친한 친구 로즈와 재미있게 지냈다. 전문가라면 내가 동성과 이성을 가리지 않고 즐기는 양성애자라고 할지 모르겠다. 페리는 나에게서 참사랑을 알게 되었다고 고백했다. 자신의 원칙은 이제 무너졌다고도 말했다. 그래서 이제는 오로지 나에게만 충실해야 한다고 생각했다. 내가 원했다면 결혼을 할 수도 있었다. 페리는 수차례 프러포즈를 했다. 하지만 나는 사양했다. 무엇보다 그의 사랑을 잃게 될까 두려웠다. 결혼은 사랑의 무덤일 수밖에 없으며, 그로 인해 우리 사랑이 무너지는 것을 원치 않았기 때문이다.

부모도 안심할 수 없었다. 법과 교회 때문에 우리의 사랑이 가진 신성함이 모독으로 뒤덮일까 걱정스러웠다. 나는 내 사랑을 키워가는 은밀한 즐거움을 지키고 싶었다. 사랑의 즐거움과 직결되어 있지 않은 것이라면 모두 거북했다. 페리도 동조해주었다.

그렇다고 불안함이 완전히 사라진 것은 아니었다. 한순간의 사소한 실수로 아기 엄마가 되는 것이 무서웠고, 유명 여가수로서의 내 자리를 잃을까 두려웠다. 이런 걱정을 페리에게 털어놓았다. 내게 그 어떤 임신의 조짐도 없다는 사실이 놀랍기는 했다. 페리와의 관계에서 어떤 대비도 없이 사랑에만 몰두했기 때문이다. 임신을 조심하라던 마르그리트의 충고도 간과했고, 이탈리아 왕자와 섹스할 때 사용하던 피임법조차 무시했는데도 나는 임신하지 않았다.

"다른 방법도 많아. 그런데 그걸 아는 사람이 별로 없지. 나는 네가 모르는 방법을 썼거든. 알고 싶다면 그 사랑의 기술을 가르쳐주지. 책을 줄 테니 잘 읽어보도록 해. 콘돔이 항상 안전하지는 않아. 모르는 사이에 터지기도 하거든."

나는 그에게서 책을 받아 열심히 읽었다. 의사가 지은 책이었다. 외설스러운 소설은 많아도 안전한 성을 위해 기술된 책은 귀했다. 사드 후작의 『쥐스틴』보다도 희귀한 책이었다. 단숨에 끝까지 읽어볼 만큼 흥미진진했다. 참고로 사드의 책은 로베스 피에르가 공개 화형식으로 불태워버렸지만, 얼마 전 네덜란드와 독일에서 다시 출간되었다.

저자는 콘돔 사용을 권하지 않았다. 남녀의 쾌감이 크게 떨어지기 때문이었다. 콘돔은 맞춤 제품이 아니라 기성품이다. 누구에게나 적합하지 않다는 뜻이다. 작은 경우 남자가 괴롭고 반대로 헐렁하면 벗겨지기가 십상이다. 두 경우 모두 사용 목적에 맞지 않는 셈이었다.

저자는 여자들이 콘돔을 제대로 사용할 줄 아는 것 같지는 않다고 지적했다. 그것은 독서로 배울 수 없으며 실제로 경험해봐야만 알 수 있으므로 어쩔 수 없는 일이라고 했다. 그렇다고 자신이 직접 가르칠 수도 없는 일이라고 덧붙였다. 저자는 배아가 형성되려면 시간이 걸린다고 했다. 분명한 것은 방탕한 사랑으로 아기를 낳는 경우는 드물다고도 했다. 내가 알기에도 동 쥐앙은 절대 아기 아버지가 된 적이 없었다.

저자는 남자가 해야 할 일과 여자가 해야 할 일을 구별해야 한다고 지적했다. 그러면서 남성과 여성 사이에 욕망의 차이는 없다고 했다. 더러는 쾌감을 일으킨다고 생각하는 것에서 쾌감을 느끼지 않고, 사람들이 회피하는 어떤 행위에서 쾌감이 일어나기도 한다고 했다.

어느 날 나는 페리와 방탕한 사랑으로는 아이를 낳는 경우가 드물다는 것을 주제로 이야기를 나누었다. 그래서 덥고 열정이 많은 남쪽 민족보다 북쪽 민족의 인구가 더 증가하는 것일까? 헝가리와 프랑스, 이탈리아, 슬라브 남부 사람들은 북쪽 민족들보다 자식들이 훨씬 적은 편이다. 결혼 생활에서는 동거 때보다 더 많은 자식을 낳기 마련이다. 귀족보다는 가난한 계층에서 자식을 더 많이 낳았다. 저자는 가장 확실한 여러 수단을 권했다. 특히 남자는 절정이 다다르면 즉시 절제해야 한다고. 하지만 과연 어떤 남자에게 이럴 의지가 있을까. 더구나 그렇게 절정 직전에 남자가 물러나 버리면 두 사람은 동시에 사랑의 희열을 맛볼 수 없다.

사랑하는 남녀의 목적은 전격적인 오르가슴에 함께 휩싸이려는 것이리라. 그것이야말로 세상에서 가장 인간적이고 자연스러운 일이다. 남자가 절정을 앞두고 사정하기 직전에 몸을 돌려 버리는 건 남성은 물론 여성에게도 유쾌하지 못한 일일 것이다.

거친 방법이기는 하지만, 나는 콘돔 대신 사용했던 다른 두 가지 방법을 잊지 않고 있다. 하나는 은으로 만든 방울이고, 다른 하나는 스펀지로 만든 피임 도구였다. 통통한 은방울에 작은 고리와 끈이 붙은 것이다. 제법 무거운 방울로 호두 크기만 한데 바닥에 떨어져도 하수구 틈사이로 빠지지 않을 만큼 컸다. 매우 쓸모 있었다. 옛날에 특히 18세기에 널리 이용했을 것이다. 베른의 어떤 수집가는 그 은방울들로 훌륭한 피임 컬렉션을 만들었다고 들었다. 분명 스위스에서 널리 사용했을 것이다. 금방울도 있다지만 본 적은 없었다.

이런 수단들도 사실 확실한 피임법은 아니었다. 차라리 조금 불확실한 편이 낫다. 완전한 방법으로 피임을 하다 보면 조만간 인류는 씨가 마를 것 아닌가. 인간은 자기 종의 영원한 번식에 대해 별로 신경 쓰지 않는 존재일지도 모른다. 내가 이런 문제를 두고 질문했던 학자가 있었다. 그랬더니 학자는 "인간이 자기 종의 존속을 지금보다 더 걱정한다면, 자연이 인류의 번식을 막으려 할 것이다"라고 답했다.

책에는 여러 피임법과 쾌감 증진을 위한 최음법 외에 그 부작용까지 실려 있었다. 헝가리 사람들은 식물을 우려내 만든 탕약제를 이용하는데, 농민이 즐겨 사용했다. 무척 위험하고 해로운 방법이었다. 나는 그 독에 감염된 많은 사례를 보았다.

피임법에 주의하면서 나는 완전한 쾌락을 탐했다. 페리만을 사랑했다. 그는 신중했다. 우리 관계를 아무도 눈치채지 못했고, 내 평판은 조금도 흔들리지 않았다.

로즈는 불평이 많았다. 페리는 로즈에게 별로 해주는 것이 없었다. 나는 밤에 자유로울 틈이 없었다. 결국, 로즈는 내 침대에 올 수 없었다. 그녀가 딱했다. 나는 로즈의 질투를 염두에 두지는 않았다. 내가 로즈를 페리의 품에 밀어 넣으면 어떨까 하는 생각도 해보았다.

신기한 일이 벌어졌다. 로즈의 처녀막이 다시 살아났다! 이렇게 속살이 다시 자라날 수 있는 것일까? 그러나 사실이었다, 로즈의 처녀막이 다시 살아난 것을 내 두 눈으로 똑똑이 확인하고야 말았다. 그녀는 숫처녀 그대로였다. 그즈음, 나는 성 요셉 광장에 전시 중인 파노티쿰(밀납인형 전시장)의 동정녀 상을 보았다. 부다페스트의 큰 장이 서던 날이었다.

나는 로즈에게 혹시 페리 같은 애인이 있으면 좋겠냐고 물었다. 로즈는 내가 있으므로 그런 남자는 원치 않는다고 답했다. 로즈는 또 내가 즐겁다면 어떤 남자에게 처녀를 바칠 수 있다고도 말했다. 로즈에게 페리는 무의미했다.

한 쌍의 남녀가 사랑의 절정을 맛보는 순간을 지켜보는 여자들은 거의 없다. 남자들치고 자신 앞에서 또 다른 남자에게 몸을 허락하는 여자를 경멸하지 않는 사람도 극히 드물다. 그런데 페리는 종종 나더러 자기가 보는 앞에서 다른 남자와 사랑해볼 것을 요구했다. 동의할 수 없었다. 행여나 나를 버리고 떠날 구실을 찾기 위해 그런 제안을 하는 것이 아닐까 의심스럽기도 했다.

내가 다른 남자와 즐기는 광경을 페리가 재미있게 음미할 것이라곤 생각하지 않았다. 페리는 여러 역사적 사례를 들었다. 특히 베네치아의 영웅 가타멜라타의 경우가 그랬다. 가타멜라타는 과거에 다른 남자와 경험이 있는 여자하고만 연애했다.

결국, 페리는 로즈에게 사랑을 가르치기로 했고, 나도 다른 청년과 그렇게 하기로 합의했다. 로즈를 설득하느라 몹시 애를 먹었다. 로즈는 내 품에 안겨 울면서 내가 자신을 사랑하지 않는다고 원망했다. 나는 그렇지 않다는 것을 증명했다. 로즈를 포옹하고 애무하면서 그녀가 내 앞에서 희생하는 마음으로 그런 사랑의 즐거움을 보여준다면 나도 그만큼 좋을 것이라고 말했다. 그다지 확신은 없었지만 말이다. 그러나 페리는 자신감이 가득했다. 나는 감히 제안을 물리지 못한 채 가능한 한 최선을 다하려 애썼다.

체념하는 심정으로 로즈가 동의하자 페리는 즉시 그 기회를 활용했다. 로즈는 눈을 감고 사지를 떨었다. 나는 모든 사태를 너그럽게 지켜보기로 했다. 질투는 내 잘못이 아닐 것이고, 유감스럽게도 로즈가 만약 어떤 사내에게도 쾌감을 느끼지 못한다면 더욱 나만의 여자가 될 것 아닌가. 나는 진심으로 로즈를 사랑했다. 아무튼, 모든 것이 모두에게 잘되었다. 그날 밤 이후 나는 여자들의 질투라면 어떤 것이든 간에 이해하지 않게 되었다.

이런 일들은 문명국가에선 당연하고 자연스러운 일이 되어야 좋을 것 같았다. 질투는 제삼자가 등장해야 더욱 강하게 폭발한다. 쾌락은 단지 종족 보존을 위한 것만은 아니다. 자연도 쾌락이 목적이다. 나는 그렇게 믿었다. 다음날부터 페리는 내게 약속을 지키라고 요구했다. 아무도 모르도록 보장하겠다면서. 나는 그를 따라 여행길에 나섰다.

봄날이었다. 날씨가 정말 화창했다. 페리는 부다페스트를 떠나자고 했다. 우리는 온종일 함께 보냈다. 페리는 주변 친인척과 지인들에게 여행을 간다면서 인사를 하러 순례했다. 나는 한 달간의 휴가를 냈다. 나는 프레스부르크(Presbourg)와 프라하에 들렀다가 빈으로 돌아가고 싶었다. 그곳에서 공연 몇 번을 하고 7월에 돌아올 생각이었다.

일요일 새벽 2시, 우리는 부다페스트를 떠났다. 기차와 증기선 대신 페리의 마차나 역마차를 이용했다. 우리는 8시쯤 네스멜리(Nessmely)에 도착했다. 우리는 그곳에서 대로를 따라 이그만(Igmann)을 거쳐 남서쪽으로 향했다.

정오쯤 우리는 유명한 바코니(Bakony) 숲에 도착해 숲속 여관으로 들어갔다. 손님을 맞이하기 위한 식탁이 차려져 있었다. 여관방과 마당에 험상궂은 얼굴을 한 남자 몇이 보였다. 장총과 권총으로 무장하고 투구를 썼다. 산적들 아닐까 싶어 불안했다. 페리는 그들과 헝가리어로 인사를 나누었다. 그들이 누구냐고 물어보았다. 페리는 그냥 가난한 사람들이라고 대답했다. 걱정하지 말라며 나를 안심시켰다.

오후에 우리는 다시 마차에 올랐다. 다섯 명이 말을 타고 우리 마차보다 앞장을 섰다. 또 다른 마차들도 우리보다 앞에서 출발했다. 마차는 빠르게 달렸다. 길을 울퉁불퉁했고 어느 구간에서는 내려서 걸어야 했다. 마침내 우리는 숲의 가장 깊은 곳에 도착했다. 페리는 산책을 제안했고, 마차는 나무들 사이로 보이는 집 쪽으로 향했다. 여관으로 보였다. 우리보다 앞장섰던 산적 같은 사내들이 나뭇가지를 헤쳐나갔다. 한 시간쯤 뒤에 두 사람이 우리를 찾아왔다.

한 명은 서른너댓 살쯤 되었는데, 거인처럼 크고 야수 같은 얼굴이지만 번듯하게 생겼다. 또 한 명은 스무 살 애송이였는데 아도니스처럼 미남이었다. 두 사람도 산적으로 보았던 무리의 일행이었다. 페리는 나를 그들에게 소개했다. 그러면서 나더러 그 두 사내와 사랑을 맛보게 될 것이라고 했다. 아무 걱정 하지 말라면서……. 두 사내는 내가 누군지도 몰랐고 또 바깥세상과 전혀 접촉도 없고 무관했다. 우리는 나무 울타리 안으로 들어갔다. 꽤 깊고 넓은 샘이 흐르고 있었다. 거인은 금세 편안해했다. 청년은 얼굴을 붉히며 주저했다.

페리는 내가 마음껏 자유롭게 즐겨야 한다고 말했다. 내가 열렬할수록 자신도 즐거울 것이라면서. 그의 표정에서 그의 생각을 알 수 있었다. 나는 그를 즐겁게 해주고 싶었다. 결국, 나를 방치하기로 했다. 나는 두 남자를 불렀고, 내 앞으로 끌어당겨졌다.

모든 것이 끝나고 모두 조용해지자, 두 사람은 나를 오두막으로 데려갔다. 페리는 나를 침대에 눕혔다. 숲에서 그다음 사흘 동안 무슨 일이 있었을까? 페리는 푹 쉬었다. 나는 매일 파트너를 바꾸어 가며 섹스를 했다. 사흘째 되는 날, 우리는 모두 함께 주변 마을에 사는 농부들과 그 부인들을 초대해 함께 큰 파티를 벌이며 놀았다. 아그리핀 여신이라도 우리의 이런 산골 파티를 부러워했을 것이다. 이곳 촌부들도 부다페스트 귀족 부인들 못지않게 즐기며 노는 데 익숙했다. 나는 돌아가는 길에 푹 쉬었다. 로즈 혼자 마중을 나왔다. 페리는 정다운 작별인사를 전하고 떠났다. 이제 힘을 추스릴 때였다. 계속 이렇게 지내다간 죽을 것만 같았다. 나는 그 뒤 부다페스트에서 2년, 프라하에서 1년을 더 보냈다. 프랑스 속담이 정말 틀림없구나 하며 감탄하는 세월이었다.

"영원히, 언제나, 같은 것은 없다. 사랑하는 사람들이 가지는 좌우명이다."

피렌체

내가 스물여덟 살 되던 해 여름, 부모님이 전염병으로 일주일 간격을 두고 돌아가셨다. 나는 졸지에 세상에 혼자 남게 되었다. 고모는 내가 부다페스트를 떠나고 나서 1년 뒤에 돌아가셨다. 잠깐이나마 나를 들뜨게 했던 사촌오빠 샤를은 군에 입대했다. 군인이 되고 나서 어렸을 때의 나쁜 습관들은 버렸지만, 이후 방탕한 생활 끝에 사망했다.

　나는 내 인생을 즐기기에 매우 유리한 조건에 놓여 있었지만 슬픈 일도 많았다. 처음 사귀던 애인들도 잃었다. 아파르트는 콘스탄티노플 대사관에 부임해 떠났고, 페리는 미국으로 이민을 갔다. 페리는 영원한 사랑을 맹세하면서 다정한 장문의 편지를 남겼다. 페리는 이런저런 일들로 유럽에서 지내는 게 힘들어졌다. 나와 며칠 성적 일탈을 즐겼던 산적 일당은 체포되었으며 중형을 받았다. 내게 부다페스트에서 보냈던 즐거운 날들을 돌이켜줄 사람은 이제 로즈 말고는 아무도 없었다.

부모님이 돌아가시고 멍한 정신으로 지내고 있을 때, 독일의 큰 극장에서 이탈리아 매니저를 알게 되었다. 그는 연주회와 오페라에 초대해 노래하도록 도와주곤 했는데, 어느 날 집까지 찾아와 내게 이탈리아로 건너가면 어떻겠냐고 제안했다. 나는 이탈리아어를 모국어처럼 잘했다. 그는 나를 이탈리아로 데려가려는 의도를 조목조목 설명해주었는데, 내가 그곳의 유명한 가수들과 경쟁하고도 남을 실력을 갖추고 있으며, 부다페스트에 없는 거대한 오페라 극장 무대에 익숙해져야 한다는 것이었다. 밀라노의 라스칼라와 나폴리의 산카를로 같은 초대형 극장 무대에서 경험을 쌓으라는 말이었다.

나는 이탈리아로 건너가 성공을 거두었다. 저절로 명성이 따라왔으며, 미래는 창창했다. 처음에는 피렌체 페르골라 극장[14]에서 시작했다. 나는 망설이지 않고 2년 전속 계약을 했다. 나는 계약금 3000프랑을 받고 매일 저녁 두 차례의 공연을 하기로 했다. 물론 공연 수익의 일부도 내 몫이었다.

이탈리아는 내가 이미 공연했던 다른 어떤 도시들보다 위험 부담이 적은 곳이었다. 미혼 여성의 행실에 관심을 두는 사람은 드물었다. 유럽

---

14 이탈리아 피렌체 시내의 페르골라 거리에 있는 오페라 극장. 이탈리아 역사에서 가장 오래되고 화려한 극장이다.

타지역에서 중요하게 여기던 처녀의 미덕 따위는 이탈리아에서는 무의미했다. 그저 기혼 여성에게 정조를 지켜야 한다는 덕목을 좀 더 요구하는 정도의 분위기였다. 나는 매우 합리적인 태도라고 생각했다. 갖은 사랑의 묘미를 충분히 맛본 여인이 결혼할 때, 이탈리아 사람들은 아무도 그 숙녀의 과거사를 문제 삼지 않았다.

남자들 또한 제 약혼녀의 처녀성 따위를 따지지 않았다. 스물일곱 살쯤, 나는 여성으로서 절정기를 맞고 있었다. 빈과 프랑크푸르트에서 활동할 즈음, 또는 그 이전부터 나를 알던 사람들은 내게 스무 살 무렵보다 훨씬 더 예뻐졌노라고 호언장담했다. 그냥 듣기 좋게 한 말만은 아니리라고 생각했다. 나는 강건한 체질을 타고난 편이었다. 내 기질은 무쇠처럼 강했다. 그리고 건강을 해칠 만큼 섹스를 즐기지 않도록 욕망을 다스릴 줄도 알았다.

프랑크푸르트에서 나는 2년 동안 누구와도 섹스하지 않고 지냈다. 그 뒤 부다페스트를 떠난 뒤로는 로즈하고만 관계를 맺었다. 로즈는 절대로 나를 화나게 만들지 않았다. 그냥 나와 공감하며 지낼 뿐이었다. 우리의 관계는 마치 한 몸으로 붙어사는 쌍둥이처럼 완벽했다.

나는 간간이 일기를 썼는데 그즈음에는 거의 매일 일기를 썼다. 그렇게 하지 않았다면 아마 나의 자전적 이야기는 탄생하지 못했을지도 모른다. 이 글을 쓸 수 있었던 것은 모두 차곡차곡 쌓아둔 일기 덕분이었다.

나는 지난 일기장을 넘기며 최근 내 곁에 머물렀던 사랑을 떠올려

보곤 했다. 두 달 동안 지속했던 페리와 관계가 끝나고 나서, 그 후 다섯 해 동안은 로즈와 예순두 번의 섹스를 나누었다. 매달 한 번꼴이었다. 그 시기에 나는 어떤 남자에게도 호의를 드러내 보이지 않았다. 어떤 지나친 행동도 하지 않아서였는지 비교적 건강도 좋았다.

세월이 흘러갔다. 어느 날 피렌체에서 나는 매우 흥미로운 남자를 만났다. 영국 신사 에텔리드 머윈 경이었다. 젊지는 않았다. 그때 쉰아홉 살이었다. 그와는 무슨 이야기든 나눌 수 있었으므로 내게는 편안하고 유익한 관계였다. 그는 오랫동안 인간의 본성을 공부해 오면서 인간이 추구하는 쾌락에 대해 고민해왔고, 자신 또한 완벽한 쾌락주의자였다. 그의 의견은 내 의견과 거의 일치했다. 머윈 경 덕에 나는 나 자신을 좀 더 이해할 수 있었다. 내가 고민하는 것들에 대해 그는 멋지게 설명해주었다. 나는 오래전부터 남자와 여자의 본성은 완전히 다르다는 것을 알고 있었다. 하지만 그 이유를 알 수는 없었다.

에텔리드 머윈 경의 논리는 단순명쾌했다. 합리성에 근거했기 때문에 그의 철학은 튼튼했고 흔들림이 없었다. 그는 어쭙잖은 지식으로 빈정대길 일삼는 사람이 아니었다. 사교계에서는 가식적이지 않은 인격자로 통했다. 그는 내게 생리학적, 심리학적 근거를 제시하며 다정하게 강의하듯 가르쳐주었다. 그가 유독 내게 친절했던 것은 내가 누구보다 그의 말을 경청하면서 잘 이해했기 때문이었다. 그가 내 몸까지 차지한다면 얼마나 행복해할까 하는 생각이 드는 날도 있었다. 나는 자기도취에 빠지는 스타일이 아니었지만, 나는 누가 봐도 손색없는 미모와 지성을 겸비했다고 자부했다.

나는 거울을 들여다보면서 다른 여자들의 미모와 나 자신을 비교해 보곤 했다. 남자들은 언제나 내 몸매가 비할 데 없이 아름답다고 침이 마르도록 칭찬했다. 머윈 경을 알고 나서도 몇 해 동안 그 몸매를 완벽하게 유지했다. 머윈 경도 나를 칭찬했다. 그렇지만 내 마음을 사로잡으려고 애쓰지는 않았다. 언제나 완곡하게 돌려서 말했으며 내 애교는 통하지 않았다. 그는 모든 것을 설명해주면서도 왠지 나를 깍듯하게 금욕적으로 대했다. 나는 그 이유가 늘 궁금했다.

'산이 무함마드에게 다가오지 않는다면, 무함마드가 산으로 다가가야 한다.' 머윈 경이 만약 산이라면 내가 그에게 다가가야 하리라. 나는 어느 날 그에게 다가가 물었다

"내게 뭐든, 어떻게 하시든 괜찮아요. 말씀하실 때 왜 그렇게 엄격하세요? 과거에 엄청난 난봉꾼이었다고 하셨잖아요? 요즘도 여전히 여자를 정복하시지 않나요?"

"마담, 착각이에요. 이제 나의 정복 시대는 끝났어요. 이 늙은이가 무얼 어쩌겠다고 여자를 정복하는 일에 돈까지 쓰겠어요?"

"거리의 천박한 여자들을 말하는 게 아니에요. 제 질문의 핵심을 피하시는 걸 보면 저를 속도 없는 귀염둥이쯤으로 생각하시나 봐요. 혹시 젊은 여자에게는 더 이상 아무런 사랑도 불러일으킬 수 없다고 생각하시나요?"

"천만에. 아직 그럴 힘은 남아있지, 상대가 동의한다면야. 하지만 대부분은 진정한 애정이 아니라 늙은이를 딱하게 여겨 그러지 않을까? 그래 봐야 병적인 욕망일 뿐이지. 자네는 젊은이들의 욕망이 얼마나 강한지 누구보다 잘 알잖아. 그러니 자네 같은 사람이 보기에 내가 얼마나 우습겠어."

"당치 않은 말씀이에요. 혹시 나이 때문에 상대에게 호감을 얻지 못하리라는 예감에 사로잡혀 계신 건가요? 여자 곁에서 순결한 요셉(나사렛 예수의 아버지) 노릇이나 한다면 그 여자가 얼마나 수치스럽겠어요. 너무 겸손하거나 숫기 없는 남자는 매력 없어요."

"어쨌든 늙은 야수가 무슨 관심거리나 될라고……."

"아네요, 여전히 멋쟁이 신사인데. 선생님이 얼마나 장점이 많은 분인지 모르시죠? 선생님은 나이를 잊게 만드는 힘이 있어요. 편견 따위는 무시하세요. 제가 요구하고 애걸한다고 해도 그렇게 거절하실 건가요?"

"그럴 리가……. 자네라면 절대 그렇게 할 수 없을 거야."

"아무튼, 거절하실 것인지, 아닌지만 말씀해보세요."

"미쳤어, 거절하게. 물론 승낙해야지."

"하지만 내심 저를 경멸하시겠지요. 음탕한 작부 같다고."

"그럴 리가 있나. 어떤 여자든 취미나 변덕이 죽 끓듯 한 법인데, 자네의 진심이 정말 그렇고, 자네와 사랑할 수 있다면야 세상 누구도 부럽지 않을 걸세."

나는 그에게 다가가 팔을 잡고 부드럽게 눈을 들여다봤다. 하지만 그는 바위처럼 꿈쩍하지 않았다. 애교가 통하지 않는 것 같아 조바심이 났다. 이전까지 머윈 경과 나는 친한 친구였다. 하지만 우정보다 더 긴밀한 관계를 만들지 못할 법도 없었다. 나는 그를 내 발밑에 굴복시키고 저항하지 못하도록 무너뜨리고 싶었다. 그의 품에 안기면서 다정하게 속삭였다.

"아직도 미심쩍어요?"

"꿈만 같구만. 이렇게 좋은 걸 어떻게 더 바라겠어. 나는 이제 자네의 종일세. 절대 하직하지 않겠어."

이때부터 모든 일이 순탄했다. 그의 모든 처신은 감동적이었다. 머윈 경은 내 생각을 알아차린 듯했다. 정원으로 내려가 우리는 이 문제로 수다를 떨었다. 그는 무서운 이야기를 들려주었다.

"정열이 지나치면 어떤 식으로 망가지는지 몰라? 남자들이 시신을 겁탈하는 사건들이 많았잖아. 법도 소용없었지, 그땐 그런 법 자체가 없었으니까. 옛날에는 지금보다 더 자주 그런 사건이 벌어졌을걸? 나폴레옹 제국 전쟁 당시, 이런 사건으로 희생자에게 심각한 결과를 초래하기도 했지. 어떤 장교가 교회 목사 집에 묵었는데, 마침 목사의 딸이 죽게 된 거야. 의사가 사망 선고를 했거든. 사실 처녀는 강경증이었어. 몸이 갑자기 굳어지는 증상이 왔던 거야. 목사는 병사들이 떠나고 나서 자신의 딸을 매장할 예정이었지. 그런데 장교가 죽었다는 딸이 워낙 예뻐서 강간했던 거야. 그 충격에 딸이 벌떡 일어났어. 한 사내의 욕정으로 이런 기적이 일어날지 누가 알았겠어. 딸은 정신까지 돌아왔어. 그 이튿날 아침에 부모는 딸아이가 말짱하게 깨어 있는 모습에 경악했어. 나중에 그 딸은 아이까지 낳았지. 아이 아빠인 장교의 이름은 몰랐지만 건강한 아이로 잘 컸어. 몇 해 뒤, 장교가 우연히 그 마을을 들렀다가 그 사실을 알게 되었지. 소문이 일파만파 퍼져나갔겠지. 엄청났을 거야. 후로 장병 들이 의도적으로 이런 비슷한 짓들을 벌였어. 그러다가 현행범으로 붙 잡히면, 순전히 인간적인 연민으로 그랬노라고 변명했지. 처녀를 살려 내려고 그랬다고. 죽었다 살아나는 사람이 어디 있겠어? 당연히 없었 지. 강경증은 극히 드물뿐더러 그런 충격 요법이 늘 통하지도 않고. 그 렇게 주검을 강간하는 시간(屍姦)은 요즘도 빈번해. 민중보다 귀족 사이 에서 더 많고. 내가 아는 이야기 가운데 오스트리아 왕자로 장관을 지냈 던 S의 경우를 이야기해 볼까?"

나는 호기심만큼이나 두려움이 생겨 그의 품을 파고들었다.

"왕자는 병원의 모든 시신을 자기 집으로 끌어왔어, 해부학 연구에 쓸 거라는 구실로. 실제로 왕자는 아마추어 의사였거든. 의사들은 왕자 가 시신을 강간했다는 사실을 알게 되었지. 왕자가 연구에 쓴다고 가져 간 한 처녀의 시신이 병원으로 돌아왔는데 왕자가 가져갈 때의 모습이 아니었거든. 이런 욕정에 한 번 빠지면 치명적이지. 헤어나기 어려워. 그런데 시신의 독은 너무나 강해. 시신이 빨리 부패하니 더운 지방에서 는 훨씬 더 독하고. 이런 악행이 이탈리아에서도 널리 퍼졌어. 이탈리아 날씨는 자극적이라 이탈리아 사람들은 열정적이고 쾌락을 탐닉하는 풍습이 강하잖아. 자위행위와 남색, 시간 등이 아주 발달했어. 심지어 청부살인을 하고, 숨이 끊어지지도 않은 희생자를 방탕한 자들에게 넘겨주기도 할 정도야. 얼마 전에도 소시지 가공업자의 재판이 큰 추문을 일으켜 한바탕 난리였지. 그 업자는 희생자를 죽인 데다가 죽기 전후에 성폭력까지 했어. 이탈리아에서는 여자를 처형할 때, 처형된 여자를 24시간 안에 욕보인다고 해. 교황 국가에서 벌어지는 일이라는 게 아이러니지만, 심지어 마누라가 살아있을 때 건드리지도 않다가 죽고 나서야 덤비는 남편들도 있고. 프랑스와 영국에서도 이런 일이 없지는 않아. 특히 경찰 조직이 엉성하고 약하기 짝이 없는 런던에서 빈번하게 일어났어."

소름 끼치는 이야기였다. 나는 질겁하고 말았다. 그는 이런 범죄에 무심했다. 시신 훼손은 위험하지만, 관습일 뿐이라고 했다. 단, 그것에 집착하는 사람에게 치명적인 결과가 따른다고 했다. 법으로 처벌할 수 있는 범위는 의도를 품고 계획범죄로 공격한 행위뿐, 병적 행위는 제외된다고 했다. 영혼까지 떨리는 이야기였다. 믿어지지 않아서 더욱 소름끼쳤다.

"원한다면 이런 일이 사실이라는 것을 확인해줄 수 있어. 나에 대한 자네의 감정이 변할까 걱정일 뿐이지. 나와 같이 그런 일이 벌어지는 현장에 가볼 수도 있어."

"어디, 피렌체 여기에서요?"

"아니, 로마에서. 한 바퀴 돌고 오면 돼."

"좋아요. 내 감정이 변하지는 않을 테니 걱정하지 마세요. 그런 일쯤

이야 침착하게 구경할 수 있으니까요. 어쨌든 내가 그런 일에 말려들도록 하지 않겠다고 약속만 해주세요. 사람을 죽이는 짓 같은 것을 지켜보는 일도 없어야 하고요. 희생자들을 해부하는 고문을 보고 싶지도 않아요. 사드가 책에서 묘사한 잔혹 행위 같은 것 말이에요."

시간이 흐르며 엉큼하고 퇴폐적인 욕망이 엄습해왔다. 불안했다. 나도 이런 것에 굴복해 물들지 않을지 알 수 없었다. 나긋나긋한 남자와 함께하는 동안 시간은 쏜살같이 지났다. 우리 둘은 호흡이 척척 맞았다. 그는 건강이 걱정될 만큼 항상 새로운 플레이를 준비했다. 그러나 나는 파렴치할 만큼 그가 좋았다.

우리는 함께 로마로 갔다. 에텔리드 머윈 경은 사흘째 되던 날부터 말수가 적어졌다. 내 호기심을 채워주는 데 거액을 들였기 때문이다. 전날 저녁에 두 번의 공개 처형이 있었다. 아브루치 지방의 강도 부부였다. 나코나 광장에서 교수형이 집행되었다.

머윈 경은 광장을 내려다볼 수 있는 객실을 빌렸다. 나는 작은 망원경으로 처형되는 불쌍한 두 사람의 마지막 표정과 몸짓을 모두 볼 수 있었다. 나는 치를 떨면서도 그 무시무시한 얼굴을 외면할 수 없었다. 앞으로도 절대 잊지 못할 모습이었다. 머윈 경은 내 생각을 알아차리고 말했다.

"이런 게 또다시 보고 싶어질 거야."

나는 로마에서 보름을 머물렀다. 떠날 때가 되었을 때 갑자기 머윈 경이 말라리아로 사망했다. 무서운 전염병이었던 말라리아가 창궐했던 시기였다. 사람들이 속속 죽어 나갔다. 나는 그의 임종을 지켰고 눈을 감겨주었다. 그는 자신의 전 재산을 내게 남긴다고 유언했다. 여행하며 모아둔 골동품과 보석까지. 이런 뜻밖의 죽음을 지켜보고 나는 이탈리아가 갑자기 역겨워졌다. 외부로 나가는 통로들이 막혀 있었지만, 다행히 파리로 향하는 마차가 있었다. 나는 파리로 가는 마차에 올라탔다.

파리

파리에 도착해 보니 몇 달 사이에 큰 추문이 일어나 시내가 어수선했다. 추문의 크기가 너무 커서 언론이 제대로 다루지도 못했으며, 여론 또한 뒤죽박죽인 상황이었다. 시간이 흐르며 하나둘 진실이 드러나고 있었다. 나는 파리에서 화류계에 드나드는 여자들과 최상층 귀족 여인들에게서 사건에 관한 이야기를 들었다.

파리에서도 내 모험은 다른 도시에서 벌어졌던 것과 별반 다르지 않았다. 파리에 사는 많은 사람이 그러했겠지만, 나 역시 파리를 뒤집은 두 사건에 대해 관심이 쏠려 있었다.

두 사건의 재판은 동시에 열렸다. 그러나 범행이 같은 날 벌어지지는 않았다. 그중 한 사건에는 귀족 한 사람이 연루되어 그의 가족이 사건을 덮으려고 모든 수단을 동원했던 모양이었다. 만약 새로운 증인들이 나타나지 않았거나 신문에서 두 번째 사건을 둘러싼 소문을 크게 다루지 않았다면 묻혔을지도 모를 사건이었다.

피의자는 일반 시민이었다. 그는 즉시 투옥되어 재판을 받았다. 첫 번째 사건에서 그는 강간 혐의뿐 아니라 여러 명의 연쇄살인범으로 기소됐다. 그런데 각기 다른 범죄인이었고 살인범과 강간범은 긴밀한 사이였다.

포부르 푸아소니에 거리에 맛있기로 소문난 햄과 소시지 등을 파는 푸줏간이 있었다. 그 가게는 항상 손님으로 넘쳐났다. 고기 반죽의 은밀한 비법에 대해 엉뚱한 이야기가 파다했다. '인육'을 섞는다는 소문이었다. 곧 수사가 착수되었고 보통 고기를 사용하지 않았다는 사실을 발견했다. 아무튼, 재료는 동물의 고기였다. 개와 고양이, 다람쥐, 참새 등의 고기. 이런 고기 반죽(파테)의 유명세가 커질 때마다 파렴치한 소문도 다시 떠돌았다. 결국, 경찰은 손을 놓아버렸고 대중도 지겨워하며 조용해지는가 싶었다.

그러다가 내가 파리에 도착하기 18개월 전, 손님의 목을 자른 혐의로 이용사가 붙잡혔다. 조사해 보니, 그는 이미 수차례 살인을 저질렀고 또 시신을 매부에게 팔아넘겼는데, 바로 그것을 구입한 이 매부가 푸줏간 주인이었다. 시신의 살점을 도려내는 데 푸줏간 주인이 공모했는지는 확실치 않았다. 심문을 받은 피고는 자기 동료들도 자기 못지않게 살인을 저질렀다면서 두 가지 목적 때문이라고 말했다. 우선 어린 처녀의 시신들을 방탕한 귀족에게 제공하고, 방탕한 귀족이 그것을 또 푸줏간에 팔았다는 것이다. 검사는 그 엽기적인 귀족을 기소했다. 그러나 이용사의 신문에 참고인으로 불려가기만 했던 방탕한 귀족은 집으로 돌아간 뒤 모든 공모 증거를 없애버렸다. 이용사의 지하 창고에서 혈흔과 사람 뼈의 잔해들을 찾아냈다. 그러나 그것으로 범행을 분명히 입증하지는 못했다. 결국, 그는 방면되었고 더 이상 조사받지 않았다.

내가 도착하기 6개월 전, 깜짝 놀랄 사건이 일어났다. 영안실 근무자가 센 강에서 익사해 건져낸 처녀의 시신을 강간하는 현장을 한 수사관이 목격했기 때문이었다. 이 엽기적 강간범은 10년 강제노역형을 받았다. 대중과 신문은 처벌이 가혹하다고 피력했다. 결국, 여론에 밀려 파기원에서 강제노역을 2년으로 감형했다.

이 두 번째 사건은 잊히고 있던 첫 번째 사건에 대한 관심을 다시 불지폈다. 언론에서 이용사와 푸줏간 주인에 대한 소문을 크게 보도했기 때문이었다. 푸줏간 주인은 자신의 가게를 찾는 고객들의 지지를 받고 있어서 신문에서 다시 보도해도 괜찮다고 생각했고, 이미 지난 일을 두고 다시 조사를 받겠냐고 방심했는데 그것은 경솔한 판단이었다.

어느 날, 경찰이 들이닥쳐 푸줏간을 수색한 끝에 10살 소녀의 시신을 발견했다. 부검했더니 소녀에게서 강간을 당한 흔적이 나왔다. 그러나 그 강간의 시기는 소녀가 죽기 전이었는지 후였는지는 밝혀내지 못했다.

살인범은 단두대형에 처해졌다. 하지만 푸줏간 주인은 파기원에서까지 혐의를 부인했다. 그러다가 결국 스스로를 구제할 방법이 없다는 사실을 깨닫고는 뒤늦게 모든 것을 실토했다. 소녀들의 시신은 P 공작이 교살했던 것이라고. 그가 시신 처분의 대가로 자신에게 나폴레옹 금화 20전을 주었다고 자백했다. 그뿐만 아니라 공작은 피고에게 소녀들을 잡기 위해 푸줏간으로 유인하라고 강요까지 했다는 것이었다. 결국, 공작도 이 건으로 함께 피소됐다. 하지만 공작은 공범 혐의를 완강히 부인했다.

명백한 시간(屍姦) 사건이었다. 공작은 소녀들이 살해당했다고 알고 있었다. 공작의 변호인은 강간만 유죄가 된다고 능숙하게 주장했고, 결국 그 엄청난 죄에 비해 별것 아닌 형을 선고받았다. 이용사는 사실은 과거 공작의 의전 담당 비서였다. 모든 사람이 그들의 공모를 확신했다.

나는 그즈음 우연히 사교계와 화류계를 드나드는 여자를 알게 되었다. 러시아 왕자의 애인 D였다. 절세미인이었고, 나이에 비해 훨씬 젊어 보였다. 적어도 서른세 살쯤은 되지 않았을까 싶은데도 스물다섯 정도로밖에 보이지 않았다. 러시아 왕자는 애인에게 거금을 들였다. 왕자는 내게도 예절 바른 인사말로 추근거렸지만, 나는 거의 못 알아들은 척하면서 시큰둥하게 "꿈 깨!"라며 한 마디만 대꾸했다.

먼저 세상을 떠난 영국 친구가 호의로 남겨준 유산 덕분에 내 재산도 상당했다. 러시아 왕자는 나의 미모는 물론 재산에도 관심을 보였다. 러시아 왕자는 여러모로 불쾌한 인물이었다. 못생긴 데다 나이도 50살을 훌쩍 넘었다. 머리카락이 빠져 가발을 썼으며 수염은 탈색되어 염색까지 한 추레한 몰골이었다.

나는 자기 나이를 속이려는 남자들을 경멸했다. 에틸리드 머윈 경은 백발이었지만 가발 같은 것은 쓰지 않으려 했다. 러시아 왕자와 머윈 경은 여러모로 비교되는 인물이었다. 나는 러시아 왕자를 우연히라도 만나지 않으려고 했다.

반면 다시금 헝가리 사람들 몇몇과 사이좋게 지냈다. 그즈음 네 명을 만났다. 그중 친하게 지낸 한 사람이 마틸드였다. 마틸드는 O 왕자의 사생아였는데 어머니가 부유한 기사에게 그녀를 팔아넘겼다고 했다. 그녀는 부유한 기사로부터 해방되어 지금은 파리의 거부 은행가와 결혼해 살고 있었다.

친하게 지낸 또 다른 한 여자인 사롤타는 나와 가극장에 함께 출연하는 동료였다. 나와 금방 친해졌다. 우리는 함께 런던으로 건너가 코벤트가든 극장에서 일감을 찾기로 했다. 사롤타는 나와 경쟁하지는 않았다. 그녀는 매력적이고 무척 순진했다. 남자들과 아무런 약속이나 조건을 달지 않고 즐겼다. 그러면서도 매번 아기 엄마가 될 수도 있지 않을까 싶어 겁을 냈다.

세 번째 친구는 B 부인으로 헝가리 대령의 부인이었다. 대령에게는 B 부인 말고도 첫 번째 부인이 있었는데 이혼하지 않은 상태였다. 대령은 첫째 부인이 찾아왔을 때 콘스탄티노플로 도망쳐 이슬람교에 푹 빠졌다고 했다.

네 번째 친구는 예니로 부다페스트에서 아버지가 변호사를 하고 있었다. 예니는 세 자매로 자매들과 함께 화류계 일을 했다. 자매는 어렵게 일을 시작했다. 어떤 백작이 예니에게 홀딱 반해 사교계에 등장시켰다. 예니는 운이 좋아 자매들과 함께 파리로 왔으며, 가장 우아한 보헤미아 숙녀로 꼽혔다. 예니는 나중에 이탈리아 기사 M 후작과 결혼했다. 그러나 후작이 2년 뒤에 사망하는 바람에 신혼 생활이 오래가지는 못했다. 이때부터 예니는 왕족과 연을 맺어 사교계의 상단에 올랐다.

파리가 온통 시간과 살인 그리고 재판 등에 관한 이야기로 어수선했지만, 나는 친구 넷을 새로 알게 되었고 친하게 지냈다. 그들과 만나면 우리도 역시 푸줏간 주인의 고기와 공작의 음모, 시간 사건 등에 대해 치를 떨며 수다를 떨곤 했다. 죽은 소녀들을 애도하기도 했고, 파리의 분위기에 취해 요란한 파티를 즐기지도 않으면서 평범하고 단조로운 나날을 지냈다.

런던

나는 샤롤타와 함께 런던으로 가기로 했다. 파리에 머무는 동안 나는 사랑에 매우 신중했다. 관계를 맺을 때마다 피임 도구 사용을 절대로 잊지 않았다. 그때 만난 한 남자가 있었는데, 그는 내가 런던으로 떠나기 전부터 집요하게 따라다녔다. 무척 고집 센 사람이었는데 살면서 그토록 끈질긴 사람을 만난 적이 없을 정도였다. 파리에 도착하고 나서 석 달 뒤에 만난 남자였다. 그는 파리에서 대단히 교활한 인물이라는 평판이 자자했다. 그래서 쌀쌀맞게 대하는데도 줄기차게 사방으로 나를 쫓아다녔다. 심지어 런던까지 따라와 숙소 맞은편에 묵기도 했다.

처음에 나는 그가 미쳤다고 생각했다. 터무니없이 나를 사랑한다면서 추근댔으며, 뒤늦게 그의 모든 행동이 허풍과 복수심일 뿐이었다는 사실을 알게 될 때까지 계속 이어졌기 때문이다. 하지만 모든 것을 알았을 때는 이미 늦어버린 뒤였다. 더는 말하고 싶지 않고, 기억하고 싶지도 않다. 나는 그가 두 번 배신할 때까지도 그를 사랑했다. 그로 인해서 평소의 신중함을 버렸던 나 자신을 오랜 시간 자책해야 했다.

런던에서 그는 나를 공공연히 쫓아다니지는 못했다. 그가 감히 나를 억지로 공격할 수도 없었을뿐더러, 나는 언제든 경찰을 부를 수도 있었다. 다른 나라에서 다른 상황에서라면 공격할 수도 있었겠지만, 영국에서는 불가능했다. 사롤타와 함께 우리는 세인트제임스우드의 호화 아파트에 세를 얻었다. 리젠트파크[15] 주변이었다.

마침내 봄이 찾아왔을 때였다. 날씨가 기막히게 좋은 4월이었다. 우리 아파트는 과실수가 자라는 작은 정원에 둘러싸여 있으며 담장 역할을 하는 나무 울타리가 높이 솟아있었다. 또 훌륭하게 가꾼 산책로들이 사방으로 뻗어있었다. 우리는 아침마다 정원을 거닐었다. 때때로 전망 좋은 방에서 공원을 내다보기도 했다.

그 봄날 아침, 사롤타와 함께 내 방에서 창문을 열어둔 채 과자를 먹고 있었다. 우리는 날아와 앉은 울새들에게 과자 부스러기를 던져주었다. 우리는 산들바람이 라일락 나뭇가지를 흔들면서 퍼트리는 향기에 취해 있었다. 내가 사롤타의 어깨에 머리를 기대자 사롤타가 말했다.

"저기 좀 봐, 이상하지 않아? 저 신사 말야. 뭐하는 거지?"

사롤타는 나무로 우거진 공원의 숲속을 가리켰다. 그곳에는 행색이

---

15 리젠트파크(Regent′s Park)는 런던 동물원과 런던대학교 캠퍼스가 포함된 구역이다.

초라한 맨발의 소녀 둘의 손을 잡고 걸어가는 어떤 신사가 보였다. 소녀들을 내가 잘 알고 있는 후미진 장소로 데려가는 중이었다. 공원에서 가장 으슥한 곳이었다. 방탕한 신사가 가엾은 아이들을 강간하기 위해 꼬시려는 것으로 보였다. 런던에서 드물지 않은 일이었다.

나는 파출소로 달려가 내가 본 것을 알렸다. 경찰관은 서둘러 내가 가르쳐준 곳을 찾아 숲속으로 들어갔다. 그리고 나서 이내 경찰이 한 신사를 대동하고 나왔다. 신사의 복장은 흐트러져 있었다. 나는 망원경으로 그쪽에서 무슨 일이 벌어지는지 주시했다. 경찰이 신사와 옥신각신했다. 소녀들도 곁에 있었는데 다섯 살에서 아홉 살쯤으로 보였다. 소녀들도 열심히 무슨 말을 했다. 한 소녀가 신사를 가리켰다. 경찰이 소녀를 가로막았다. 몰려든 사람들이 소리쳤다.

"잡아가!"

경찰 한 사람이 더 도착했고, 사람들 모두 메릴러본(Marylebone) 파출소로 향했다. 며칠 뒤, 우리는 신문에서 신사의 정체를 알았다. 경찰과 소녀들이 증인이었다. 흥미로운 사건이었다. 우리는 법정에 참석해 쌍방의 공방을 들었다. 소녀들은 꽤 예리하게 지적하며 진술했다. 아무튼, 피고는 유죄 선고를 받지 않았다. 부유한 상인이었다. 그는 풀려났다. 판사는 그를 혹독하게 질책만 하고는 내보냈다.

영국에서 법과 정의와 대중은 대체로 이런 성적 행위에 대해서 상당히 너그러운 편이었다. 다른 나라에서는 완전히 다른 판결이 나왔던 기억이 났다. 나는 경찰 보고서들과 풍속사범에 관한 글을 읽으면서 시간을 보내곤 했다.

프랑스에서는 어떤 침울한 청년이 자신을 고용한 사장의 딸에게 입을 맞추었다는 이유로 6주간 구속되었다. 한 번의 키스에 대한 대가로는 너무 가혹했다.

또 다른 풍속사범에 관한 사건도 읽었다. 영국 법정은 성직자들에게 매우 관대한 편이었다. 어떤 성공회 신부가 소녀 둘을 기숙생으로 데리고 살면서 침대에서 뒹구는 등 모든 부도덕한 것을 가르쳤다. 애초에 신부는 강제노역형을 선고받았다. 그런데 캔터베리 주교는 그 신부를 자신이 보호 감독하겠다고 나섰고, 재판을 다시 열었다. 소녀들도 재판정에 나왔다. 열두 살과 일곱 살 소녀들이었다. 불쌍한 소녀들은 질문을 받고 떨었다. 소녀들이 되려 죄를 지은 형국이 되어버렸다. 마치 소녀들이 성인 남자를 유혹이라도 했다는 듯 판결이 났다. 소녀들은 할러웨이 (Hollowey) 교도소에 수감되었다. 그런데 정말 죄를 지은 신부는 방면되었다. 성당과 성당 교인들은 그를 마치 순교자처럼 대우했다. 그는 좋은 사제관으로 들어갔다.

나는 방탕에 대해서 대다수 사람과 다른 입장이다. 누구나 남녀 가릴 것 없이 자기 몸을 하고 싶은 대로 할 수 있는 신체의 자유가 있다. 그렇지만 타인의 자유를 해쳐서는 안 된다고 생각했다. 폭력을 사용한다면 마땅히 처벌받아야 한다. 거짓 약속으로 유혹하거나, 최음제 같은 것으로 저항 의지를 꺾고 감각을 자극해도 잘못이다. 나도 갖가지 쾌락을 즐기면서 다채로운 사랑을 맛보려 했지만, 누구에게도 내 멋대로 따르도록 강요한 적은 없었다.

    나는 런던에서 3년을 지냈다. 애당초 2년 계약을 했지만 1년을 더 갱신했다. 런던에서의 공연 생활이 무척 마음에 들었기 때문이다. 그렇게 지내는 동안, 나는 신문을 열심히 읽었다. 신문을 통해 나는 조금 더 넓게 남자들에 대해 알았다. 어디서나 남자들은 똑같았고, 욕망과 욕정으로 못된 짓을 저질렀으며 정상적 성행위 못지않게 병적이고 변태적인 관계를 벌이면서 변명하곤 했다. 프랑스, 이탈리아, 독일에서도 런던과 마찬가지로 쾌락을 좇는 범죄들이 끊임없이 일어났다.

    파리에서 일어났던 것만큼 무서운 사건도 발생했다. 란니라는 이름의 이탈리아 청년이 환락가 처녀를 살해한 일이었다. 절정의 순간 처녀의 목을 조른 것이다. 영국 판사들은 청년이 죽은 처녀의 소지품이나 보석, 시계 혹은 돈을 훔쳤거나 로테르담으로 도주할 배편의 탑승권을 구입했다면 미리 계획한 범행일 것이어서 살인죄로 사형 선고를 내렸을 터였다. 그러나 판사들은 절정의 순간 처녀를 교살한 행위를 과실로 보았고, 그는 사형을 면했다. 즉 고의적 살인죄 대신 과실치사죄로 판단했다.

    사형은 돌이킬 수 없는 것이므로, 사형 집행을 남발한다면 끔찍한 일이 되고 만다는 것쯤은 나도 알고 있다. 하지만 란니는 또 다른 이탈리아 사람이 저지른 죄에 대한 형벌보다 훨씬 가벼운 형벌을 받았다. 다른 이탈리아 사람은 질투심에 광분해 자기가 연모하던 여인의 침대에서 연적이 나오는 순간 그를 죽였다. 그러고 나서 권총으로 자기 머리를 쏘았다. 하지만 턱만 날아가고 그는 살아남았다. 그는 목숨을 구하려 애를 썼으며, 간신히 살아나자마자 교수형에 처하고 말았다. 잔인하고 야만스럽기 짝이 없는 처벌이다. 이렇게 런던에서 벌어진 범죄 이야기를 하자면 끝도 없을 것이다.

나는 런던에서 우연히 로즈와 재회했다. 옛 친구 로즈는 행운이 많이 따른 편이었다. 로즈는 프로이센의 거부 H 백작의 마음을 사로잡아 사귀다가 결혼했다. H 백작은 나이가 많았다. 백작이 노환으로 죽어가면서 그녀에게 어마어마한 재산을 남겨주었다. 로즈는 물려받은 유산으로 헝가리 프레스부르크[16] 근처에 거대한 부동산을 사들였다.

사롤타는 예상했던 것만큼 성공하지 못해 먼저 런던을 떠났다. 나는 다시 로즈와 단둘이었다. 나는 사교계 멋쟁이들의 초대를 받곤 했지만 가봐야 따분할 뿐이어서 되도록 참석하지 않았다. 차라리 런던에서 가장 자유분방한 보헤미안 사람들의 생활이 궁금했다.

그러던 중 운 좋게 죽은 옛사랑 에텔리드 머윈 경의 편지 속에서 드롬턴(Drompton) 변두리에 살고 있는 그의 사촌 주소를 찾아냈다. 나는 그 주로로 머윈 경의 편지와 함께 내 명함을 보냈고, 곧 저녁 초대를 받

---

16 본문에서 헝가리는 오스트리아헝가리 제국 시절의 헝가리를 가리킨다. 현재 프레스부르크 (Pressburg)는 '브라티슬라바'라고 부른다. 슬로바키아의 수도다.

았다. 머윈 경의 사촌 메리디스 부인은 마흔여섯 살쯤 되어 보였다. 젊어서는 대단한 미인이었을 듯했고, 자유롭고 재미있게 살았을 법했다. 물론 지금은 짙은 화장과 함께 머리는 거의 희뿌옇게 탈색되었고, 얼굴에 주름이 깊었다. 하지만 부인은 철학자로서 에피쿠로스를 추종하는 분파의 학자였다. 부인은 사방에서 환대받았다. 그녀는 재기 넘치게 분위기를 띄울 줄 알았다.

부인은 인정도 많은 데다가 자택에서 저녁 파티를 벌일 만큼 살림이 넉넉했다. 그 파티에 참석하는 인물들도 모두 부인과 마찬가지로 재색을 겸비한 인물들이었다. 게다가 모두 귀족이었다. 그들이 모인 저녁은 자유롭고 편안한 분위기였지만, 절대 방탕하게 놀지는 않았다. 나는 그들이 존경스러웠다. 특히 메리디스 부인과는 나이 차이가 컸지만 금세 친구가 되었다.

나는 메리디스 부인에게 그녀의 사촌과 어떤 사이였는지 털어놓았다. 부인은 내가 정말 멋진 연애를 했다면서 칭찬을 늘어놓았다. 부인은 머윈 경에게 들어서 이미 우리 관계를 알고 있었지만, 상대가 나였다는 사실은 몰랐다고 했다. 새삼 머윈 경이 신중한 사람이었다는 사실을 깨달았다. 메리디스 부인은 뭐든 솔직하게 말했다. 자기는 아직 사랑을 포기하지 않고 있지만, 사랑에는 돈이 많이 든다고 했다.

"나도 처녀들에게 사랑을 구원하는 늙은이들처럼 별수 없잖아. 창피할 거야 없지. 쩨쩨하게 굴면서 더 많은 것을 얻어내려는 자라면 자랑스럽지 못할 테지만."

부인은 발이 넓었다. 덕분에 나는 런던에서 가볼 만한 곳을 많이 알게 되었다. 영국 사람들은 극장과 예술인과 화류계 사람들에게 매우 관대했다. 하지만 상류사회에서는 이런 사람들을 초대하지 않았다. 만약 초대되었다면 마치 인형 대하듯 했다. 겉으로는 정중하게 대했지만, 공연이 끝나고 나면 그만인 관계가 되어 모른 척했다.

그런데 어떤 기사도 화류계 여자와 결혼하면서 그녀의 과거를 문제 삼지 않았으며 귀족 부인처럼 대해주었다. 높은 작위의 귀족과 결혼한 화류계 여자는 심지어 여왕이 참석하는 자리에도 나갈 수 있었다. 개방적인 의식이었다.

물론 거리의 여자가 드나들지 못하는 특별한 장소들이 있다. 캔터베리 홀, 아길 룸스, 피카딜리 살롱, 홀본 카지노, 블랙 이글, 콜웰 등의 무도회장은 화류계 여자들이 드나들 수 없었다. 화류계 여자들은 매춘부로 경찰서에 등록되어 있지만, 사교계에서 배척받거나 따돌림을 당하지 않았다. 함부로 무시당하지 않았으며 법으로부터 보호를 받았다. 그녀들을 모욕하지 못하도록 법이 보장했다. 화류계 여자라고 해서 인생이 끝난 낙오자 취급도 받지 않았다. '창녀'라고 부르지 않고 '독신녀'라고 불렀다.

그 여자들끼리 모이는 장소가 있지만 아무나 참석할 수는 없었다. 옥센도 스트리트(Oxendo Street)에 있는 '미시즈 해밀턴'의 집이 그곳이었다. 그 집에 들어가고 싶다면 반드시 그곳을 드나들 수 있는 여자와 함께 가야 했다. 메리디스 부인은 그런 곳에서 벌이던 모험을 들려주었고,

나더러 함께 가보겠냐고 물었다. 나는 즉시 동의했다.

나는 그녀와 거의 모든 곳을 함께 찾아다녔다. 그때마다 그곳 여자들의 성격을 유심히 살폈다. 독신녀라 불리는 여성들은 다른 나라의 같은 계층 화류계 여자들보다 한결 위신이 높았다. 물론 다른 나라들 못지 않게 방탕한 여자들도 있었다. 돈만 밝히면서 몸을 파는 여자들이었다. 그렇게 어딜 가나 '옥에 티' 같은 존재들이 있다.

남자들을 탈탈 터는 대리석같이 비정한 여자들이 있고, 감정도 감수성도 모두 메마른 여자들도 있었다. 일반적으로 영국 화류계 여자들은 프랑스 화류계 매춘부들보다 덜 뻔뻔했다. 런던의 매춘부들은 프랑스와 독일의 매춘부들과 상당히 달랐다. 솔직히 창피하지만, 독일 매춘부들이 가장 별 볼 일 없고 천박했다. 그럴 수밖에 없었다. 독일 매춘부들은 영국 여자들만큼 예쁘지 않았고 남자들을 끌 만한 매력을 발휘할 대담성도 부족했다. 독일 매춘부들은 떠드는 소리가 크고 야한 화장을 해서 멀리서도 충분히 알아볼 수 있었다.

메리디스 부인은 런던 교외 서레이에 아름다운 시골 정원을 갖고 있었다. 부인은 그곳에 젊은 사교계 여인들을 초대했다. 나는 로즈와 함께 그곳에 가보았다. 로즈는 그때 스물여섯인데도 우리가 처음 만났을 때처럼 여전히 아름다웠다. 이렇게 모인 여자들이 모두 쉰 명인데 사흘간 파티를 열었다. 메리디스 부인이 말했다.

"사내들 없이 우리끼리 잘 지낼 수 있는지 좀 볼까."

메리디스 부인의 정원 한복판에 넓은 강이 흘렀다. 하지만 그냥 걸어서 건널 수 있을 만큼 깊지 않았다. 정원은 높은 벽으로 막혔고 강변을 따라 버드나무를 심어 담장으로 삼았다. 다른 사람들 눈에 노출될 일이 없었다. 그곳에서는 우리가 하고 싶은 대로 뭐든 할 수 있었다. 강변 모래는 무척 고왔다. 우리는 오랫동안 물에서 오리들처럼 놀며 지냈다. 물장구를 치기도 했다. 나는 어릴 적부터 수영을 잘했다.

몇몇 부인은 남자 품에서는 절대로 이렇게 즐거울 수 없으리라고 말하기도 했다. 이해할 만했다. 터키 하렘에서는 여자들끼리 심심하거나 지겨워하지 않으며 잘 살았다. 술탄에게 수청들 날을 기다리는 동안에도 조금도 불행해 보이지 않았다. 정원의 주인이 우리 가운데 누구보다 즐겁게 놀았다.

닷새째 되는 날 우리는 런던으로 돌아왔다. 일 때문이었다. 만약 런던에서 내가 남자들을 무릎 꿇렸다면 아마 거금을 쥐었을지도 모른다. W 경은 음악광인데 모든 여배우에게 엄청난 돈을 뿌렸다. 그가 끈질기게 나를 유혹했다. 다른 남자, 아는 여자 혹은 자신이 아는 지인들을 내세워 나를 설득하려 했다. 하지만 나는 사양했다. 나는 영국에서 누구도 받아들이지 않았다. 메리디스 부인과 친하기도 했지만, 나 자신도 누구 못지않게 유명했기 때문이다. 나를 자기 딸의 결혼식에 축가를 불러 달라고 초대했던 어떤 부인은 메리디스 부인에 관해 이렇게 말했다.

"좋은 분인데 평판은 반반이에요. 물론 모르실 테지만. 부인의 사촌 에텔리드 머윈 경이야 아시겠지요. 애인이었다면서요? 그 양반이 사촌 부인을 소개했다면서요? 그런데 머윈 경은 사촌이 얼마나 방탕한지 몰랐지요. 뭐 머윈 경이 어땠는지도 모를 일이지만, 암튼 그건 괘념치 마시고."

세상의 여론이란 너무나 터무니없었다. 머윈 경이 얼마나 절제하고 품위를 지키는 사람인데! 머윈 경에 대해서라면 오직 나만이 말할 수 있겠지. 어떤 여자가 나만큼 그를 알까.

나는 인도 소년에게 잡일을 부탁했다. 소년은 미남이었다. 열네 살인데 마음에 썩 들었다. 그는 여러 가지 일을 처리해주는 하인인 셈이었다. 소년은 나에게 충직했으며 나를 위해 헌신했다. 나는 종종 눈을 감은 채 정신없이 소년을 생각하고 꿈꿨다. 그 뒤 어떤 일이 벌어졌을지에 대해서는 여러분이 상상하는 것이 더 재미있지 않을까.

전성기 시절의 빌헬미네 슈뢰더 데브리엔트의 초상

성에 대한 풍속과 지식을 폭로했던 그녀의 용기

『폴린』의 원제목은 시인 기욤 아폴리네르가 책머리에서 소개한 것처럼 『독일 여가수의 회상(Mémoires d'une Chanteuse Allemande)』이다. 원래 이 회상록은 빌헬미네 슈뢰더 데브리엔트(Wilhelmine Schrœder-Devrient)가 세상을 떠나고 나서 2년 뒤인 1862년에 처음 출간되어 나왔다. 당시 애정행각과 성에 관한 수많은 경험과 공상을 담은 책으로 세상을 떠들썩하게 만들었는데, 놀라운 것은 대부분 28세 이전의 경험담이라는 사실이다.

이 책은 독일에서 성애문학(Erotische Literatur)의 걸작이라는 호평을 받으며 널리 읽혔고, 프랑스와 영국, 이탈리아 등 유럽 각국의 언어판이 뒤따라 나왔다. 아폴리네르가 "장 자크 루소의 고백록이나 카사노바의 회상록에 버금갈 여성 자서전"이라고 극찬했다시피 이웃 나라들의 반응도 뜨거웠다. 런던에서 수많은 성인 소설이 유행하던 빅토리아여왕

시절에 출간된 영어판 편집자는 회상록을 쓴 저자가 "격변하는 세기에 쏟아진 최신의 사랑을 맛보려고 했다"라면서 "빅토리안 에로티카의 희귀한 보석"이라고 절찬했다.

독일어판 편집자는 이 책을 실제 빌헬미네의 기록이라며 그 진실성을 의심하지 않았다. 여성이 아니라면 절대로 설명하기 어려운 사춘기 시절부터 이어진 섬세한 성적 모험을 털어놓고 있기 때문이다. 물론 편집자가 원고를 조금 가필하지 않기는 어려웠을 것이다. 풍속에 저해되지 않도록 검열을 피해야 했고, 또 독자의 흥미를 위해 불가피했을 것이다. 독일어판 편집자는 용감한 여성이 가부장적 사회의 잣대에 따른 도덕적 비난을 무릅쓰고 솔직하게 진실을 밝히려 했던 이 작품이 심리학적 자료로서 가치가 높다고 극찬했다. 감수성 넘치는 젊은이들이 섣부른 오해와 유혹으로 미래를 망치지 않도록 경고하고 있다는 점에서 성의 이해에 도움이 된다고도 인정했다.

원문은 편지글 형태의 서간체였다. 옛 애인에게 보내는 편지 묶음 같은 것이었지만, 거의 일상적 기록과 같은 일기체와도 크게 다르지 않다. 따라서 한국어로 번역하면서 이를 보다 쉽게 읽히는 일기 형식의 문어체로 바꾸었다.

빌헬미네가 살아있을 당시엔 녹음기가 발명되지 않아 그녀의 육성을 들을 수 없는 것이 아쉽다. 그녀는 낭만주의 음악의 전성기에 거장들의 사랑을 받는 걸출한 가수이자 배우로서 유럽 대륙을 누비며 인기를 끌던 최고의 프리마돈나였다. 빌헬미네는 베버와 베를리오즈, 바그너 등 낭만주의 음악을 주도한 거장들이 젊은 시절 만든 오페라로 빈, 파리, 런던, 베를린, 드레스덴, 피렌체에서 대성공을 거두며 호황을 누리는 데 결정적인 역할을 했다. 그녀는 리릭소프라노로서 남자 역을 해낸 트라베스티로 활약했다. 빌헬미네 개인의 인물에 대한 구체적인 자료가 희귀하지만, 클레르 폰글뤼머의 회상록(1862년), 칼 하게만 등의 전기(1937년)가 나와 있다. 에바 폰바우디신을 비롯한 여러 작가가 그녀를 주인공으로 삼은 소설도 내놓았다.

빌헬미네 슈뢰더 데브리엔트는 1804년 독일 함부르크에서 태어났다. 어머니는 배우 소피 슈뢰더, 아버지는 바리톤 프리드리히 슈뢰더였다. 빌헬미네는 세 차례 결혼했는데, 첫 번째 남편은 배우 칼 데브리엔트, 두 번째 남편은 관리 오스카 폰되링이었다. 그녀는 세 번째로 14살 연하의 네덜란드 시골 영주 하인리히 폰보크와 살았다.

빌헬미네는 빈에서 모차르트의 오페라《마술피리》에서 파미나 역으로 데뷔했다. 그 뒤 드레스덴과 프라하 등지에서 활동했고, 특히 베토벤의 단 하나뿐인 오페라《피델리오》를 통해 명성을 날렸다. 1830년에는 파리에서 베버의《오베롱》과《유리안테》, 모차르트의《돈 조반니》등에 출현해 인기몰이를 했다. 베를리오즈의 회상록『음악 여행자의 책』에 따르면 낭만주의 음악의 거장 베를리오즈가 실제로 열광하며 쫓아다녔던 공연이었다고 한다.

1833년 런던 코벤트가든의 《피델리오》 공연에서 레오노라로 분한 빌헬미네의 인기는 절정에 달했다. 거장 바그너는 빌헬미네의 재능에 감탄해 그녀의 배역을 염두에 두고 오페라를 만들었을 정도였다. 바그너는 드레스덴에서 1842년 초연한 세 번째 오페라 《리엔치》에서 청년 아드리아노 역을 빌헬미네에게 맡겼다. 피델리오, 아드리아노 등 빌헬미네는 주로 남장으로 뛰어난 역량을 보여주었다.

데브리엔트는 글뤼크의 《오르페우스》에서 에우리디체. 모차르트의 《마술피리》에서 파미노, 베버의 《마탄의 사수》에서 아가타, 로시니의 《세비야의 이발사》에서 로시네, 《오델로》에서 데스데모네, 도니체티의 《앤 볼린》에서 안나, 바그너의 《탄호이저》에서 베누스 등 많은 주역을 거머쥐었다.

수많은 경력 가운데 빌헬미네는 《피델리오》의 레오노라와 바그너의 《방황하는 네덜란드인》에서 젠타 역으로 절정의 기량을 과시했다. 초자연적인 존재 젠타는 음역이 폭넓고 연기력이 풍부한 리릭소프라노에 적격인데 빌헬미네가 탁월하게 소화했다고 호평 받았다. 바그너는 빌헬미네가 무대에 올랐던 《방황하는 네덜란드인》을 1843년 1월 2일에 드레스덴 왕립극장에서 직접 지휘봉을 잡고 초연했다.

빌헬미네는 참여의식도 강한 여성이었다. 1848년 유럽 대륙에서 일어난 '민중의 봄'으로 알려진 시민혁명의 마지막 단계였던 1849년 '드레스덴 5월의 봉기'에 참여했다가 투옥되는 고초를 겪기도 했다. 작센 왕당파가 민주주의 헌법을 무시하자 헌정을 수호하려는 민주파가 시민들과 함께 궐기했던 사건이었다. 작센 궁정악단장이었던 바그너도 직접 화염병을 들고 거리로 나갔고, 오페라 극장의 설계자 고트프리트 젬퍼도 무장하고 전투에 참여했다.

1858년 빌헬미네는 남편과 살던 에스토니아를 떠나 미국으로 가려고 했지만, 갑자기 건강이 악화되어 1860년 1월 26일 독일 코부르크에서 사망했다.

빌헬미네가 살았던 19세기나 오늘의 21세기나 남녀불문하고 자신의 은밀한 사생활을 털어놓기란 극히 어려운 일이다. 더구나 그 기록을 만천하에 공개할 사람이 몇이나 될까. 지성과 재능으로 크게 성공해 세속적으로 아쉬울 것 없는 여성이 그렇게 하기란 쉽지 않은 일이다. 하물며 법보다 무서운 윤리의식으로 이웃을 훑어보고 눈치 보는 사회라면 그런 고백은 상상조차 어려운 일이다.

저자는 삼류 문인들처럼 선정적 주제로 글을 쓰려 했던 것이 아니다. 내밀한 체험의 고백은 어떤 객관적 폭로보다 어렵다. 인간의 내면은 복잡하고 종잡을 수 없이 변덕스럽고, 깊고 어두운 심연인데 그것을 조금이나마 폭로하는 사람 덕에 우리는 인간성을 좀 더 이해할 수 있기 때문이다. 정직한 사람들의 고백을 애써 외면하는 사회야말로 그럴듯한 도덕으로 포장된 피상적인 사회일 것이다. 겉으로는 말짱해 보일망정 사실 자기 바깥에 있는 기준에 순응하면서 살아가는 좀비 같은 인간군으로 넘치는 사회일 뿐이다.

저자의 글은 법의 위엄과 도덕의 감시라는 이중의 공포에 찌들어 살 수밖에 없는 사람들의 소심함을 훌쩍 뛰어넘는 인간해방의 메시지였다. 물론 저자보다 먼저 이런 기록을 남긴 인물들이 없지 않았지만, 거의 다 남자들이었다. 잘 알다시피 오랜 세월 성에 관한 문제에서 여성은 '대상'이었지 '주체'가 아니었다. 성의 관념과 언어를 주도했던 생리학자와 의사, 문인 대부분이 남성이던 사회에서 저자는 여성으로서 그 문제를 진솔하게 기록했다. 저자는 전문가들과 일부 계층만 독점하기 마련인 성에 대한 풍속과 지식을 폭로했다는 점에서 인간성과 특히 여성을 이해하는 데 많은 도움을 주었다. 이런 점에서 데브리엔트의 회상록은 그전까지 서한문과 일기 등 여성이 지은 수줍고 얌전한 논픽션 작품들보다 더욱 주목받았다.

저자는 단순히 무대의 스타로서 사치스러운 쾌락을 탐한 여성이 아니다. 저자는 사랑의 행위를 어설프게 이해하려고 하지 않았다. 진지한 탐구욕으로 파고들었다. 자기 자신을 직접 실험도구로 삼아 그렇게 했다. 저자는 울리히 교수의 책을 읽는 등 당대의 문제작들을 탐독했다.

울리히 교수는 『광기와 성』의 저자 리하르트 폰크라프트 에빙 박사가 주목했다시피 동성애의 해방을 위해 싸운 선구자였다.

저자는 무지하고 완고한 편견과 위선으로 가득한 사회에서 애정 행위를 둘러싼 사실을 직시하려 했다. 또 서구의 기독교 사회에서 주입한 원죄의식에서 벗어나 인간의 애정 행위가 아름답고 숭고한 것이라고 누누이 확인한다.

이런 자세와 용기는 최근의 행위예술가 또는 '퍼포먼스' 예술가들의 작품에서 드러나는 경향이기도 하다. 몇 해 전 서울 성곡미술관에서 〈테크노바디〉 초대전을 가졌던 프랑스의 '오를랑(Orlan)' 같은 전위예술가가 대표적이다. 이런 예술가들은 신체를 순수한 표현수단으로 삼는 무용의 방법을 뛰어넘어 자신의 몸을, 직접 성형하고 관객과 직접 애정 행위를 벌이기도 한다. 데브리엔트는 오늘날 '성'을 특히 행위의 측면에서 주목하고 몸을 미디어로 삼은 예술의 가능성을 예고했다.

2021년 봄

홍문우

옮긴이 홍문우

파리 1대학원 미학과를 졸업했다. 알렉상드르 뒤마의 『뒤마 요리 사전』, 오귀스트
에스코피에의 『에스코피에 요리책』, 엑토르 베를리오즈의 『음악 여행자의 책』, 리
하르트 폰크라프트 에빙의 『광기와 성』 등을 번역했다.

Pauline the Prima Donna
by Wilhelmine Schræder-Devrient